ISBN 88-06-59924-0

Rosetta Loy

Le strade di polvere

Einaudi

Le strade di polvere

Capitolo primo

Il Pidrèn

La casa la fece costruire il Gran Masten alla fine del Settecento quando divenne un *particulare*, qualcuno che aveva
terra di suo, buoi, mucche, galline e conigli, e tante moggia
da avere bisogno di altre braccia. Aveva fretta e non si preoc-
cupò troppo delle fondamenta anche se la casa con la sua fac-
ciata giallina rimase nel tempo ancorata alla terra, la lunga se-
quenza di stanze una appresso all'altra. Una costruzione a
due piani piú il granaio dalle finestre schiacciate a diretto
contatto del tetto. Il viottolo di mattoni la collegava al viale
che piegava giú verso il cancello mentre il fienile e le stalle si
allungavano di fianco fino ad arrivare alla strada dove si apriva il grande portale di assi. Come si chiamasse quella strada
allora è difficile saperlo; la casa era l'ultima del paese e quando in seguito ne venne costruita un'altra questa ebbe l'obbli-
go del muro cieco per la parte che affacciava sul giardino.
  Nessuno ha mai saputo il vero nome del Gran Masten
perché i registri parrocchiali andarono bruciati durante la
prima campagna napoleonica. Certo era uno che si era arric-
chito tra l'andare e venire dei soldati, con il foraggio per i
cavalli e il grano nascosto e rivenduto tre volte tanto. Con
il vino per far ubriacare francesi e austriaci, russi, bavaresi,
alsaziani, durante quelle interminabili guerre che avevano
colorato come un gioco di travasi la mappa dell'Europa cen-
trale. Di lui si sa solo che lavorando dall'alba al tramonto,
senza soste mai, in pochi anni raddoppiò le moggia di terra
e che aveva gambe cosí lunghe da oltrepassare i fossi senza
saltare. Prese moglie tardi e dei tanti figli venuti al mondo

gliene restarono grandi soltanto due: Pietro e Giuseppe. A Pietro detto il Pidrèn venne in seguito dato il soprannome di Sacarlott, Giuseppe invece era cosí biondo che fin da bambino venne chiamato il Giai, che vuol dire il giallo.

Prima fu la moglie a raggiungere tutti quei bambini morti al suono della Tribundina, sepolti in fretta con soltanto una pietra a indicare dove. Lui, il Gran Masten, finí sotto le ruote del carro un'estate in cui diluviò fino a far straripare il Tanaro e i campi si allagarono quando ancora il granturco non era stato raccolto. Non fecero neanche a tempo a suonare l'Agonia, e durante il funerale continuò a piovere e i parenti furono costretti a ripararsi in Chiesa. La grandine mandò in frantumi una vetrata. Il Pidrèn e il Giai decisero di prendere moglie: avevano rispettivamente ventidue anni e ventuno.

Un cugino, il Mandrognin, gli parlò di due giovani sorelle che si sarebbero fatte buona compagnia nella casa. Due ragazze di Moncalvo orfane di madre che ricamavano i paramenti per la Chiesa e qualche volta, sedute davanti al cuscinetto irto di spilli, si esercitavano nel tombolo sotto la guida di una zia veneta, la Luison. Una, la Maria, era bruna, l'altra invece di quel castano spento che si tenta invano di far passare per biondo. Un colore cosí diffuso in certe zone del Monferrato da far pensare a un adattamento della specie: simile alla terra, al fango, alle interminabili nebbie.

La bruna, la Maria, era bella, la Matelda invece con gli occhi sempre nascosti dalle palpebre parlava con le piante e le sementi; e i paramenti che ricamava erano i piú preziosi di tutta Moncalvo. Quando nelle grandi occasioni il Prevosto sollevava il calice, dalla seta ricamata sulla sua schiena si levavano bagliori di porpora e oro. Qualcuno diceva perfino che la Matelda parlasse con le formiche e certe sere con l'Angelo Custode.

Il Pidrèn e il Giai si innamorarono tutti e due della Maria. Chiamarono un pittore perché dipingesse il soffitto della sala con quattro vedute diverse e nelle altre stanze si accontentarono di qualche voluta che potesse piacere alla ragazza di Moncalvo. Piantarono un noce, due peri e le mele *rusnent*. Il noce crescendo finí per fare troppa ombra alla casa e in seguito venne decapitato; si allargò allora come un gigantesco ombrello diventando il punto focale del giardino.

La ragazza bruna di Moncalvo scelse il minore dei fratelli, il Giai. E il Pidrèn, a cui sarebbe toccata la Matelda, partí al seguito di un giovane generale francese che stava facendo in Italia una folgorante carriera. *Iün suturn cul Pidrèn, ina testa mata, al'a nent auri pialu cula meraveiia adlà Matelda che alà ricama con la Madona ai péei, al'a preferì andà con cul sarvajun ad Bonaparti...* Ma la Matelda che stava trapuntando una tovaglia d'altare piena di fiori e di uccelli, di farfalle dalle ali viola, aspettava. Forse qualche voce non proprio regolare le aveva consigliato pazienza.

Non molte cose succedono nella vita di Giuseppe detto il Giai. Suona il violino e questa è certamente un'attività insolita per chi si deve occupare di tante moggia coltivate in parte a vigna e in parte a foraggio e grano. Suona con il bel profilo chino verso la spalla, suona la sera vicino al fuoco, suona l'estate all'ombra del noce. Le sere sono lunghe, umide, luminose, la moglie si annoia a star lí a sentire quelle note che sembrano rispondere al verso degli usignoli, non ama nessuna musica ad eccezione di furlane e la *currenta* perché si ballano. A lei nessuno la porta mai a ballare, e se il Giai ha sbagliato moglie, lei ha certamente sbagliato marito: l'archetto penetra la sera, la strazia dolcemente, il Giai è un tipo solitario e se viene qualcuno dice alla giovane moglie di offrirgli da bere mentre continua a suonare. Il giorno va per i campi con il bastone che è stato del Gran Masten, ma invece di comandare di coprire i covoni se viene il temporale o di ripulire il canale dalle erbe, rimane a contemplare le colline. I rettangoli di terra, bruni, bruni piú chiari, verdi, biondi, bianchi quasi come il latte là dove fioriscono i pruni e i ciliegi in primavera.

Una sera si è seduto all'imboccatura del pozzo e lí si è messo a suonare il violino guardando le stelle riflettersi giú nel tondo specchio d'acqua. La moglie si è spaventata ed è corsa in casa piangendo, lui è rimasto a suonare con i piedi nel vuoto e quando il Mandrognin si è affacciato al giardino, vedendo quel busto uscire dal pozzo ha pensato che fosse tornato il Gran Masten mai stanco di sorvegliare la terra e la casa.

Cos'altro si può raccontare di questo Giai morto a trent'anni con il suo violino accanto, i capelli ricci che tanto erano piaciuti alle due sorelle di Moncalvo, i piedi cosí delicati che si piagavano a camminare fra le zolle? Sempre piú di rado va nei campi, i raccolti peggiorano ogni anno e il suo grano, la sua uva, perfino il miglio sono sempre piú scarsi di quelli degli altri. Cosí le mucche sono spesso malate e i vitelli stentano a crescere. La moglie sempre a cercare di risparmiare, a contare e ricontare, a rammendare i panni che lui si strappa quando preso da una smania improvvisa traversa i fossi, le siepi di rovi. A inseguire un suono, una luce, lo scintillio dell'acqua fra i canneti. La moglie lo guarda: lui è allegro, ride, è bello con quella testa piena di ricci, e l'amore allora le torna a tremare in gola come quella prima volta che erano rimasti soli seduti sulla panca di pietra sotto i noccioli.

La famiglia su a Moncalvo la rimprovera, è colpa sua dice se tutto va cosí male, perché non fa almeno un figlio? Ma i figli non vengono e lei pensa che la colpa è di quel violino, delle corde che vibrano nella sera sotto le dita sottili del Giai. E quando lui entra nel letto e la bacia sulla bocca, lei dorme, ha sonno, la tristezza e la solitudine le hanno succhiato via anche l'anima. Quando va in visita a Moncalvo la sorella la segue con lo sguardo mentre si aggira fra le stanze di quando era ragazza come un passero che abbia perduto il senso delle stagioni, che cerca l'inverno i cibi dell'estate. Nessuna delle due sa che a volte la vita fa strani giri e per ritrovarsi là dove era tanto facile arrivare, percorre infiniti labirinti.

Intanto il Pidrèn è in Lombardia, nel Veneto, a Mantova. Arriva fino in Egitto e là vede le Piramidi e i Mamelucchi. È a Marengo. Dall'alto della torre per fare i segnali alle truppe guarda le cime delle Alpi ancora bianche di neve e i campi e le vigne devastati dalla battaglia. La casa dove è nato è poco lontana, a cavallo saranno neanche due ore, non molto piú lontana è la collina di Moncalvo dove stava un tempo la ragazza bruna che aveva tanto desiderato di sposare. Forse anche lei vede il bagliore degli specchi che trasmettono i segnali dall'alto della torre e si chiede che fine farà il raccolto con tante suole che calpestano il grano, viti divelte, incendi che levano grigie colonne di fumo. Avrà già un bambino pensa, forse due, una bambina a cui cuce grembiuli colorati. Gli sembra di vedere il fratello piú fortunato che torna a casa e lei che gli corre incontro, forse è ingrassata, non ha piú quella vita che sembrava di poter chiudere in una mano, forse in quel sole splendente di giugno ha lavato i capelli e ora li fa asciugare seduta nel prato, i capelli sono cosí lunghi che quasi toccano terra. Intanto le granate squassano i gelsi, le divise si chiazzano di sangue, ai carri che guadano lo Scrivia si spezzano i mozzi delle ruote contro le pietre, i cavalli si impennano e la corrente li trascina via. *Ramener l'aile droite*, trasmettono gli specchi dall'alto della torre.

Quel 14 giugno il Giai era andato a guardare la battaglia dalla collina verso Lu. Le strade erano deserte e la giornata limpidissima, lui era seduto al riparo di un filare di ontani. Non aveva paura dei soldati sbandati e neanche dei fuochi che crepitavano lontano levando scintille che accendevano altri fuochi. Lingue rosse e veloci che in un attimo divorano capanne, alberi, insetti. Il Prevosto lo vorrebbe in chiesa a pregare con gli altri, con la Maria, il Mandrognin, lo Scarvé e tutti quelli che tremano per il raccolto. Lui preferisce starsene lassú e guardare, pensare al fratello che chissà dove si trova. Forse in mezzo a quei fuochi, forse tra le nuvole bianche sollevate dai mortai. Ma ad un tratto qualcosa di indecifrabile, come uno spillo conficcato nell'ingranaggio di un orologio, sovverte l'ordine silenzioso del suo corpo. Il respiro gli manca, il caldo, il caldo, pensa mentre la vista brancola, quegli incendi come stelle in un firmamento di fumo. Le mani cercano un appiglio, scivolano sul tronco dell'ontano, la testa picchia dura in terra.

La Matelda su a Moncalvo ha un sussulto, l'ago le sfugge dalle dita e la punge, la Luison si spaventa a vederla cosí pallida. Trema tutta la Matelda, la testa riversa sulla spalliera e gli occhi spenti sotto la fronte incolore e bombata, appena segnata dalle ossa del cranio. Quasi scorgesse attraverso il corpo del Giai riverso sotto gli ontani ne avverte il battito impazzito del cuore. Vede il labirinto delle vene, lo spasimo delle viscere; e un lamento le esce dalle labbra.

Il Giai non sente piú nulla, dove ha picchiato la testa si è formata una piccola macchia di sangue. Su a Moncalvo la Luison corre a cercare l'aceto per scuotere la Matelda dal suo tremore, chiama, ma in quella giornata di battaglia tutti hanno altro da pensare che alle grida della Luison che cerca l'aceto. Il cappello del Giai è rotolato ai piedi dell'ontano, la sua testa di cherubino è ora stopposa, riarsa, grigia la bocca dove la saliva si solleva in tante bollicine. Ancora poco e sarebbe morto quel giorno, il 14 di giugno.

Invece quella fu solo la prima avvisaglia e quando il Giai riaprí gli occhi pensò a un malore dovuto al caldo, all'emozione della battaglia. I fuochi si stavano spegnendo e ora intorno era un grande silenzio, il vento era calato e l'aria era fresca. Lui raccolse il cappello e tornò a casa a bere un bicchiere di vino, alla Maria disse di essere caduto e lei gli lavò la ferita, il sangue era ancora vivo e le gocciolò sulla veste. E qualche giorno dopo furono tutti stupiti che la Matelda mandasse a chiedere notizie del Giai attraverso il Tambiss che girava a vendere mutande.

La Maria tocca il lino, liscio, sottile, neanche si sentirà ad averlo addosso: – Stiamo bene, tutti bene, – dice. – *Tücc?* – Tutti, tutti... – gira e rigira le mutande fra le dita, il Tambiss sorride ammiccando: – *At pias?* – Lei diventa rossa e ributta le mutande nel cesto. Roba sciocca, roba da generalesse e marchese. Il Tambiss racconta adesso degli austriaci del maresciallo Melas che hanno abbandonato bivacchi e foraggio. Morti, morti da tutte le parti, e quei *franseis del diavu* razziano il vino dalle cantine, innalzano la bandiera a tre colori sui campanili delle chiese. Piantano l'Albero della Libertà.

Il Pidrèn è già lontano con il suo cavallo dalla coperta a scacchi e la sella consumata. Il suo generale è morto in battaglia e lui ha aspettato fuori su una panca mentre il glorioso Desaix veniva adagiato su un letto e piú nulla si poteva fare per lui, i soldati andavano e venivano. Lui ha pianto con la testa fra le mani. Dopo non ha avuto neanche il tempo di ripassare da casa e riabbracciare il fratello che non vede da anni. Non il tempo e forse neanche la voglia.

Il Tambiss l'ha riconosciuto mentre passava per Serravalle tirando il cavallo per le briglie. Aveva un braccio fasciato e chissà, forse lo avrebbero fatto colonnello, magari anche generale: – *Cui Franseis suma nent se che peu sucedi,* – dice alla Maria, e racconta che il Pidrèn era cosí bello, sembrava Napoleone in persona con la sciabola che gli suonava al fianco. In piedi in cucina la bella moglie del Giai beve le sue parole e il Tambiss deve ripetere il racconto due, tre volte, lei gli versa altro vino e il Tambiss scosta la sedia e si siede, e dove il racconto gli sembra scarso, inventa. La Maria vuol sapere come era la divisa, come la giubba, gli speroni: – E il cappello? – *Al'era sensa capè, al purtava i chiomi acmè ina mata*.

La Gonda è entrata con una bracciata di panni raccolti sul prato, la Maria l'ha guardata con gli occhi brillanti. Il Pidrèn era a Marengo, le ha detto; e mentre per la sorpresa la Gonda lascia cadere i panni lei esce fuori, arriva fino alla strada e guarda là, verso Serravalle, la piana di Alessandria, Marengo. Mai quella campagna le è sembrata tanto bella con le ombre che scendono viola dalle colline, la strada bianca di polvere dove ora lei corre fino a perdere il fiato, fino ad avere le vesti bagnate di sudore mentre l'aria le entra su per le maniche e le gonfia.

Ma ancora il Giai è svenuto. Due, tre volte. Finché una sera l'hanno portato a braccia sul carretto e i buoi si sono mossi traballando fra le zolle. Zanzare lo hanno punto senza che lui potesse difendersi, un chiodo del carro gli ha piagato una spalla. Si è messo a letto e non si è alzato piú: dalla finestra vede i rami del noce, le foglie che sfiorano i vetri diventano gialle, si accartocciano, il vento le strappa una a una, il cielo compare fra le poche rimaste grigio di autunno. Al mattino la nebbia cola in gocce lente lungo i rami tra cui si intravede la casa che chiude con il suo muro cieco il giardino.

La stanza è grande, il letto profondo e bianco di lenzuola, la Matelda è venuta giú da Moncalvo per dare una mano alla sorella e siede su uno sgabello ai piedi del letto. Ha smesso di ricamare e il suo passo è leggero, ha mani fresche, grassottelle, rapide. Dal letto con le lenzuola tirate senza una piega il Giai la segue con lo sguardo, la testa sempre piú simile a quella del San Sebastiano trafitto di fianco all'altare. Il violino non lo suona piú, lo tiene vicino al letto chiuso nell'astuccio e già le tarme mangiano il panno rosso.

Non si è sposata la Matelda e non si sposerà piú, ormai tutti la chiamano la *Fantina* e a lei quel soprannome piace, le sembra dia un suono molto piú dolce. Con gli anni il suo viso ha perso il poco colore che aveva e gli occhi vanno sempre piú rassomigliando a quelli di certi ritratti il cui punto di riferimento sfugge, che vedono ma non guardano mai. Se arriva qualcuno in visita esce silenziosa dalla stanza lasciando un profumo di lavanda e di menta e scende a stirare la biancheria del Giai ben ripiegata in un cesto. La Maria appoggia i gomiti al tavolo dove lei preme il ferro con forza e vuol sapere che si dicono con il Giai sempre insieme in quella stanza. Non si sente mai un rumore, una risata o un lamento da quella porta sulle scale. La Matelda alza le spalle, passa dal fornello al tavolo, veloce cambia un ferro con un altro, inumidisce di saliva il dito a provarne il calore, sulla sua pelle opaca le domande si perdono, diventano impalpabili come i suoi pensieri, le parole che le escono di bocca non dicono nulla.

La Maria sa che dovrebbe impadronirsi di quel ferro, strapparglielo di mano e stirare lei le camicie del Giai, lei portargliele in camera e lasciarle scivolare su quel corpo che diventa ogni giorno piú magro. Eppure non osa, è come se non ne avesse la forza e quel ferro pesasse da spezzarle il braccio. La notte, quando il marito le si addormenta accanto, se lei tenta di accarezzarlo, di sfiorargli una mano, il Giai lentamente si ritrae. Lei rimane a lungo con gli occhi aperti a guardare i guizzi della candela. Le ombre.

Ha molto da fare adesso a mandare avanti la terra, tutti vogliono derubarla, i suoi lineamenti si sono fatti piú precisi, gli occhi piú grandi, la pelle è tirata agli zigomi. Quando esce nei campi si fascia il viso perché il sole non lo sciupi, ma qualcosa di non maturato, di inesploso, arrugginisce lo splendore dei suoi ventitre anni. Nessuno capisce se è gelosa della sorella sempre lí accanto al marito con quelle mani che a ogni tocco dànno una lieve scossa. La sua voce a volte si fa aspra, altre torna leggera come quando era ragazza a Moncalvo.

Il Giai morirà, anzi sarebbe già dovuto morire, solo un filo lo tiene ancora in vita legato alle dita della Matelda detta ormai la Fantina che gli passa sul viso un panno imbevuto d'acqua tiepida, lo sbarba, l'indice raccoglie il sapone che scivola lungo le guance, il viso cosí vicino al suo che il Giai può sentirne il respiro, penetrare in profondità nelle sue iridi disseminate di foglioline autunnali simili a certe piante cresciute nel buio per quanto sono senza colore. Lei gli pettina i ricci biondi diventati sottili e radi, asciuga un ultimo schizzo d'acqua dimenticato sul collo. Dita che odorano di lavanda, che piangono e sorridono, dicono quello che la voce non riesce a esprimere. Il Giai non l'abbandona con lo sguardo, non ne perde un gesto, un sospiro; e quando lei si ferma accanto alla finestra assorta nei suoi pensieri, ne contempla la figura ritagliata contro i rami del noce, la nuca, i capelli raccolti. La schiena che si arrotonda verso la vita. Chissà com'è quella schiena sotto il panno grigio della veste, i piccoli nodi delle vertebre. La notte la Fantina dorme nella stanza in fondo al corridoio e il letto è cosí stretto che lei non può neanche girarsi.

Tre anni è durato, tre inverni con la stufa accesa e la Fantina seduta sullo sgabello a far niente. Una volta, d'estate, arrivò la notizia che il Pidrèn sarebbe tornato. Era una lettera scritta mezza in francese dove si parlava di Prussia e di Sassonia e di uno strano paese nominato Einsieden. Con una carta geografica avuta in prestito dal Prevosto le due sorelle si sono messe a cercarlo inseguendo con il dito fiumi e pianure, montagne colorate di marrone; ma quell'Einsieden non sono riuscite a trovarlo. Fuori nel caldo di agosto le foglie si piegano sfibrate e le vespe si accaniscono sulla prima uva matura sotto la pergola, dalla sua camera al piano di sopra il Giai tira il filo della campanella appesa alle scale a chiamare la Fantina, non resiste ormai piú neanche mezz'ora senza di lei. La Fantina lascia scivolare il dito che segue sulla carta il percorso dell'Alfiere a cavallo, per la prima volta il dolore sembra lacerare la sua pelle opaca di carta e negli occhi che si fissano sulla Maria si addensano i rimpianti, le ore che non sono mai state e non saranno mai piú. Mai insieme nei campi, mai baciarsi e sentire il corpo sul corpo. Mai, mai. Sedersi lungo i fossi e ridere, ridere di gioia: – Perché non te lo sei preso allora il Pidrèn, Dio, perché? La bella Maria ha un brivido di paura davanti a quello sguardo: – Io, il Pidrèn? – chiede con un filo di voce. Ma già la Fantina le ha voltato le spalle, sale di corsa le scale, apre la porta, dal letto il Giai solleva la testa: quel giorno che insieme al fratello lui arrivò su a Moncalvo per prendere moglie, era come l'allodola impazzita dal gioco degli specchi. Perdono, Matelda, perdono.

Quando Giuseppe detto il Giai morí, fu mandato a cercare il Pidrèn. Se ne interessò perfino il *Maire* di Casale con il sottoprefetto Monsieur La Ville e la Maria fece piú volte il tragitto fino in città accompagnata dalla sorella. Era inverno e sui loro mantelli neri si posava la neve, il calesse era

ormai cosí sgangherato che non c'era modo di ripararsi. La
Maria aveva una brutta tosse ma piacque lo stesso molto a
Monsieur La Ville che promise di interessarsi subito per far
tornare il Pidrèn. Ma quando il sottoprefetto le ricevette
per la terza volta non aveva ancora nessuna notizia e il Pidrèn sembrava essersi dissolto su quella carta geografica che
Monsieur La Ville teneva spiegata sul tavolo e dove lui certamente avrebbe trovato subito Einsieden. Ma quel nome,
Einsieden, le due sorelle se lo erano dimenticato. Monsieur
La Ville fece alla Maria molti complimenti e la invitò a tornare ancora; prima che andasse via le regalò una tabacchiera
d'argento che commemorava l'incoronazione di Napoleone.
Ma il calesse non era ormai piú in condizione di fare neanche un viaggio e rimase sotto al portico accanto alle stalle in
attesa di un volenteroso carraio disposto a prenderselo via
in cambio di legna.

La stanza del Giai fu chiusa e la Fantina si portò in camera il violino nell'astuccio foderato di rosso. Per la terra, fu
deciso di affidarla al Mandrognin mentre delle stalle avrebbe continuato a occuparsene la Maria; e la Fantina riprese a
ricamare. Ogni mercoledí la Maria andava a trovare il Giai
al cimitero accompagnata dalla Gonda che al Giai aveva voluto bene e lo aveva tenuto in braccio bambino. Camminavano una avanti e l'altra dietro, la Maria portava i fiori e
se di fiori non ne aveva trovati si accontentava di qualche
ramo con le bacche rosse. A volte la signora Bocca che aveva un ricco giardino davanti alla chiesa le permetteva di cogliere le foglie delle due grandi magnolie vicino al cancello.
Lucide e dure, nella nebbia che a ogni momento sembrava
risucchiarsi la Gonda alle sue spalle, quelle foglie sembravano alla Maria ancora piú scure. La Gonda andava a tirare su
l'acqua dal pozzo e il custode seduto su una delle pietre che
segnavano le tombe parlava sempre di quanto era stata bella
la sepoltura del Giai con il sole e i colombi, e quanto invece
malangrett quella del Gran Masten. Dio, diceva, sa scegliere
il giorno in cui le persone devono morire.

La Fantina al cimitero non andava mai, in quei tre anni

che aveva passato nella stanza del Giai ne aveva consumato ogni respiro, e con il respiro, l'anima. Quello che ora stava nella terra, diceva, non era piú nulla, meno ancora di quelle larve vuote che si schiacciano nell'erba a primavera quando gli insetti sono volati via. A sentire certi discorsi alla Maria e alla Gonda si gelava il sangue; nel silenzio che seguiva sembrava a tutte e due di sentire il violino del Giai quando lo suonava nelle sere d'estate. Fu dopo uno di questi discorsi che alla Maria venne in mente di chiamare la Luison su a Moncalvo perché tornasse a vivere con loro.

La Luison non se lo fece ripetere due volte. La Fantina e la Maria le aveva allevate e con loro era vissuta sempre da quando aveva lasciato il suo paese disteso come un fazzoletto fra Udine e Cividale per andare *furesta* a Moncalvo.

Ricordava ancora quel viaggio durato piú di una settimana con il granturco alto nei campi e le viti che degradavano verdi fra i solchi. Le prime cicale accompagnavano il rumore degli zoccoli del cavallo e il cugino che aveva guidato la carretta non aveva fatto che criticare il paesaggio, le colline, le case, incitando le bestie restie ad andare avanti sul terreno accidentato. La Luison aveva venticinque anni e delle trecce folte e lucide quali ancora nessuno aveva visto a Moncalvo. Arroccata fra i suoi mobili, coperta di polvere dalla testa ai piedi, la gente si era girata a guardarla chiedendosi chi fosse mai quella ragazzona che arrivava come Santa Cunegonda portata al martirio. Piú la carretta si era inoltrata nel paese, piú alla Luison erano colate le lacrime al pensiero della sua terra piena di boschi e di felci dove l'acqua saltava limpida fra i massi; e si chiedeva come aveva fatto la sua povera sorella a essere felice in un posto simile, fra gente tanto diversa. Le lacrime erano poi diventate un pianto dirotto quando varcata la porta di casa aveva trovato le due bambine stese insieme su un canapè, la testa coperta di croste e un tanfo da togliere il fiato. Una, la Matelda, che camminava appena, e l'altra, la Maria, serrata nelle fasce fino al mento. Era stata la Luison una madre apprensiva, a volte accigliata e a volte allegra, aveva cantato alle due bambine le canzoni tedesche imparate dai soldati che si accampavano nei boschi intorno al suo paese e cucito bambole di stoffa con ogni avanzo trovato in casa. Stoffe di vecchi grembiali, di lenzuola consunte. Faceva alle bambole gli occhi e la bocca rossa, un grande mento colorato simile alle mele della sua terra. Il cognato la voleva sposare per mettere fine alle chiacchiere che avevano cominciato a circolare in paese. Era ancora giovane e gli sembrava giusto dare alla Luison un riconoscimento, una posizione. Ma lei non aveva voluto. Diceva che non era fatta per certe cose, non sentiva la «natura». Gli uomini non le ripugnavano ma anche non le dicevano nulla, non li voleva e basta. Voleva solo la sua madia dipinta di fiori e di uccelli, il tombolo, la Maria e la Matelda. Da loro si lasciava abbracciare e baciare, a loro permetteva di infilarsi con lei sotto le coperte per scaldarsi al calore del suo grosso corpo. E a guardarla bene si capiva che nonostante le sue forme sode, la schiena possente, mancava di qualcosa. Quando si lavava i capelli e la cascata delle trecce sciolte penzolava giú dalla panca di pietra, ricordava certe eroine come Genoveffa di Brabante che avevano passato un tempo della loro vita fra le fiere, piú a loro agio con gli animali che con gli uomini. Come se alla sua tastiera fossero mancati quei suoni che permettono una musica completa. E se le due bambine potevano godere con la piú ampia libertà della tenerezza dei suoi abbracci, se qualcuno la urtava di gomito e una gamba la sfiorava sotto a un tavolo, soffiava dal naso come i gatti. Cosí se la sua immagine con loro sulle ginocchia poteva commuovere per la dolcezza timida e espansiva dei gesti, non appena si raddrizzava o le bambine le scivolavano giú dal grembo, il suo corpo rivelava di colpo la pesantezza delle giunture, l'assenza di liquido.

Ora la Luison è di nuovo con loro, ancora una volta la sua madia, i suoi mobili sempre un poco piú vecchi, sono stati caricati e scaricati, portati su per le scale. Di nuovo la sua voce appena rombante spezza i lunghi silenzi delle sera-

te. Le sue mani volenterose inchiodano il legno là dove
mancano i vetri e il denaro per comprarne, girano la polenta
nel paiolo per renderla fina come una crema, in piedi su un
panchetto per fare piú forza, e qualche volta canta. In quella casa dai grandi vuoti le sue canzoni, vecchie canzoni dei
soldati austro-ungarici incomprensibili forse anche a lei,
passano come uno svolazzare di uccelli.

La Fantina ricama, la pianeta ordinata dalla signora Bocca per la chiesa di San Michele deve essere la piú bella che si
sia mai vista e lei seduta accanto alla finestra della sala passa
al telaio ogni ora di luce. Nel mezzo ha disegnato una testa
riccia e i capelli li ricama con il filo d'oro, gli occhi con fili
di seta azzurra. Quella, dice, è la testa del Bambino Gesú
mentre gli Angeli che gli compaiono ai lati sono l'Arcangelo
Michele e il suo compagno, l'Arcangelo Gabriele.

Di loro non si vede il volto perché la Fantina li vuole di
spalle, pronti a salire in cielo per mano. L'Arcangelo Michele ha una lunga tunica rossa e i capelli sciolti sulle spalle, ali
fitte di piume simili a quelle delle aquile e la spada d'argento
si leva alta mentre il giglio dell'Arcangelo Gabriele sembra
oscillare per quanto è sottile, pervaso di riflessi di un pallido
lilla. E dalla tunica i suoi calcagni sbucano esili e magri con
alcune minuscole goccie di sangue.

Perché l'Arcangelo Gabriele abbia del sangue sui calcagni
nessuno lo sa spiegare, neanche il Prevosto a cui vengono i
sudori freddi a guardare la pianeta che un giorno dovrà indossare. Il sangue è lí, dice la Fantina, perché io l'ho visto.
Dove, quando, non ricorda, ma l'ha visto. Forse, dice ancora, è per i pruni e i rovi che l'Arcangelo ha incontrato sulla
terra quando è venuto a portare l'annuncio alla Vergine Maria; e i suoi occhi sfuggono quelli del Prevosto, si immergo-
no pallidi sotto le palpebre.

Fu un pomeriggio di settembre. La Fantina ricamava curva vicino alla finestra e le foglie del pero disegnavano di
ombre il telaio, le mosche si posavano sulla volta fatta dipingere dai due fratelli con quattro vedute diverse. La Fantina
teneva i piedi appoggiati alla traversa della seggiola e parla-

va del raccolto delle mele: quest'anno, diceva, dovrebbe andare meglio dell'anno passato, a meno che non venga la grandine. Pensando che parlasse con la Maria, la Luison era entrata tranquilla rimanendo pietrificata sulla soglia: il Giai era lí, in piedi, con una mano appoggiata al davanzale, e anche se faceva ancora caldo portava il vestito di fustagno e la sciarpa al collo.

Era cosí naturale, aveva poi detto la Luison, che mi sarei messa anche io a parlare con loro... Ma adesso a ripensarci bene qualcosa di strano l'aveva: la mano. Era tutta graffiata. La Maria si era messa a piangere, le lacrime erano rotolate sulla curva smunta delle guance, lei sapeva cosa erano quei graffi e adesso che la Luison raccontava come era bello il Giai con la testa reclinata e quella sciarpa che gli ricadeva lunga al ginocchio, soffriva nel ricordare ma ne aveva anche un gran desiderio.

– Con i morti non è bene avere commercio, – aveva detto il Prevosto. Il pensiero che la pianeta che la Fantina non finiva piú di ricamare (ci avrebbe messo dieci anni) sarebbe toccata a lui, lo faceva star male. Gli sembrava che avrebbe finito per bruciargli la schiena al solo contatto. Eppure non si è mai vista una pianeta simile dove i rossi sono come rubini e l'oro quasi acceca. Il giglio dell'Arcangelo Gabriele ha petali che sembrano disfarsi al tatto tanto sono leggeri mentre la spada dell'Arcangelo Michele manda bagliori di sole. Siede il Prevosto accanto alla Fantina, i morti che vanno in purgatorio, le spiega, sono lí perché devono espiare qualche colpa, tutti abbiamo i nostri peccati, ma se poi vengono disturbati devono restare in purgatorio centinaia e centinaia di anni in piú.

È ancora giovane il Prevosto con una barba scura che non fa in tempo a rasarsi, da quella casa tutta di donne è attratto come la zanzara dall'acqua, gira e sosta, alza gli occhi al cielo quando la Gonda si avvicina e lo interrompe con il suo fiato di denti guasti. La Fantina lo guarda imperturbabile, lei che non è mai stata bella ha ora un aspetto rigoglioso, la pelle liscia e piena, il collo tondo, si china verso il Prevosto, si inumidisce le labbra.

Dio, il demonio, che trucchi inventa! Il Prevosto si alza di scatto, inciampa nella seggiola, quella pianeta al telaio emana odore di zolfo. Forse è l'oro, forse la seta. In cucina la Maria gira sul fuoco la mostarda d'uva, ha le maniche rimboccate e il vapore le bagna i capelli, le attacca al corpo il cotone nero della veste. – E del Pidrèn, nessuna notizia? – chiede il Prevosto con la voce che gli manca. Perfino la Luison che ha passato i cinquanta, mentre aiuta la Maria, lascia intravedere spiragli di carne bianchissima e intatta.

Il Pidrèn è a Einsieden. Ha imparato un poco di tedesco e forse sposerà la figlia di un ricco mercante di sego. Ha avuto tante fidanzate, una ad Amiens e una perfino a Siviglia, ma nessuna è mai stata la volta buona. E anche ora quando pensa di passare il resto della vita in questo paese grigio di venti, traversato da un fiume di pellegrini, gli sembra che Einsieden sia destinato a essere solo un luogo di transito, una stazione di posta. Meglio strapparsi dal cuore anche questa Margaretha di latte e miele con la casa che affaccia sulla piazza dove incrociano carrozze di ogni tipo, e duchi e principesse ne scendono con grandi mantelle scure per andarsi a prostrare lunghi distesi sul pavimento dell'antica Cattedrale. Meglio riprendere il cavallo con la coperta a scacchi e sperare nella grande occasione che lo farà generale. Lo zar Alessandro è in rotta con Napoleone e l'imperatore sta racimolando truppe per tutta l'Europa, lo zar è favolosamente ricco e si parla di chiese con le cuspidi intarsiate di lamelle d'oro, di stanze foderate di lapislazzuli. Il primo che forzerà le porte dei conventi troverà tante ricchezze da non aver cavalli sufficienti per trasportarle.

A volte gli capita ancora di pensare al Giai e immagina che abbia bambini già grandi e le fette di pane non si fa in tempo a tagliarle, il latte a mungerlo, e la Gonda sempre piú vecchia canta anche a loro la canzone del *Pursè Soppin*. A lei, alla Maria, non pensa piú. L'ha dimenticata e non capisce neanche come abbia potuto soffrire tanto quando gli ha preferito il fratello. Non sa che il Giai è morto, sepolto vicino al Gran Masten in un giorno di sole e di colombi bianchi e che nella casa molte stanze sono state chiuse e al posto dei vetri rotti sono stati messi dei legni; e il silenzio a volte è cosí profondo che si avverte lo scricchiolio dei tarli.

A volte. Perché altre invece è tornato a farsi sentire sottile e appena stridulo il violino del Giai. È venuto l'inverno e a certe ore la Fantina diventa irrequieta, lascia cadere i fili d'oro del suo ricamo. La Maria quel suono finge di non sentirlo, sta venendo buio e gli schiavandari con le loro famiglie si sono chiusi nella stalla, lei siede al tavolo a giocare a *reversis* o a *brisque* con il Mandrognin seduto di fronte. La Luison è sorda e quel suono pensa sia il vento anche se la nebbia cosí fitta non ne lascia passare, di vento, nemmeno un filo.

Il Mandrognin è innamorato della Maria ma a lei non importa niente né del Mandrognin né di altri e darebbe ora dieci anni di vita per tornare un giorno solo a quando il Giai le prendeva il viso fra le mani e le baciava la bocca, o la raccoglieva sul suo corpo come se il loro letto fosse un grande fiume bianco. Del Pidrèn non hanno saputo piú nulla, forse è morto anche lui infilzato da qualche baionetta, Monsieur La Ville è tornato a Parigi e la sua tabacchiera è stata riposta per una qualche imprecisata generazione futura. Forse un figlio del Pidrèn, se ne esiste uno da qualche parte.

Il Mandrognin ha sbagliato ancora e la Maria lo rimprovera, lui china rassegnato la testa; e mentre le guarda le mani rovinate dal freddo pensa che se lei non alzasse cosí spesso la voce potrebbe tentare di sfiorargliene una. Di offrirsi lui per quei lavori che lei si ostina a fare, caparbia e inetta. Le ha portato una mezza forma di formaggio e la Maria lo ha ringraziato distratta come se tutto le fosse dovuto. Per quella sua vita disgraziata, quella giovinezza che se ne passa via tanto amara. Ma per il Mandrognin va bene cosí, a lui basta guardarla, sapere che mangerà con quella fame arretrata che si ritrova. Le vede il viso smunto, il collo sottile, le spalle che tradiscono l'ansia per il suono di quel violino, un suono che fa male anche a lui e raccoglie in fretta le carte, le mescola a lungo. Purché la Maria non se ne vada, non lo lasci lí solo con la Luison che sonnecchia sulla sedia, il fuoco che va spegnendosi. Gli angoli bui, freddi.

Cosa sia successo al Pidrèn durante la campagna di Russia nessuno lo ha mai saputo. Mai si è capito come ne fosse venuto fuori e se in cambio della salvezza avesse dovuto vendere l'anima al diavolo. Il ritratto che lo mostra appoggiato al velluto di una poltrona con la catena d'oro che gli attraversa il panciotto, non porta nessuna traccia dei suoi trascorsi napoleonici. Ma quel ritratto fu dipinto quando era già avanti negli anni e i racconti delle sue imprese fra i Mamelucchi e in Westfalia avevano fatto piú volte il giro del Monferrato.

Conservava di quei luoghi e delle battaglie che vi aveva combattuto dei ricordi che andavano sempre piú arricchendosi di particolari e nessuno osava mai contraddire. Al primo dei suoi figli mise nome Gavriel dal compagno d'armi che gli aveva salvato la vita a Wagram e il secondo volle fosse battezzato Louis Charles perché cosí si era chiamato il generale Desaix la cui morte aveva pianto seduto su una panca. L'ultimo figlio infine venne chiamato Gioacchino per amore di Murat che non aveva esitato a guardare in faccia il plotone di esecuzione. Perfino della sua fidanzata Margaretha si sapeva che cantava bene e colorava delle meravigliose uova pasquali impastando con la saliva i petali dei fiori. E se non chiamò la terzogenita con il suo nome fu solo per un riguardo alla moglie. Per molti anni continuò a ricevere lettere di altri che come lui avevano fatto le campagne di Egitto, d'Italia, avevano combattuto in Spagna. Lettere che ricordavano battaglie, città in festa, risse e cavalli.

Ma in Russia era come se non ci fosse mai stato; se qualcuno talvolta la nominava i suoi occhi si perdevano in un'altra direzione, lui non sapeva nulla e Borodino, Mosca, il Don, erano luoghi che appartenevano a un'altra sfera terrestre. Kutuzov? Il suono di una lingua mai sentita. Il suo corpo era coperto di cicatrici e ognuna aveva un nome, ricordavano sulla sua pelle foreste e fiumi, campi e bivacchi. Nessuna ricordava la Russia, in Russia sembrava che lui fosse passato indenne come un demonio attraverso il fuoco.

Quasi subito gli venne dato il soprannome di Sacarlott (il *Sacrediux* dei francesi) perché si irritava con facilità, o piú probabilmente perché tutti ne avevano soggezione e quando se lo trovavano alle spalle erano colti da un sussulto. Fu la Luison la prima a chiamarlo cosí quando una mattina il Pidrèn entrò in cucina mentre lei stava addormentando un pollo con la testa sotto l'ala, gioco che divertiva moltissimo il piccolo Gavriel sul seggiolone. Girandosi se lo vide di spalle, si spaventò, e il pollo le cadde di mano andandosi a spezzare l'osso del collo. – *Sacrediux!* – gridò il Pidrèn.

Era tornato una sera di fine marzo, fra poco sarebbero stati sette anni dalla morte del Giai e le due sorelle insieme alla Luison avevano finito di cenare da un pezzo. Mangiavano presto, alle cinque e a volte perfino alle quattro, e piú era lontano il tempo del raccolto e piú facevano in fretta perché era poco quello che c'era sul tavolo. Gli aprí il Mandrognin venuto a giocare a carte con la Maria, e richiuse subito la porta. Il Pidrèn si mise a picchiare con furia e piú picchiava e piú dentro erano spaventati, finché la Maria si affacciò alla finestra; e anche se non era facile capire chi era quel vagabondo tutto pelle e ossa con i piedi fasciati di stracci e una pelle di montone al posto della camicia, lo riconobbe subito. E svenne.

Infatti in quei sette anni avevano consumato senza troppi rimorsi tutta la sua parte, sia quella messa da parte dal Giai finché era stato in vita sia quella che avrebbe dovuto mettere da parte lei, se mai il Pidrèn fosse tornato. Avevano venduto la sua terra, le sementi, le sue bestie. Solo la Luison non perse la calma e tra lei e il Pidrèn si svolse un dialogo fatto di notizie rapide e succinte, di sí e di no. Poi il Pidrèn, buttato con la testa sul tavolo a piangere la morte del fratello, si addormentò di colpo. Cosí profondamente che solo verso l'alba riuscirono a farlo salire a letto dove dormí tre giorni di fila con una pagnotta stretta al petto.

Sposò la Maria quasi subito. Lei non sapeva se lo voleva oppure no ma non osò dire nulla per via di quelle terre, sementi e bestie di cui non poteva rendere conto. La sposò alle cinque del mattino in una Chiesa deserta, buia, con due candele ai lati dell'altare e il Prevosto con la barba lunga. La fede al dito la Maria l'aveva già, per comprarne una al Pidrèn fu venduta la pelle di montone che era di buona qualità. La Luison preparò la polenta e il Mandrognin fece da testimonio con la febbre che gli scottava la fronte. Era una bella giornata e quando uscirono di Chiesa la Maria vide i colombi bianchi e le sembrarono gli stessi del giorno del funerale del Giai. Il sole faceva scintillare le foglie della magnolia ai lati del cancello della signora Bocca e la signora che si alzava sempre all'alba passeggiava maestosa seguita dal cagnolino. Ma sembrò non vederli.

Si sistemarono nella stanza al primo piano dove il noce picchiava con le foglie ai vetri; ma il letto che era stato del Giai il Pidrèn non lo volle e poggiarono due pagliericci di foglie di granturco su delle assi. Fu lí che dopo tanto tempo la Maria fece di nuovo l'amore. Ma l'uomo che la stringeva le sembrava un estraneo, uno venuto per derubarla come gli altri, e il primo mese non fece che piangere con il Pidrèn che voleva fare l'amore la mattina e la sera. Dopo un mese il Pidrèn mise la camicia nuova di cotone che gli aveva cucito la Luison e mandò a chiamare il Mandrognin per guardare il libro delle terre, la Maria si lavò i capelli e li sciolse ad asciugare lunghi al sole. E mentre i capelli gocciolavano sull'erba, la Luison disse qualcosa a proposito del Mandrognin che al solo suono della voce del Pidrèn era stato assalito da un tremito; e la Maria scoppiò a ridere. Fu una risata crudele, leggera, che le vibrò a lungo in gola. La prima.

In capo a un anno il Pidrèn aveva comprato non solo un

nuovo letto ma una intera camera di noce massiccio come non se ne era mai vista in paese, se si faceva eccezione per la casa della signora Bocca. Il letto, a una sola colonna, era simile a quello di Napoleone a Fontainebleau. La Fantina smise di ricamare la pianeta per cucire i camicini al primo bambino della Maria.

Gavriel nacque alle sei di sera, era bruno e il Pidrèn non disse né che era contento che fosse maschio né che era bellissimo come tutti affermavano, disse solo: – *As ciamerà Gavriel*, – e tornò fuori a sorvegliare la mungitura delle mucche. Come lo videro arrivare i bovari chinarono subito la testa e nessuno parlò del bambino, i bovari perché non sapevano che dire, il Pidrèn perché non parlava mai. Anche quel giorno andò a controllare lo sterro per le viti; e lí, dove il lavoro non era perfetto, si limitò a disfarlo con il bastone che era stato del Gran Masten e poi, per breve tempo, del Giai.

Il giorno dopo era domenica e il pomeriggio la Luison e la Fantina andarono al Vespro, la Gonda portò a sciacquare i panni insanguinati dal parto. La Maria restò sola con il piccolo Gavriel che dormiva accanto nella culla, le tende di garza che ondulavano al sole. Lei guardava sul soffitto le volute fatte dipingere anni prima e le sembrava che formassero, nell'angolo, il volto di un vecchio con la barba a punta. Aveva dopo tanti anni una grande nostalgia della sua casa a Moncalvo e quel letto a una sola colonna le sembrava mal fatto, *stravís*, come diceva la Gonda. E anche se adesso fare l'amore con il Pidrèn le piaceva, lui continuava a sembrarle un estraneo e quando nel sonno le avveniva di toccarlo o scontrarsi con la sua schiena, si spaventava come di cosa sconveniente. Mentre le campane suonavano l'inizio della funzione lei era ancora lí a fissare sul soffitto quella testa di vecchio: l'occhio formato da due volute color castagno la fissava e le ordinava qualcosa. Ma cosa esattamente, non lo sapeva.

Quando la Luison e la Fantina tornarono dal Vespro, la Maria dormiva e benché avesse ormai quasi trent'anni sem-

brava una bambina con i lunghi capelli sparsi sul guanciale.
La Fantina la svegliò toccandola con l'acqua benedetta e la
Maria aprí gli occhi: bellissimi, scuri e felici: – È venuto il
Giai, – disse, – è venuto a vedere il bambino...

La Fantina scoppiò a piangere, era la prima volta dopo la
morte del Giai e le lacrime invece che uscirle solo dagli occhi sembravano sgorgarle da tutto il viso e le scorrevano sul
collo e le mani. – Quando? – chiese con un filo di voce.

La Maria raccontò che non appena le campane avevano
finito di suonare aveva sentito dei passi su per le scale e aveva pensato al Pidrèn tornato indietro a cercare qualcosa; ma
prima che quei passi si arrestassero davanti alla stanza, li
aveva riconosciuti. Aveva chiuso gli occhi e il suo corpo si
era sciolto fra le lenzuola come se il latte e il sangue le fossero fluiti fuori e lei fosse immersa nel loro liquido caldo. E
quando li aveva riaperti, il Giai era chino sulla culla e muo-
veva la testa in segno di assenso. Forse sorrideva. Lei avrebbe voluto chiamarlo, gridare il suo nome: Giai, Giai! C'era
tanto silenzio che poteva sentire il fruscio delle tende mentre guardava la sua testa piena di ricci come un tempo. Le
mani non era riuscita a vederle perché le teneva incrociate
dietro la schiena, chissà se erano graffiate come quando gliele aveva viste la Luison. Dalla camicia gli spuntava un fiore
bianco di pruno. Ma era stato un attimo, non aveva avuto il
tempo di nulla, neanche di vedere quel sorriso, se c'era dav-
vero. Il silenzio in quel momento era stato cosí grande che
aveva mosso le dita sul lenzuolo per fare rumore.

Per tutto il tempo che la Maria aveva parlato la Fantina
era rimasta accanto alla finestra a guardare fuori, il pianto si
era calmato e gli occhi erano tornati ad acquattarsi come
molluschi sotto le palpebre. Non appena la sorella finí, uscí
dalla stanza di corsa.

Quella notte la Maria sentí suonare il violino e si alzò per
guardare dalla finestra. La Fantina sedeva sull'orlo del pozzo e la camicia bianca le scivolava dalle spalle mentre lei seguiva la musica muovendo appena la testa con la treccia giú
per la schiena, i piedi bianchissimi che sfioravano la terra.

La Maria avrebbe voluto dirle di coprirsi ma le sembrava il suono del violino cosí forte che la sorella non l'avrebbe mai udita; cosí era rimasta a lungo a guardarla. Le spalle della Fantina brillavano di rugiada e la camicia le scivolava sempre piú giú quasi fosse stata un lenzuolo sul bordo del pozzo mentre il suono del violino si avvicinava e le ruotava intorno e lei diventava il centro che avvita a sé ogni spazio. La Fantina si curvò in avanti e la camicia scivolò a terra scoprendo i suoi fianchi tondi, ancora piú bianchi nella notte. La Maria cercò di gridare ma la gelosia soffocata in tutti quegli anni era diventata un cavallo impazzito e la rotolava fra i suoi zoccoli. Nessun suono poteva piú esprimerla.

Rimase muta tre giorni e durante quei tre giorni non fece che pensare a quello che aveva visto. Non esisteva il bambino, non esisteva il Pidrèn, la Luison, la Gonda, esisteva solo la Fantina sull'orlo del pozzo. Stesa immobile nel letto assisteva per la prima volta allo spettacolo che si era svolto per anni sotto i suoi occhi senza che lei lo vedesse. Il sipario si era alzato e mille rumori rompevano il silenzio che aveva avvolto come una ovatta la stanza del Giai; e oltre la porta che non aveva mai osato aprire la Fantina e Giai recitavano la loro storia d'amore fatta di brevi, brucianti contatti. Di gesti lenti, pieni, totali. La luce cadeva su quelle camicie che la sorella stirava come se stesse accarezzando le spalle del Giai, illuminava il pettine che passava fra i suoi ricci di cherubino malato. Cosí era stato: la Fantina glielo aveva portato via giorno dopo giorno.

Aveva cominciato subito, molto prima che il Giai si ammalasse, fin dall'inizio quando veniva in visita e si sedeva ad aspettarlo sotto il noce. E mentre lei si era persa nell'intrico dei desideri, la mente della Fantina aveva vegliato lucida, astuta. Il cuore all'erta, pronto al balzo. Rivede ora l'albero e il panchetto su cui siede la sorella (lo stesso che si sarebbe portata nella stanza del Giai per installarlo come un piccolo trono), rivede il Giai, la bocca appena piegata in giú, socchiusa nel viso stretto al violino, le dita che vibrano sulle corde; e la musica sembra nascere dalla malinconia dello sguardo per posarsi dolcemente sulla Fantina seduta sullo sgabello. Ora ricorda che perfino il giorno del suo matrimonio la Fantina aveva trovato il modo di sederglisi accanto e mentre tutti brindavano, si alzavano, tornavano a sedersi, lei non si era mossa dal suo fianco. Inavvertibile, opaca, con la mano che andava raccogliendo le briciole e le scartava via.

La prima cosa che la Maria disse non appena riprese a parlare fu che non voleva altri figli. Gavriel sarebbe stato il primo e l'ultimo. La paura e il pianto, l'odore muschioso del suo sangue insieme a quel sentirsi carne che riproduce altra carne, le sembravano, nell'ombra che il noce proiettava nella stanza, delle belve pronte a divorarla. Niente le dava gioia, non la camicia sempre bagnata di latte o le dita del bambino che le si aggrappavano al seno come zampette di topo. Avrebbe voluto essere una bolla d'aria e sollevarsi in alto, posarsi senza peso sulle volute del soffitto dove quel vecchio continuava a fissarla.

Il Pidrèn non fece molte domande, come si era accontentato della spiegazione della levatrice sulla perdita della voce della moglie, cosí accolse senza commenti una dichiarazione tanto drastica. Come unico provvedimento fece decapitare il noce, e quando la cima dell'albero crollò a terra nello strepito delle foglie, la stanza fu di colpo piena di luce. Una luce che avrebbe messo in fuga i cattivi pensieri insieme ai fantasmi. Sorrise, lui che sorrideva tanto di rado, e baciò la moglie sulla bocca. Durante gli anni che era stato lontano aveva conosciuto tanti generi di donne che aveva finito per pensare che fossero tutte uguali, e si poteva fare con una come si era fatto con un'altra. La Maria gli piaceva e i figli gli sembravano importanti per la terra e la casa; e quando la vide in piedi pallida e fiorente, gli occhi languidi di interni sospiri, decise di non tenere in nessun conto quello che aveva detto.

Per un po' la Maria fu nelle sue braccia come una bambola, si faceva spogliare e rigirare nel letto senza emettere un fiato. Era estate e la luna ormai libera dai rami del noce bat-

teva sul pavimento, lei tendeva l'orecchio se mai avesse suonato il violino del Giai. Ma non aveva valutato la forza del
Pidrèn, la forza di chi ha convinto sé e gli altri che quello
che va bene per lui va bene per tutti. E che talvolta il bene
può anche essere il male minore. Cosí a poco a poco costretta, dominata dalla sua volontà, i suoi pensieri tornarono a
incanalarsi come lettere nelle righe di un quaderno lungo il
sentiero della vita familiare. Le giornate ripresero respiro e
la notte il suo corpo tornò a essere un liquido che riprendeva forma nelle braccia del Pidrèn.

Ma per tutto l'arco dell'anno, fino alla nascita di Louis
Charles poi chiamato Luìs, la gelosia per la Fantina non la
lasciò mai; e quando le sembrava di averla superata, tornava
a ferirla all'improvviso. Le bastava vedere uno di quei mi-
steriosi sorrisi che illuminavano il viso della sorella verso
l'imbrunire o trovarla seduta estatica con le mani abbandonate fra i fili colorati in grembo. E quando la sentiva avvicinarsi alla culla di Gavriel faceva un balzo per impedirle di
toccare il bambino.

Una volta che rimase sola in casa le sembrò di riudire il
passo del Giai e si mise in ascolto, soffocando il fuoco della
stufa. Rimase a lungo immobile accanto alla culla reggendo
alto il lume cosí che se il Giai fosse entrato avrebbe potuto
ammirare il bambino che dormiva stretto nelle fasce. Era
autunno e alle finestre era già buio, si sentivano i carri che
tornavano dai campi e lei rabbrividiva dal freddo. Avrebbe
voluto dire tante cose al Giai, prendergli le mani e tuffarci
dentro il viso, piangere fra le sue dita.

Ma il Giai non tornò quel pomeriggio né dopo; e un giorno che era già avanti nella gravidanza del secondo bambino,
entrò nella camera della Fantina e aperto l'astuccio prese in
mano il violino. Sfiorò le corde con le dita: dalla finestra che
dava sul cortile vedeva il cielo bianco di pioggia, quel cielo
era senza respiro, piatto come il fondo di una scodella. Il
violino le scivolò di mano; niente le apparteneva là dentro e
l'odore che si levava dallo scialle abbandonato su una sedia,
dai piccoli oggetti sparsi sul comò, era lo stesso che c'era sta-

to nella stanza del Giai. E uscí di corsa come se fosse entrata per rubare.

Quella sera a cena quando la Fantina con la scusa di sentirsi poco bene si alzò prima degli altri, la gelosia le chiuse la gola e vomitò il boccone sul piatto. E mentre la Luison cercava di aiutarla battendole dei colpi sulla schiena, vide la Fantina che infilava la porta delle scale con i capelli che già si scioglievano dalle forcine e lei non si curava di raccogliere. L'odio fu tale che il sudore cominciò a colarle dalle tempie e se non ci fosse stato il Pidrèn a reggerla per la treccia sarebbe scivolata lunga sul pavimento.

Per il Pidrèn l'anno che nacque il secondo dei suoi figli fu un anno fortunato. In Francia aveva conosciuto nuove tecniche di semina e per la prima volta le aveva sperimentate sulle sue terre: il raccolto era stato di un terzo superiore a quello dell'anno precedente e l'avena era cresciuta cosí rigogliosa che la signora Bocca l'aveva voluta tutta per i cavalli di sua figlia, sposa a un marchese di Casale. E come ai tempi del Gran Masten c'era di nuovo il via vai ininterrotto dei carri e gli schiavandari dovevano stare alzati fino a tardi a pigiare il fieno sotto gli archi.

Ma a volte come un tarlo torna il pensiero del fratello che ha lasciato felice accanto alla sposa sul sagrato della Chiesa, e poi è morto senza piú rivederlo. Un pensiero che gli fa male perché il Giai ha lasciato dietro di sé tracce cosí labili, frammenti a cui è difficile dare un ordine e il ricomporli richiederebbe infinita pazienza. Come se il Giai fosse stato un'aria leggera, uno spiffero nella grande burrasca della vita. Le nebbie salgono dal basso, il Pidrèn cammina fra i campi scuri e deserti, giornate in cui tutti si rinserrano nelle stalle vicino al fiato delle bestie. Ma lui non sente il freddo, non avverte la pioggia, gli stivali affondano senza rumore nella terra marcia d'inverno, i passeri si levano in voli rapidi e brevi, spariscono anche loro nell'aria che gela la bocca. Lui non ama seguire i labirinti a ritroso, fermarsi nella contemplazione di un luogo, non ne ha neanche il tempo se vuole riassestare la terra andata a ramengo, tornare a essere un *particulare* con il gilet di velluto e l'orologio attaccato alla catena d'oro. Un *particulare* con il banco in Chiesa, subito dietro a quello della signora Bocca. I suoi figli devono studiare e le figlie avere una dote, tutti desiderarle in moglie. Ne ha viste tante quando girava con il suo cavallo dalla sella consumata, sofferenze inenarrabili, buchi neri che hanno risucchiato la memoria, l'hanno annientata come un budello infetto. Un tempo, da ragazzo, chiacchierava e rideva con facilità, cantava perfino certe sere d'estate e la sua voce scuoteva il Gran Masten dalla sua malinconia. Da poco gli è nato un altro figlio e quell'inverno, quando avrà finito di vendere tutto il raccolto, avrà abbastanza denaro per rifare il tetto alle stalle, comprare altri buoi. In paese già lo chiamano il Sacarlott, i contadini lo temono e la moglie a volte lo guarda chiedendosi se anche lui soffra per qualcosa che non sia la grandine che ha rovinato il raccolto o un fulmine che ha incendiato un covone. Ma lui ha imparato che la vita bisogna chiuderla in un cerchio come quelle arene che ha visto in Spagna. Abbandonarsi alla sofferenza non serve a niente, serve ancora meno lasciarla vedere agli altri, le piaghe vanno tenute nascoste altrimenti nugoli di mosche scendono a succhiarne il sangue. Quando la Maria aveva scelto il fratello il dolore aveva continuato a bruciare a lungo. Sapeva di essere l'uomo giusto per lei, sapeva che i loro corpi si sarebbero incontrati con slancio, e desiderarsi e unirsi sarebbe stata la cosa piú naturale del mondo. Avrebbe portato forza, vita. Ma lei non aveva capito e niente era stato, né avrebbe mai piú potuto essere come doveva.

Ha orecchie grandi e pelose il Pidrèn, le gambe corte rispetto al corpo, una bocca che piaceva molto alla Margaretha di Einsieden. Una bocca che ora ride raramente e dove i denti non sono piú cosí bianchi e compatti come quando sedeva nella casa del mercante di sego e sentiva le carrozze sui selci della piazza. La Maria gli è sinceramente affezionata, molti sono i motivi che la spingono a essergli grata, non ultimo quella parte di beni di cui lui non ha mai fatto parola. Il cibo e i vestiti, la legna che ora non manca piú per nessuno. Ma la capacità di amare si è atrofizzata in lei, quella parte appassita prima del tempo non è stata capace di riprendere vigore. Neanche la maternità le ha ridato la luce che aveva un tempo. È ancora giovane ma la sua carne si fa sempre piú asciutta, il passo misurato, senza slancio. Il secondo bambino è nato senza fatica, l'hanno chiamato Louis Charles come il generale tanto amato. Lei ha ripreso a cantare mentre dondola la culla e ha smesso anche di aspettare il Giai perché sa che non tornerà piú.

Al cimitero va di rado e al posto della Gonda viene con lei quel Gavriel pieno di forza che le sfugge di mano con il rischio di finire sotto a un carro. Nel nuovo cimitero che stanno costruendo fuori il paese il Pidrèn vuole per la famiglia una cappella dove mettere dentro il fratello morto da oltre dieci anni. Ma cosa resterà ormai del Giai, la cassa era povera, filtrava dentro aria e acqua. Vuole una cappella con la volta dipinta di celeste e su disegnate le stelle e la luna. Lei strappa l'erba cresciuta intorno alla lapide del Giai, infila nel vaso le dalie, una viola, una gialla, una screziata di bianco. Gavriel cade e si sbuccia un ginocchio, la guarda senza piangere, uno strano sorriso timido e sornione gli passa sul viso, lui vuole dimostrare il suo coraggio. Il coraggio che vuole il Sacarlott. I capelli di Gavriel, neri alla nascita, sono diventati di un bel castano ramato e lui si diverte a girare fra le tombe e poi siede sui piccoli cumuli di terra lasciando scorrere il dito lungo i nomi incisi nella pietra. La mamma lo chiama: – Gavriel, *andumma!* – Lui corre sul viottolo. – *Andumma, andumma!...* – grida agitando le braccia come fossero ali; lei lo rimprovera, non è luogo dove si possa far chiasso, dice. Le lucertole guizzano sulla siepe di mortella, le campanule azzurre ricadono in festoni lungo il muro.

Dopo Gavriel e Luìs sarà la volta della Bastianina, della Manin vissuta cosí poco e infine del Gioacchino morto in quella tremenda estate del '35. Ma questo lei ancora non lo sa e cammina piano nella strada di polvere reggendo per ma-

no il bambino. I suoi pensieri vanno alle uova da raccogliere
nel pollaio, alla lana da far cardare. Alla prima veste di Luìs.
In quella vita che il Sacarlott vuole chiudere come in un'are-
na lei ha trovato un angolo d'ombra, ha segnato un cerchio
ancora piú piccolo e da lí a volte, senza piú sofferenza, guarda la sorella farsi foglia, vento, non conoscere nessun cerchio
né grande né piccolo ma solo i vasti spazi degli uccelli.

La Fantina ha consegnato alla signora Bocca i paramenti
per la chiesa, tutti i domestici della casa sono stati radunati
per ammirarli completi di stola e cotta. Quando è festa grande il Prevosto li infila con cautela, la gente viene dai paesi vicini per vederli e siede nei banchi congiungendo le mani dalla
meraviglia, il Prevosto intona il *Gloria* spaventato e stordito
dal fulgore che si leva dalla sua schiena. E come se sentisse
sulla nuca il tocco delle dita della Fantina, la voce gli trema,
diventa rauca. Il Sacarlott ritto in fondo fra gli uomini, con
il cappello in mano, guarda impassibile davanti a sé; ancora
un poco e avrà il banco dietro a quello in cui sta inginocchiata la signora Bocca. Nessuno capisce quale sia il suo rapporto
con Dio, se ne ha paura o solo rispetto. O forse nulla.
La Fantina canta nel coro e il velo bianco delle vergini le
copre i capelli dove non uno è diventato grigio. Il Prevosto
leva alto il calice, le contadine vestite di gonne consumate e
stinte abbassano la testa, gli occhi rovinati dalla congiunti-
vite non vedono quasi nulla, soltanto un unico, immenso
bagliore. La Fantina canta su una sola nota e la musica è nella sua carne bianca come pasta di pane mentre la testa ric-
ciuta del Bambino Gesú sembra staccarsi dalla schiena del
Prevosto e ascendere in alto fra gli arcangeli Gabriele e Michele congiunti per mano, nessuno vedrà mai i loro volti. La
Maria china la testa, è incinta di nuovo e quello che tiene in
grembo le sembra un coniglio, un topo a paragone di quel
Bambino Gesú dagli occhi di seta. Al suo fianco Gavriel fissa esterrefatto la testa nel centro della pianeta, quei riccioli
come serpenti d'oro. È preso, perduto, è mai esistito un essere cosí bello?

– No, mai, – gli dice la Fantina, – ma avrebbe potuto,
sí, avrebbe potuto.

La Luison si indigna: come, non è mai esistito il Bambino
Gesú, che bestemmia è mai questa? – *E il Giai, al'era nent
bel, il Giai?* – dice la Gonda, lei lo ricorda bambino, era il
piú bello di tutti e quando andava a messa il vecchio Prevosto lo faceva sedere sui gradini dell'altare, i capelli erano cosí lunghi che sfioravano la pietra. Il Gran Masten, dice ancora la Gonda, voleva che glieli tagliassero, diceva che era
grande e doveva mettere le brache e tagliare i capelli ma la
madre non voleva, aveva timore a sciupare tanta bellezza.
Le lacrime riempiono gli occhi della Gonda a ricordare tutti
quei morti, la sua schiena è cosí curva che deve mangiare
con la scodella su una sedia, non ha piú fiato per cantare ai
bambini la canzone del *Pursé Soppin*. Al Giai lei voleva bene, era gentile e quando la incontrava con la cesta della legna gliela toglieva sempre dalle braccia.

Solo la Maria sembra non sentire i loro discorsi, sulla pianeta ricamata dalla Fantina lei ha fissato a lungo le gocce di
sangue sui calcagni dell'Arcangelo Gabriele, rosse e liquide
come se fossero appena sgorgate. Cosí ora rivede il viottolo di mattoni della sua vecchia casa di Moncalvo e il Pidrèn
e il Giai che camminano uno dietro l'altro mentre con la sorella li spiano da una fessura fra le tende. Uno è piú basso,
robusto, ha lo sguardo deciso e il passo baldanzoso di chi
nella vita si trova bene. A loro era piaciuto subito l'altro,
quello con la testa un po' ciondolante e il sorriso appena av-
vertibile. Era vestito di fustagno il Giai e la sciarpa gli passava intorno al collo come dimenticata lí dall'inverno.

Piú tardi, quando era andata a raccogliere i rami del pruno pronti a fiorire, il Giai l'aveva seguita e dove lei non arrivava aveva cercato di spezzarli lui, la sciarpa si era impi-
gliata fra le spine e per tirarla via si era graffiato a sangue.
Avevano bevuto del moscato quel giorno, quel moscato era
forte, dava alla testa, seduta sulla panca di pietra sotto ai
noccioli lei aveva lavato le sue mani ferite e qualche goccia

di sangue le era caduta in grembo. Le loro fronti tanto vicine da sfiorarsi. Cosí lo aveva scelto; anche se la sua famiglia avrebbe preferito l'altro. Quello che entrando in casa aveva oscurato l'ingresso con la sua ombra e il giorno del matrimonio l'aveva baciata sulla porta della Chiesa; un brivido le aveva scosso le spalle, si era sentita tremare.

Le dita di Sebastiana detta la Bastianina furono fin dalla nascita delle dita particolari. Da quando, piccolissima, reggeva la matita, quelle dita sembravano zampilli d'acqua per quanto erano veloci e si spostavano leggere sulla carta. Lei disegnava ovunque, sui muri, sui mattoni del viottolo, con l'indice nella terra. Sedeva ore a guardare la Fantina ricamare e ogni tanto diceva: qui farei questo, qui quest'altro, segnando con il dito sulla stoffa disegni pieni di fantasia.

La Fantina l'amava e spesso la portava in camera sua dove chiuso in un baule era ancora il suo corredo di ragazza. La Bastianina affondava il viso in quelle camicie e lenzuola mai usate e ne aspirava l'odore socchiudendo gli occhi dal piacere. Tutta la stanza le dava un leggero capogiro, toccava i fiori di cera, si sedeva sul letto stretto contro la parete e le dita sfioravano timorose il legno lucente del violino. A volte, in un momento di grande amore, la Fantina le lasciava scorrere le dita sulle corde mentre si guardavano in silenzio.

Ma la Maria la porta via, lei non vuole che la bambina vada in quella stanza. La Luison che dorme poco lontano dice che la notte sente suonare il violino, ma non come lo suonava il Giai, è un suono pazzo, stridulo, a lei si rizzano i capelli nel letto: – Vieni, vieni via, – dice alla Bastianina. Ma quando sono alle scale la bambina si divincola, le sfugge, corre lungo il corridoio, la veste sbatte ai muri e lei sembra cadere da un momento all'altro: – Che fai? – grida la Maria. Dal fondo del corridoio la bambina ride prima di sparire di nuovo nella camera della Fantina.

La sorella del Prevosto fu incaricata di darle lezioni di disegno. Per il Sacarlott spendere in una cosa tanto inutile era un sacrificio ma forse ne valeva la pena se un giorno le sue figlie tutti dovevano desiderarle in moglie. Venne deciso che all'inizio la Bastianina si sarebbe esercitata sulla carta comune e solo in seguito avrebbe avuto a disposizione un grande foglio bianco appuntato con dei chiodini su una tavola nella cucina della canonica.

La prima cosa che la Bastianina disegnò su un vero foglio fu un pozzo, il pozzo di casa, e sull'orlo con il nero di Corinto dipinse un corvo su una gamba sola. Fece un grande capriccio perché la sorella del Prevosto voleva una tortora o una colomba, lei si impuntò e la maestra fu costretta a cedere; e mentre la Bastianina stringeva i denti guardandola con gli occhi simili a spilli, alla sorella del Prevosto sembrò di riavere davanti, dopo tanti anni, il Gran Masten in formato ridotto.

Era una bella sera di giugno e la Bastianina portò a casa il foglio arrotolato e legato con uno spago, i pipistrelli incrociavano lungo il viale e uno piú basso degli altri le sfiorò la testa, lei dallo spavento perse lo spago e il disegno si srotolò ondeggiando, quasi piú grande di lei che era minuta e testarda. Poi entrò in casa dove tutta la famiglia si preparava a mangiare.

Per la prima volta il Sacarlott si sentí a disagio davanti alla figlia, la Bastianina aveva appeso il disegno a un chiodo e alla domanda perché avesse dipinto un corvo rispose che quello era il Giai, diventato un uccello dopo che era morto. Mentre la Maria si copriva spaventata il viso con le mani, la Fantina ammirava il disegno e lo elogiava ad alta voce. La Gonda cominciò a piangere; ma piangeva adesso per qualsiasi cosa e sedeva anche di giugno con lo scaldino sotto le gonne.

Il Sacarlott era stanco, gli occhi gli bruciavano per il sole della giornata e quel foglio dipinto con tanta abilità gli faceva male alle viscere. Senza pensare ai soldi che gli era costato, lo ruppe in quattro pezzi e lo buttò nel camino in cucina. La Bastianina non osò dire nulla e si limitò a fissare il corvo che si torceva fra le fiamme per sparire nel nulla. Ma a tavola non volle mangiare e si addormentò sulla seggiola simile a un sacchetto di stracci.

Quella notte fu come se il demonio fosse entrato nella casa, Gavriel vomitò fino all'alba e la piccola Manin fu colta dalle convulsioni. Luìs venne trovato che dormiva accovacciato fra la fuliggine del camino; e neanche lui sapeva come era finito lí. La Maria passò la notte accanto alla culla della Manin, e nei momenti che la bambina si calmava le sembrava di avere accanto il Giai quando la notte la baciava sulla bocca e lei non aveva piú voglia di nulla.

La Manin morí tre giorni dopo. Aveva solo diciotto mesi e il medico non venne neanche a visitarla perché aveva la cavalla con la gamba rotta. Dalla Luison, arrivata fino a casa sua, mandò a dire di immergere la bambina per tre volte nell'acqua calda e poi nella fredda, ma il Sacarlott si oppose perché a Einsieden aveva visto morire cosí un soldato. La Manin era stata una bella bambina molto simile a Gavriel e anche da morta tutti si meravigliavano che fosse ancora rosea con gli occhi chiari semiaperti che sembravano guardare chiunque si chinasse a baciarla. La cappella con la volta dipinta di celeste non era ancora pronta e venne sepolta nella terra in mezzo agli altri bambini, tante pietre grigie tutte eguali e fitte. La cassa l'aveva fatta lo Scarvé, ma siccome era piccola era andato in fretta e fra le assi ci passava un dito, il sole entrava dalle fessure e le mosche ci ronzavano attorno. L'unica a piangere era la Gonda che teneva per mano la Bastianina; la Bastianina faceva le boccacce e a Luìs veniva da ridere mentre seguiva il corteo con in testa il Beneficiato che si asciugava il sudore.

Prima che la sepoltura fosse finita il Sacarlott dovette andar via perché lo aspettava uno che voleva comprare una coppia di vitelli. Uscí in fretta dal cimitero e quando fu per strada si accorse di provare molto dolore, piú di quanto aveva immaginato possibile e forse piú ancora se al posto della Manin ci fosse stata la Bastianina o il Luìs. Voleva trovare una ragione, giustificare la sofferenza che aumentava a ogni passo mentre alle sue spalle il cimitero si allontanava con il suo muro di mattoni rossi.

Forse, si diceva, erano stati gli occhi della Manin cosí limpidi da assomigliare a stelle liquide, *Stèira d'acquei*, come diceva la Gonda.

O invece era per quel sorriso che le scopriva i denti da latte, quelle sue labbra umide e fresche quando gli si posavano contro la guancia. La testa che lei gli appoggiava sulla spalla con tanto abbandono. Ma mentre andava, e di vendere i vitelli non gliene importava piú nulla, sapeva che nessuna di queste era la ragione giusta e avrebbe voluto darsi dei pugni in testa per cacciarne via il dolore. Un dolore che simile a una catena tirava su, un anello dopo l'altro, tutti gli altri dimenticati. Il Giai, quel Gavriel morto a Wagram, il generale Desaix.

Capitolo secondo

I cosacchi

Nel 1831 il Sacarlott aveva il banco in Chiesa subito dietro a quello della signora Bocca con il suo nome inciso su
una targhetta di ottone e ogni mercoledí da San Salvatore
veniva il signor Capra a fargli il ritratto. E ogni volta che il
signor Capra pensava di averlo finito, il Sacarlott gli diceva
di ritornare per qualche modifica o aggiunta, quale il ciondolo per la catena dell'orologio o la spilla da cravatta che gli
era stata regalata dal Consiglio Comunale in riconoscimento
dei suoi meriti di agricoltore.

Gavriel aveva diciassette anni e nessuna voglia di continuare a studiare ma neanche di alzarsi con i primi uccelli e
seguire il padre nei campi umidi di guazza. I cani si scrolla-
vano ancora dal sonno e la sua pancia ballava, vuota. Perché
il Sacarlott vuole il passo svelto e la mente lucida che si hanno solo a digiuno e gli cammina avanti spedito, orgoglioso di
sentire alle spalle il passo del figlio quasi il figlio e la terra
formassero una cosa sola, un quadrato nel tempo. Una pro-
gressione geometrica dove ognuno si sarebbe trasformato
senza perdersi.

Gli assomiglia Gavriel, ha il suo corpo corto e robusto, la
sua testa rotonda, le stesse mani grandi e calde che tanto facevano trasalire la fidanzata di Siviglia. Neanche si accorge
che mentre gli cammina appresso il figlio ciondola e di lui
intravede solo la grossa sagoma scura tanto il sonno gli rende pesanti le palpebre. Gavriel vorrebbe ancora il suo letto
caldo e il latte che la Gonda gli versa sulle fette tiepide di
polenta; e quando il Sacarlott si volta fiero di tutta quel-

l'avena, quell'orzo, granturco e filari d'uva, lui si accartoc-
cia, si raccoglie fino a vanificarsi e davanti al padre non resta piú nulla, le parole trapassano l'aria.

Appena può va a stendersi in un campo di trifoglio, la
schiena all'umido in terra e il viso e il collo che si scaldano al
sole mentre gli occhi seguono in cielo l'ondeggiare degli olmi, il volo rotondo di un falchetto. Cosí da quel campo di
trifoglio l'ha vista la prima volta come se fosse anche lei una
libellula o una cinciallegra, e le code del nastro che le stringe
la vita, le sue ali. Parlava con la cameriera senza neanche
voltarsi e per il caldo si era slacciata il corsetto, e sotto il
corsetto anche la camicia. La cameriera vestiva di nero e la
seguiva portando un cesto di frutta e poco si curava di quello che lei andava dicendo, intenta solo a richiudere i vuoti là
dove si era mangiata un fico. Lei faceva passi lunghi, leggeri, e intanto scuoteva la massa dei capelli cosí fitti da sem-
brare un trionfo di zucchero, e parlava, parlava, la cameriera rispondeva a monosillabi, le guance piene, ma lei non si
accorgeva di nulla e l'orlo del vestito era tutto inzaccherato
come se fosse passata in mezzo al fango o a un letamaio.

Peau d'ange, aveva detto il giorno prima la Fantina a proposito dei fiori di melo. *Peau d'ange*, pensava Gavriel del viso che affiorava sottile fra l'alveare dei capelli. Si chiamava
Elisabetta e aveva anche lei diciassette anni. Per disgrazia
di Gavriel era la nipote della signora Bocca, figlia di quel
marchese che aveva carrozza e cavalli a Casale.

La casa della signora Bocca era di fronte alla Chiesa e per
distinguersi da tutte le altre aveva un giardino quadrato che
le girava intorno e le piante che vi crescevano producevano
in maggioranza foglie e fiori come le due immense magnolie
ai lati del cancello. In quella casa entrava solo la Fantina con
i suoi ricami e il Sacarlott quando aveva da vendere l'avena
e la signora Bocca li riceveva in una sala cosí buia che loro
facevano fatica a vedere dove dovevano sedersi. Quel giugno a vendere l'avena volle andare anche Gavriel, si lavò a
lungo nella tinozza di zinco messa a scaldare al sole e pregò
la Luison di stirargli l'unica camicia che possedeva.

Per tutto il tempo che il padre parlò di cavalli e di avena rimase a guardare la porta-finestra che dava al giardino. La signora Bocca era vecchia e grassa ma non gli toglieva gli occhi di dosso perché ancora le piacevano i bei ragazzi e molto si parlava delle sue storie con i giovani contadini o i venditori ambulanti. Puzzava di un olio di balena che faceva venire dalla Francia per mantenere liscia la pelle e non si era curata di togliere per il Sacarlott. Ora le dispiaceva e continuava a farsi vento anche se nella sala chiusa fra le tende verdi era freddo come d'inverno.

Quando la visita finí e il Sacarlott si alzò in piedi, Gavriel aveva la bocca amara dalla delusione e avrebbe voluto cadere in terra svenuto. Ma in suo soccorso venne la signora Bocca che emise un gran sospiro e disse di voler mostrare al Sacarlott il suo ciliegio che veniva dall'oriente, glielo aveva portato il Beato Nicodemi, gesuita in Cina per oltre trent'anni. In giardino, nell'unico angolo di sole in tanta ombra, la Elisabetta leggeva un libro con la cintura azzurra che penzolava giú dalla panca e i capelli che le si arrampicavano, ricadevano, si attorcigliavano in una grande confusione intorno al viso. Quando le furono quasi di fronte la signora Bocca poggiò la mano sul braccio del Sacarlott: – *Amperchè adveni nent a sena con u so fieu?...* – chiese. La ragazza alzò gli occhi dal libro e il collo bianco e rotondo sembrò pronto a spiccare il volo. – *Puss nént*, – rispose subito il Sacarlott atterrito dalla difficoltà di un simile pranzo. – *Me sí!* – Gavriel aveva gridato cosí forte che la ragazza non aveva potuto trattenere un sorriso.

A Gavriel fra le tante cose che nessuno gli aveva insegnato c'era quella di mangiare con tutte le posate dovute e bere dai bicchieri quando se ne hanno davanti piú di uno, e non faceva che sorridere alla cameriera che gli girava intorno coi piatti per esprimere a qualcuno la sua felicità.

Ma la Elisabetta non disse una parola per tutto il pranzo e la voce della signora Bocca cantilenò in falsetto fino alla fine della crema cotta. Mescolava frasi di dialetto a frasi in

francese e le sue mani si muovevano come fossero di burro,
cosí grasse che il manico delle posate ci spariva dentro. Per
tutto il tempo parlò di chiese e di preti, di novene, del Santuario della Madonna della Neve dove si arrivava soltanto
a piedi e gli sterpi laceravano le sottane. Quell'anno ancora
non aveva potuto andarci per via della pioggia, disse, ma
aveva intenzione di visitarlo insieme alla Elisabetta. Ogni
volta che si pronunciava il suo nome la ragazza continuava
a mangiare lenta e precisa come se Elisabetta non fosse lei
ma la cameriera o una sua sorella lontana. La lingua a punta
passava rapida e rosea sulle labbra, le iridi celesti racchiuse
in un cerchio piú scuro restavano fisse alla parete di fronte
mentre un pensiero immobile le rendeva trasparenti come
acqua. Cosí bella da schiantare il cuore.

La visita alla Madonna della Neve fu stabilita per l'ultima domenica di giugno e riuscí tanto bene che neanche
quindici giorni dopo erano al Santuario di Conzano e poi
subito ancora a quello, abbandonato da decenni, di Castel-
grana. La signora Bocca faceva salire Gavriel accanto a sé
nella carrozza dalle tendine gialle e per tutto il tragitto gli si
stringeva contro. Era calda, piena di profumi e di cipria, e
a Gavriel girava la testa, lei gli prendeva una mano per fargli
sentire il neo che aveva sulla nuca, nascosto dai capelli,
quella mano poi la teneva a lungo e se la passava un po' dappertutto mentre la Elisabetta seduta di fronte con gli occhi
chiusi dondolava la testa assecondando il movimento della
carrozza, il corsetto e la camicia slacciati per il caldo.

In paese tutti chiacchieravano su quello strano terzetto
che ogni tanto diventava una coppia perché la Elisabetta si
stancava facilmente e si metteva a dormire all'ombra di
qualche pianta abbandonando la testa fra le braccia, la gonna allargata in terra su cui passeggiavano le formiche; e Gavriel e la signora Bocca proseguivano da soli sempre parlando di Santi e di Miracoli. Santi che potevano far ricrescere
un seno in una notte o riattaccare una gamba tagliata di net-
to dalla falce. La signora Bocca portava mutande ricamate
dalle suore e teneva sempre a portata di mano una boccetta

di vino, dolcissimo e color topazio, benedetto da Nostra Signora di Guadalupe.

Gavriel in collegio sulle donne non aveva imparato nulla e una volta uscito, dalla madre e dalla Fantina, aveva imparato ancora meno perché chi sapeva si teneva la sua conoscenza per sé, e la curiosità era molta. Il vino che la signora Bocca gli faceva bere, caldo del suo corpo e di tutto quel viaggiare in carrozza, gli batteva alle tempie mentre l'immagine della Elisabetta che dormiva all'ombra gli dava lunghi brividi. Chiudeva gli occhi e le mani febbricitanti cercavano cieche e illuse. Nel buio di quelle chiese vuote lui stringeva furioso la signora Bocca come se avesse avuto fra le braccia la ragazza rimasta a dormire fra chiazze di sole con la testa riversa in terra. Slacciava quel nastro azzurro, devastava e scomponeva quei capelli di miele.

La Maria aveva perso il sonno. Che Gavriel, il suo bel Gavriel, venisse anche solo sfiorato da quella vecchia coi capelli tinti che masticava la menta per cancellare il fiato pesante, la rendeva pazza. Entrava la notte nella camera del figlio a controllare che fosse nel letto, lo svegliava se dormiva per fargli delle domande insensate. Perché non osava, non aveva mai osato nominare nulla. Come una furia gli toglieva via le coperte e lo mandava fuori a prendere la legna alle quattro del mattino, lo obbligava a bere una camomilla perché giurava di averlo sentito lamentare nel sonno. Gli nascondeva la camicia perché non uscisse. Ma era inutile; il giorno dopo la signora Bocca mandava la cameriera con dieci camicie di seta, cinque per Gavriel e cinque per il Sacarlott che le rigirava stupito fra le dita. E in piú un cesto di mele cotogne per la Maria, a profumare le lenzuola.

Il Sacarlott non diceva nulla; di fronte allo stravolgimento della moglie restava assorto nei suoi pensieri stringendo appena gli occhi come per distinguere meglio le ombre. Se dicesse qualcosa forse la Maria troverebbe il coraggio di nominare quello che da sempre è rimasto chiuso fra le labbra. Ma il Sacarlott si limita a succhiarsi le guance, un'abitudine che ha preso da quando ha cominciato a perdere i denti. Gli anni sono buoni per lui, ha ricomprato tutta la terra che era un tempo del Gran Masten piú altra ancora, ha insegnato alla moglie l'ordine e il risparmio e se arriva qualcuno di importante in paese è tra i primi a essere invitato a rendergli omaggio. Gavriel deve fare la sua strada, dice, se poi la signora Bocca lo ha preso in simpatia non è un danno per nessuno, anzi è meglio cosí perché quello sciocco ha perso la testa per la nipote, e quella certo non potrà averla mai. Guarda la moglie dibattersi con le guance infuocate, gli occhi cupi e fondi, è ancora bella la Maria con qualcosa di doloroso nel viso, i sogni che si sono persi hanno lasciato a nudo un disegno di grande purezza. Preciso, intenso. Il loro ultimo figlio, il Gioacchino, ha appena compiuto sette anni, di bambini ormai non potranno essercene altri e per casa non sentiranno piú l'odore del latte irrancidito, dei panni intrisi di pipí, odori che esistono solo con i figli piccoli e sono gli odori della gioventú. – *Laissez-le*, – le dice in uno slancio improvviso, – *Laissez-le*, – in un francese che gli torna alle labbra come al tempo in cui la immaginava felice insieme al fratello, e da lontano si tormentava dalla gelosia.

Ma neanche lui ha idea di quello che accade realmente. I Santi e i Miracoli che popolano con le loro immagini i libri di devozione della Luison gli sono poco familiari e ha per loro il rispetto e l'indifferenza degli uomini profondamente attaccati alla vita. Certe mescolanze non gli sfiorano neanche la mente. In paese sono in pochi a sapere l'intera verità e quei pochi tacciono perché hanno paura del diavolo come di Dio. Anche il Prevosto quando tutti i giovedí sera va a cena dalla signora Bocca e lei non la finisce mai con le sue domande sulla liturgia o i libri di devozione, mangia tranquillo la sua faraona bollita con la salsa di rafano. E se la Elisabetta sembra interessarsi alla conversazione se ne rallegra sperando in cuor suo che sia chiamata alla vita religiosa. Beve con gusto il vino che la signora Bocca si fa venire dalle Langhe; e ogni domanda scandita dalle mirabili labbra della giovane Elisabetta rende quel vino ancora piú sublime. Una ragazza che è pura contemplazione, infatti non ricama (e come potrebbe con quelle dita esili e bianche come ramoscelli di betulla?), non tiene un erbario, non disegna e non scrive poesie né *couplet* nel libricino rilegato che si porta appresso ovunque. Solo di quando in quando legge qualche pagina edificante consigliata dalla zia, ma nulla sembra che le resti nella memoria. Se infatti interrogata risponde vaga, sorridendo, pronta ad annuire in una cascata fitta di riccioli.

Parla cosí poco che Gavriel ricorda a memoria ogni sua frase, *Oggi è una bella giornata, Ho perduto il mio fazzoletto, Gran-Maman non ama le pesche, invece sono cosí buone.* Frasi che Gavriel si ripete infinite volte mentre aiuta la madre a raccogliere la frutta. Le sussurra piano, a mezza bocca, e la Maria crede che preghi per far penitenza dei peccati commessi con la signora Bocca mentre Gioacchino guarda le labbra del fratello maggiore, estasiato da questa canzone senza note.

Ma Gavriel non vede né madre, né frutta, né Gioacchino, tanto forte è nella sua mente l'immagine di Elisabetta e con il pensiero ripercorre ogni suo passo, il dondolio del nastro celeste che le chiude la vita, la leggera peluria che si solleva sottile e dorata sulle sue braccia quando la percorre un brivido. Se chiude gli occhi rivede ogni filo d'erba schiacciato dalle sue scarpe, ogni sasso sul fondo del ruscello quando gli dà la mano per attraversarlo sul tronco gettato fra le due sponde. Una mano di cartilagini, inerte, appena umidiccia, una mano che una volta che lei è arrivata dall'altra parte lascia ancora un poco nella sua come se l'avesse dimenticata.

– Gavriel, la *cavagna!* – la voce della Maria è aspra, – ma dov'è che stai con la testa...

Dove? Non pensa al futuro Gavriel ma anche il presente ha vuoti di angoscia perché passato l'effetto del vino la signora Bocca gli fa orrore. Quell'appagamento, quello smarrirsi negli oscuri sentieri del suo corpo gli lascia uno stordimento vacuo, da sonnambulo. Qualcosa in lui si ribella e ogni volta che varca il cancello fra le due grandi magnolie il cuore gli batte di paura, la bocca è senza piú saliva mentre una speranza folle gli rende tremanti le mani, lo sguardo cerca la Elisabetta, il lampo bianco del suo vestito fra gli alberi. Ma poi quando la signora Bocca lo prende per mano, sarà lo sballottamento della carrozza, il caldo, lui la segue come se dovesse strapparsi una pena dall'anima, lei lo porta in quelle chiese abbandonate dove è rimasto qualche vecchio banco sbilenco e lí nel silenzio lo spoglia, si alza le sottane, scopre i suoi grossi seni ancora floridi e glieli struscia contro. L'orrore ha un gusto amaro, fondo, esaltante, lui non sa piú se questo è essere uomo o altro. Angelo come lo chiama la signora Bocca oppure capra, cosí da bambino immaginava il demonio. Poi la signora Bocca si ricompone lentamente, il suo grande corpo oscura le Madonne e i Santi, lei recita giaculatorie, lecca come un penitente il pavimento grigio di polvere, le panche tarlate.

Questo il Sacarlott come fa a saperlo? Come soltanto immaginarlo, lui che pure ne ha viste tante. Ma a volte mentre il figlio lo accompagna alla cascina che ha appena comprato sulla collina della Gru, gli sembra che il passo del ragazzo vacilli, che una paura improvvisa, quasi abbia visto un lampo o udito uno scoppio, gli mozzi il fiato. Ma il vero strazio è la domenica quando il ragazzo trova continue scuse per non venire a Messa. Mente, dice di essere stato a quella delle sette quando la Luison che non ha fatto altro che girare la testa per controllare, non ne ha vista l'ombra. E se costretto dalla madre assiste alla Messa rigido, il cappello stretto fra le mani, il viso ossuto e livido dal pallore. Senza dire una preghiera, lo sguardo perduto nella cascata dei capelli della Elisabetta fitti e gonfi sulla seta del vestito mentre la signora Bocca si prostra nel banco, sopraffatta, lei, da un intenso raccoglimento, il viso nascosto fra le mani da cui sfuggono pieghe di grasso, il velo nero che ricade sull'inginocchiatoio. E al momento di fare la comunione sporge la lingua come se non anelasse altro che quell'ostia fra le dita del Prevosto. Gavriel serra la mascella a frenare il tremito che lo scuote.

La Maria è andata a parlare col Prevosto, è entrata decisa, il piccolo Gioacchino per mano. Il Sacarlott ha capito quello che avrebbe fatto quando le ha visto indossare il vestito di percalle nero e lavare il viso al bambino. Il Prevosto l'ha ascoltata esterrefatto, pensa che la Maria, la bella Maria, abbia qualche turba di origine femminile. Qualcosa da cui tenersi alla larga. Non la invita a sedersi e la tiene in piedi perché sempre ancora un poco gli fa paura con quegli occhi scuri e profondi, i denti che ha conservato quasi tutti, crudeli in quelle parole che va dicendo. Carezza sulla testa il Gioacchino: che Gavriel sia innamorato della Elisabetta è piú che naturale dice, chi non lo sarebbe alla sua età. Ma non è della Elisabetta che si tratta, la voce della Maria si fa concitata e le cose mai dette le scivolano fuori dalle labbra come vermi neri, una via l'altra.

– *Sta cíttu!* – il Prevosto le dà improvvisamente del tu come se fossero già compagni all'inferno, – *sta cíttu!* – Non vuol sentire le cose terribili che la Maria va dicendo, ancora forse potrebbe ascoltarle dietro la grata del confessionale ma non con quel viso davanti, accaldato dall'emozione. La signora Bocca è una santa donna, dice, ha regalato alla Parrocchia i piú bei paramenti del circondario. L'estate sta finendo, le giornate si fanno sempre piú corte, e fra poco, finita la vendemmia, la signora Bocca tornerà a Casale, la nipote, dicono, andrà sposa a un Luogotenente del Re, un conte imparentato con il duca di Genova. Dicono, dicono, poi magari va a sapere quanto c'è di vero... Un Prevosto di campagna è solo un povero disgraziato come gli altri, anche lui deve faticare a mettere da parte la legna per non morire di freddo l'inverno, quando la neve gela sulla porta della canonica e la mattina bisogna rompere l'acqua che ghiaccia nella brocca, le galline non fanno piú uova e le aringhe appese ad affumicare sono dure sotto i denti. Che Gavriel si metta a lavorare la terra, la smetta di andare sempre in quella casa a rimirare la Elisabetta, lui lo vede dalla finestra sempre a gironzolare lí attorno, che ci può fare quella santa donna della signora Bocca se non cercare di avviarlo a delle sante pratiche, portarlo a visitare quei santuari che tutti stanno dimenticando, non è piú come una volta...

La Maria si è fatta di colpo silenziosa, qualcosa che non capisce, che le sfugge, le appare sempre piú mostruoso, e stringe forte la mano del bambino aggrappato alla sua gonna. Se neanche Dio vuole aiutarla allora vuol dire che loro sono colpiti dalla maledizione, forse il Sacarlott ha commesso qualche delitto per denaro, o la colpa è della Fantina che si è ribellata a Dio che voleva il Giai in Paradiso. Una pioggia leggera bagna la polvere del cortile e la sorella del Prevosto arriva a coprire la meliga stesa in terra, la tonaca del prete è slisa, balla vuota sulla pancia. Al ritorno lei si ferma davanti al cancello della signora Bocca, la pioggia si è fatta piú fitta e scivola via dalle foglie lucenti delle magnolie, il giardino è deserto e le tende scure non lasciano vedere niente dell'interno. Stringe i ferri ruvidi e gocciolanti del cancello, non importa se si bagna il vestito buono, se Gioacchino si lamenta coprendosi la testa con il grembiule, lei deve guardare il sentiero di ghiaia che suo figlio percorre ogni giorno, la breve scala di pietra, la porta chiusa. Ma non le riesce di immaginare nulla, l'impotenza ha tolto ogni forza al suo corpo come alla sua fantasia.

Quella sera il Sacarlott fece una scenata spaventosa; fu una sciocchezza a scatenarlo. Gioacchino era già salito a letto accompagnato dalla Luison e loro sedevano intorno al lume a parlare della nuova cascina. Gavriel stava in un angolo in silenzio, si era versato un secondo bicchiere di vino e invece di rimettere a posto la brocca l'aveva poggiata accanto a sé per terra. Una infrazione cosí lieve che avrebbe potuto capitare a chiunque. Ma già quel secondo bicchiere aveva irritato il Sacarlott; e quando con un movimento inavvertito Gavriel, o piú probabilmente il cane, aveva urtato la brocca, questa si era rotta e il vino si era sparso in un lago nero sul pavimento.

Le urla del Sacarlott avevano svegliato il bambino al piano di sopra, la Gonda che dormiva su una sedia in cucina. La sua voce era un tuono, un uragano, e anche se tutti avevano imparato a temere le sue ire nessuno sapeva quale intensità potessero raggiungere. In quelle urla si concentravano i silenzi di anni, i suoi sguardi misurati, le sue mute irritazioni; e il bersaglio era il figlio ammutolito in un angolo. Sacramentava in dialetto, in francese, e si diceva pronto ad ammazzare Gavriel. Dava calci alla sedia, ai cocci della brocca in terra, al cane che ora guaiva sotto la tavola. Gavriel ne guardava ipnotizzato il collo gonfio quasi dovesse scoppiare, le mani grandi e pallide che tremavano dal desiderio di spezzargli le ossa.

La madre non lo aveva difeso, ferma al suo posto aveva lasciato che il vino le bagnasse le scarpe senza spostare i piedi, senza dire una parola. Senza mostrare paura; e Gavriel era uscito nella sera umida e buia con la pioggia che picchiava sulle foglie. Dalla porta rimasta aperta aveva continuato a sentire le imprecazioni del padre, quelle urla gli centravano il cervello, lo mandavano in pezzi. Un momento si sentiva una vittima, un altro la vergogna gli succhiava via la saliva. Si era seduto sul pozzo dove un tempo il Giai aveva suonato il violino ma il padre era comparso sulla porta scrutando nel buio per raggiungerlo con le sue ingiurie. Cosí se ne era andato incamminandosi giú per il viale lungo il muro cieco della casa di fronte mentre il Sacarlott chiamava e poi chiamava ancora, spaventato ora del silenzio rotto solo dal battito della pioggia.

I passi di Gavriel non fanno rumore sulla terra bagnata, lui va senza cappello, senza mantella, addio Sacarlott, la nausea mi riempie la bocca, sono pieno di merda eppure mi sento un Angelo. L'Elisabetta si sposerà tra breve, la signora Bocca gli ha fatto vedere la biancheria che la nipote indosserà quel giorno, merletti dai mille nastrini che il Luogotenente del Re scioglierà uno a uno. Lui ha portato alle labbra quella stoffa cosí sottile da chiudersi in un pugno, ha lasciato che i merletti gli entrassero nella bocca fino a soffocarlo. Adesso cammina attraverso il paese deserto, nessuna luce filtra dalle case, questa è gente povera che tie-

ne il sego in gran conto e il vino, fortunato chi ce l'ha, aiuta
a vincere la paura del buio. Gavriel se ne va con i suoi diciassette anni di fiele, diciassette anni aveva sua madre
quando si era innamorata del Giai e aveva aspettato con ansia di varcare la soglia della casa con la volta dipinta; e invece era entrata in un labirinto con una candela in mano. Ma
lui è robusto come lo era il Sacarlott da giovane e farà lo
schiavandaro, qualsiasi cosa, ma il padre non vuole rivederlo mai piú. In cielo, fra le nuvole che si vanno aprendo,
compare una luna pesante e opaca che non arriva a disegnare le ombre mentre in alto, lontano, le case di Lu sono un
cocuzzolo nero. A Lu è andato a vivere Mandrognin e fa il
sellaio, qualche volta viene giú e la Maria gli regala un pollo
o un coniglio.

Gavriel arrivò in cima al paese che mezzanotte era passata da un pezzo. Il Mandrognin era diventato tanto povero
che non aveva neanche la paglia per farlo dormire e reggendosi le brache fissava Gavriel, spaventato che gli portasse
via, con la fame che gli leggeva in viso, il poco pane che conservava nella madia.

La notte il Mandrognin non dormí, avere in casa il figlio
della Maria lo agitava e la mattina, prima che Gavriel si alzasse, prese la strada per andare dal Sacarlott. Trovò la famiglia riunita a tavola e fu invitato a sedersi con loro. La
Luison che era sorda e la sera prima non aveva capito nulla,
pensò che fosse venuto su invito del nipote. – Bravo, bravo, – disse rivolta al Sacarlott, – bisogna sempre ricordarsi
di chi sta peggio di noi. Ma la Fantina che sapeva sempre
tutto per quelle segrete ragioni che nessuno voleva appro-
fondire, disse che alla signora Bocca era venuta la scabbia e
passava il tempo a grattarsi.

La scabbia viene, aveva spiegato Gioacchino, a frequen-
tare i luoghi polverosi, tra i legni tarlati e pieni di polvere.

– E tu come lo sai? – gli aveva chiesto stupita la madre.
Gioacchino aveva alzato le spalle, cosí piccolo e magrolino
da far pena con le gambe che penzolavano dalla sedia.

Come la signora Bocca avesse potuto prendersi la scabbia nessuno lo sapeva, o almeno non lo disse. La scabbia si attacca, aveva aggiunto Gioacchino, attraverso la saliva e i capelli. Capelli e peli in genere. Anche peli di gatto. Ma la signora Bocca non aveva nessun gatto. Fu a questo punto che il Mandrognin disse che Gavriel era a casa sua.

– *A l'à la rôgna anca lüi?* – aveva chiesto il Sacarlott, poi non aveva detto altro ed era tornato fuori al suo lavoro mentre Gioacchino cominciava a piangere silenziosamente perché aveva capito che il fratello non sarebbe tornato.

Gavriel infatti tornò solo il pomeriggio in cui sapeva che la Elisabetta sarebbe partita per Casale a incontrare il Luogotenente del Re. La carrozza era già pronta con tutti i bagagli e lei scese in gran fretta passandogli davanti di corsa, la gonna trattenuta che mostrava l'inizio delle sue gambe liscie di bambina con le calzette rosa; il cappello era di traverso e la mantella ancora da abbottonare. Una volta nella carrozza si affacciò al finestrino e mentre il cocchiere girava i cavalli sorrise a Gavriel, un sorriso malinconico e pieno di grazia: – *Je vous aime*, – gli disse. La carrozza imboccò il cancello, nera con le tendine gialle, e a Gavriel si annebbiò la vista come quel pomeriggio quando l'aveva guardata per la prima volta steso nel campo di trifoglio. Non importava che lei andasse sposa al Luogotenente del Re, non importava neanche che non l'avrebbe rivista mai piú.

Questo era l'autunno, al suo inizio, del 1831. Molte cose sono cambiate, Napoleone è morto e tutte quelle libertà di cui gli uomini hanno goduto si sono rapidamente dissolte quasi non fossero mai esistite, tanto breve è stata la loro vita. Ma il Sacarlott ha imparato a posare lo sguardo a una distanza sempre piú ravvicinata, a non girarsi intorno, a non farsi domande, a non lasciare mai che i desideri, il suo futuro, vadano oltre i campi e la casa, la strada di polvere che sale verso Lu. Neanche gli avvenimenti del '21, eppure era ancora giovane, hanno scosso la sua incrollabile convinzione che l'unico modo di salvarsi l'anima sia dimenticare quello che è stato, nel bene come nel male. I vecchi compagni non gli scrivono piú, ad altri ha finito per non rispondere come a quella favoleggiata Anna che indossata la divisa aveva seguito il marito alla guerra. Eppure l'aveva anche un poco amata nelle lunghe sere di bivacco e una volta, ad Amiens, aveva ballato con lei nella piazza alla luce delle torce. Due, tre, forse quattro lettere che chiedevano aiuto perché Carlo Felice aveva cancellato dal suo libro le donne come lei. Ora Carlo Felice è morto e lo hanno sepolto a Hautecombe in riva alle acque gelate del lago, che al suo posto sia venuto Carlo Alberto al Sacarlott non importa piú nulla. Lo ha saputo nella stalla da un vecchio compagno di gioventú e ha continuato a rimestare con il bastone nello strame per vedere se il fondo era pulito.

Intanto il *batterium choli* entra in Europa, viene dall'Oriente e trova una facile via con i nuovi bastimenti a vapore, le nuove strade aperte al commercio dal progresso. Si sa che da Milano due noti studiosi sono partiti per verificare il fenomeno nelle province infette dell'Impero asburgico, ma la parola *cholera* non è fra quelle che fanno paura al Sacarlott, molto piú preoccupato della moria dei suoi polli, galline e capponi che si piegano come fossero vuoti. E mentre osservava il Gerumin sollevare una gallina che perde una poltiglia bianca dal becco richiama Gioacchino perché non vuole che tocchi nessuna di quelle bestie malate, timoroso com'è di qualsiasi cosa possa minacciare la salute del suo ultimo figlio.

Gioacchino ubbidisce a malincuore, è stata un'estate di grande secca e i suoi capelli sono arsi dal sole. Sono capelli lisci, fini, che la Luison gli taglia a forbiciate; e quelle forbiciate si vedono tutte. Ma cosa può importare a un bambino dei suoi capelli, un bambino che si diverte a rincorrere le oche e la notte si incanta a guardare le stelle, vuole saperne il nome, il movimento, il loro percorso nel cielo. È grande amico del figlio del Tambiss e nei crepuscoli se ne vanno insieme in cerca delle lucciole da chiudere in un barattolo.

– Figlio di vecchi, – dice la gente quando lo guarda cosí piccolo con le ossa che si indovinano sotto la veste. Un bambino pieno di grazia e di volontà con dei gesti precisi che non sbagliano mai. Di ogni cosa individua subito, infallibile, il lato comico, e fin da piccolissimo la sua risata è esplosa con forza irresistibile. La bocca larga, bella come quella della madre, si spalanca sui denti grandi e regolari, e lui, bruttino, diventa bello di colpo. Da quando ha cominciato a camminare si è mosso sempre svelto in una gara continua con gli adulti che lo circondano, pronto a trottare appresso al Sacarlott, alla Luison, a Gavriel (prima che, dolore grandissimo, Gavriel se ne andasse). A volte siede accanto alla Gonda e la guarda sonnecchiare, attento ai mugolii che escono dalla sua gola simili al vento lungo il camino. O si ferma a contemplare la Luison che lavora al tombolo e prova lui con quelle ditina rugose dalle unghie nere e la pelle rovinata dalla terra.

Fino a sette anni la Maria se lo è tenuto nel letto e Gioacchino ha dormito nel mezzo abbracciando ora la madre ora il padre e il Sacarlott ha sopportato da lui quello che non avrebbe neanche immaginato possibile dagli altri figli. Si stringeva addosso quel corpo gracile, pieno di sonno, e contro la bocca gli premevano i capelli, lui restava immobile per paura di svegliarlo. Gli sembrava in quei momenti di essere felice, felice come lo aveva sognato nelle lontane notti di gelo e di orrore.

A Gioacchino piacciono gli alberi, le rane che saltano nei fossi, i filari di viti dove le lepri schizzano via tra i solchi. Ma piú di tutto gli piacciono le stelle e quando sarà grande farà l'astronomo. Lo dice al Prevosto che gli insegna il latino e invece delle *Favole* di Fedro vuole che gli legga qualcosa sulla luna e gli astri. Ma il Prevosto dice che il latino deve impararlo se vuole un giorno conoscere i nomi delle stelle e cercare di capire il loro mistero. Andare nelle città dove ci sono cupole che riproducono tutto il firmamento.

Ma intanto il Sacarlott si è messo a comprare dei libri che Gioacchino legge accanto alla finestra della sala con i gomiti sulla pagina aperta. Sta ore e ore sforzandosi di capire là dove nessuno sarebbe in grado di spiegargli nulla; e quando finalmente capisce, canta. A voce cosí alta che perfino la Gonda nella stalla a scaldarsi lo sente e volge in giro con orgoglio la testa come se Gioacchino fosse figlio suo.

La Fantina sola si irrita a quella voce e stringe le labbra disapprovando tanta libertà, tanta gioia, tanta sfrenata esuberanza. Non ha mai permesso a Gioacchino di toccare il violino del Giai e se il bambino si avvicina al telaio lo manda via con un gesto di fastidio. Quando era molto piccolo e se lo sentiva trottare appresso si voltava di colpo raggelandolo con il suo sguardo incolore. Come se Gioacchino fosse arrivato in quella casa fuori tempo a turbare un ordine stabilito, a mettere a soqquadro un archivio già velato di polvere. La turba la colpevole debolezza del Sacarlott cosí severo con gli altri figli. La turbano perfino la grazia e il garbo del bambino, la sua risata. Quando la sente chiude di colpo la porta e gli occhi si concentrano su quello che sta facendo.

Da quando la Bastianina è andata in collegio lei è sempre piú spesso chiusa nella sua stanza, la vedono al di là del cortile, china sul lavoro o assorta come se avesse un libro sulle ginocchia. Lei che quasi non sa leggere cosa decifra con tanta attenzione? Eppure se in paese qualcuno ha un brutto presentimento o vuole avere notizie di un innamorato, di un figlio soldato, viene a chiedere di lei.

In verità non si conosce nulla che la Fantina abbia indovinato o previsto. Quale scambio ci sia stato con queste ragazze, donne, vecchie che venivano con una bottiglia di vino anche da Cuccaro o da Rosignano. Parlava con loro nel chiuso della sala per ore e ore, bastava che portassero del rosé chiaro di prima spremitura. Perché da quando ha cominciato a bere lei ama questo vino leggermente dolce, profumato, e lo tiene gelosamente custodito su una scansia della cantina insieme ad altro che manda a comprare nelle Langhe. Perché ora il denaro non le manca e quello che non spende per il vino lo mette via per la Bastianina, per la sua dote quando vorrà entrare in convento e diventare badessa.

Beve da sola e in compagnia e il viso un tempo cosí uniforme e pallido le si cosparge di macchie paonazze, gli occhi cominciano a lacrimarle, ma non sono lacrime vere e lei sussurra piano i motivi che una volta il Giai suonava al violino. Quello che ricama in queste occasioni è senza capo né coda, cifre fantastiche piene di svolazzi ma lei è diventata ormai cosí famosa che qualunque cosa ricami è ritenuta il massimo della perfezione. Anche se su un lenzuolo compare una corona di spine o una tovaglia porta al centro rami di pungitopo. Questo, si dice, è un ricamo della Fantina: e le pezze di lino arrivano da Torino, da Milano, lei non ha piú tempo di fare nulla per la signora Bocca. L'ultima cosa sono state le lenzuola per la nipote Elisabetta e per quelle lenzuola, dicono, ci passa ora mezza Torino tanti sono gli amanti della moglie del Luogotenente del Re.

Il Sacarlott morí nel febbraio del 1836, di colera. L'anno prima, per una caduta dal fienile, era morto Gioacchino.

La morte di Gioacchino fu una fatalità. Qualcosa che non sarebbe dovuta accadere in quella domenica di giugno con il granturco già alto nei campi e le viti cosí cariche che bisognava passare a legarle una seconda volta. Per la Maria e il Sacarlott fu uno stravolgimento pari a un terremoto, all'eruzione rovente di un vulcano. O forse invece l'inizio di un'era glaciale che li imprigionava nel suo vuoto.

– *Auanda che ata scapi acmè in selvatic?* – aveva chiesto la Gonda quella mattina quando Gioacchino era passato come una meteora per casa nella luce assolata di mezzogiorno. – *Aspecia in mumenti,* – lei avrebbe voluto che il bambino sedesse al tavolo come quando era piccolo e mangiasse una bella scodella di patate e coniglio. Il pranzo domenicale bolle sui cerchi dei fornelli, c'è una nuova ragazza che aiuta in cucina, si chiama la Gramissa per via del suo aspetto macilento anche se da quando lavora nella casa ha fatto una faccia tonda e piena da luna. La Gramissa smette di girare nella pentola e lo guarda un attimo con quei capelli chiari come paglia che gli sfuggono dal berretto.

Ma Gioacchino è già fuori che corre per i campi mordendo un pezzo di pane, è scappato dalla Messa senza neanche aspettare la benedizione finale e quando arriva alla chiusa dove pescano le anguille è senza piú fiato. Il figlio del Tambiss è già là ritto in mezzo agli uomini che vociano a gambe nude nel canale. Le anguille, a centinaia, forse mille, guizzano con bagliori di madreperla, gli uomini le afferrano, le sbattono sulle pietre, a quelle piú grosse schiacciano con un sasso la testa e il sangue schizza viscido sulle mani, le braccia nude, le gambe. Il figlio del Tambiss prende dal cesto quelle già morte e le solleva per la coda, lunghe, inerti, percorse da un ultimo brivido. L'odore dell'erba macerata dall'acqua fermenta nel sole, Gioacchino è sudato per la corsa, gli occhi fissano attoniti le anguille che ancora si divincolano, si intrecciano una con l'altra, le mani in tasca lisciano assorte i sassolini raccolti in un'altra domenica, una domenica diversa. Li buttano via; e quando il figlio del Tambiss si gira lui è già lontano che strappa la cima di una canna per farsi uno zufolo.

L'amico lo chiama ma lui non risponde, si ferma dove l'acqua si incanala fra i pioppi con lo zufolo fra le labbra. Il figlio del Tambiss lo raggiunge e gli siede accanto. Io, dice, non mangio le anguille, che schifo mangiare le anguille, è lo stesso che mettere in bocca dei vermi...

Piú tardi hanno fame, il poco pane si è rapidamente dissolto nello stomaco ma Gioacchino non ha tanta voglia di tornare a casa per via di quella fuga dalla chiesa senza nemmeno aspettare l'ite missa est. Anche il vestito buono è tutto gualcito, impolverato, e allora se ne vanno per vigne a cercare qualche pesca matura. Colgono le more dai gelsi arrampicandosi uno sulle spalle dell'altro. Una sorella della Gonda piegata a metà a sarchiare il suo pezzetto di terra li vede e li chiama, gli offre delle ciliegie, vuol sapere che fanno lí a quell'ora quando tutti siedono a pranzo. La vecchia non ha piú denti e quasi non si capisce quello che dice, il figlio del Tambiss ride ma Gioacchino la ringrazia serio, scandendo le sillabe, e intanto morde le ciliegie, il sugo gli macchia le labbra. Come tornare a casa se ha perfino perduto il berretto e ora uno dei ragazzi giú alla chiusa ha buttato via il suo vecchio e bucato e se lo è messo in testa?

Piú tardi il Gerumin li ha visti che passavano davanti alla Cappelletta della Madonna, Gioacchino si era segnato in fretta (altrimenti, gli dice sempre la Luison, il diavolo viene la notte e ti tira per i piedi) mentre il figlio del Tambiss aveva offerto alla Madonna un'ultima ciliegia infilandola fra una maglia e l'altra della grata.

Quella ciliegia era ancora lí i giorni seguenti e col tempo sarebbe diventata nera e secca.

Dopo sono entrati dalla parte dell'orto, spiando fra le piante già alte dei pomodori se ci fosse stato in giro il Sacarlott. Ma sul prato c'era solo la Fantina che toglieva le zecche al cane e il figlio del Tambiss era corso a nascondersi nel fienile mentre Gioacchino sgusciava in cucina a vedere se trovava qualcosa da mangiare.

Alla Gonda non era sembrato vero di riempire per lui un tegame di resti di coniglio, la Maria era andata al Vespro e lei si era messa a frugare finché non aveva trovato anche due uova e le aveva appoggiate sul tegame: – *Stà atent, fale nent drucà,* – gli aveva detto.

Forse era stato proprio per colpa di quelle due uova che doveva reggere in bilico; ma come erano andate veramente le cose nessuno lo avrebbe mai saputo. Se era stato per la scala che stava sempre appoggiata al fienile dalla parte esterna, era sempre là, c'era al momento che era salito il figlio del Tambiss ma dopo non c'era piú, qualcuno doveva averla spostata un istante prima. Di certo si sapeva che Gioacchino era salito attraverso la stalla e una volta arrivato in cima aveva sentito la voce del Sacarlott. Il figlio del Tambiss si era arrampicato piú in alto andandosi a nascondere fra le balle messe via per l'inverno e Gioacchino si era trovato solo con il tegame pieno in mano, una biella dal manico rotto. Forse aveva cercato di raggiungere l'amico ma il fieno aveva ceduto, lui era scivolato, non aveva trovato appigli. O invece aveva solo cercato di scappare giú per la scala che dava sul cortile, sicuro di trovarla là.

Era volato giú senza un grido. Lentamente, ondeggiando, i capelli fini e lisci che fluttuavano nell'aria, le ali della giacchetta marrone. Cosí lo avevano visto la Fantina e lo Scarvé venuto a chiedere i soldi per la riparazione del tetto. Non era un corpo che cadeva avevano detto, era una piuma che volava e volava e non la finiva mai come se quel fienile fosse stato piú alto della torre di San Giorgio. Volava senza peso, bianco come la cera, e allo Scarvé e alla Fantina era mancato il fiato per gridare. La forza per correre. La biella aveva roteato perdendo pezzi di coniglio; e quella sí, cadendo, aveva fatto un fracasso d'inferno schizzando una miriade di schegge all'intorno, tanto che il Sacarlott era corso fuori a vedere cos'era tutto quel baccano.

Gioacchino era in terra che vibrava in un ultimo guizzo. Intatto, solo dall'orecchio gli colava un filo di sangue.

Chi era stato a togliere quella scala e perché? Perché proprio in quel momento? Chi era stato, chi? La Maria aveva urlato e urlato, questa domanda non le dava pace, risuonava nel corridoio, per le stanze, giú fino nel torchio. Voleva sapere perché, chi era stato. Quasi la risposta avesse dovuto dissipare la nube nera che l'aveva improvvisamente imprigionata e le impediva di piangere e di dormire. – *L'è stà lo Smangiùn, l'è stà il Nadal, la Gramissa, il Pipen, il Girumin...* – nomi si intrecciano, stridono come fiati di un organo impazzito, sono ombre disegnate dalla luna, rami che picchiano ai vetri. Lei ha trovato lo zufolo nella tasca dei pantaloni, lo ha chiuso nel pugno e quella mano non vuole riaprirla mai piú. Grida la mattina e grida nella notte, vuol sapere chi è stato. Ma non ci sono colpevoli, questo come fare a capirlo.

Il Prevosto le siede accanto, le prende una mano e la tiene stretta fra le sue molli e sudate dal caldo, lei la ritira con ribrezzo, se non fosse andata al Vespro forse non sarebbe successo. Anche il Prevosto è colpevole, lo guarda ostile, le pupille che hanno invaso ogni spazio cancellano le sue belle iridi vellutate. Cosí sono a volte gli occhi degli animali selvatici nella notte. Lei non vuole rivedere il Redentore nel suo manto azzurro, non vuole rivedere le fiammelle che gli ardono intorno, non vuole recitare i Requiem Aeternam.

Non vuole neanche andare al cimitero; da dietro la tenda di garza guarda la bara dipinta di celeste portata a spalla da Gavriel sceso da Lu con gli zoccoli da vaccaro. Ha posto solo una condizione: il posto accanto a Gioacchino deve essere il suo, lui sopra e lei sotto come se lo tenesse ancora sulle ginocchia. L'odio maggiore si è concentrato sul figlio del Tambiss e mentre lo guarda seguire il breve corteo sul viottolo di mattoni con le brache rette da una sola bretella, le sembra che il ragazzo rida. Non è possibile, ma a lei sembra cosí.

Siede a sfogliare i libri di astrologia che il Sacarlott aveva fatto venire da lontano. Legge a voce alta, lentamente, perché poco sa leggere e niente capisce. Ma nessuno deve disturbarla perché lei sta «studiando»; lo zufolo di canna ridotto a un fuscello di paglia nel palmo. Neanche gli scarponcini polverosi da quella ultima corsa nei campi, una domenica di giugno, nessuno deve toccarli o portarglieli via. Pronta a spiare dalla finestra se per caso il figlio del Tambiss viene a chiedere qualcosa dalla parte della cucina. Urla allora dalla finestra per mandarlo via quasi fosse un cane rognoso e il ragazzo scappa a piedi nudi, terrorizzato da quella voce. Cosí era apparso in cima al fienile con i capelli ritti dallo spavento, le braccia levate a chiedere aiuto a Dio, alla Madonna, allo Scarvé, alla Fantina mentre la Maria lo fissava spaventosa, accusandolo: perché non tu, ignorante, brutto, sempre sporco di merda di vacca?

Di quel volo di Gioacchino se ne parlò a lungo in paese; sera dopo sera il Sacarlott se lo faceva raccontare dalla Fantina. Come era possibile che volasse, le chiedeva. Eppure era stato proprio cosí, lo ha visto anche lo Scarvé dice la Fantina, è pronto a giurarlo davanti al crocefisso. Era una piuma nel cielo azzurro, non si è mai vista una cosa simile, forse Gioacchino aveva le ossa cave come gli uccelli. Il Sacarlott l'ascolta attento, quel planare a lungo, ondeggiando nel cielo, lo consola perché allora la morte di Gioacchino non è stata come quella degli altri, come la morte della Manin o del Giai. Forse mentre volava i suoi pensieri e i suoi desideri, la sua grande allegria, se ne andavano per l'aria e ora si trovavano in salvo da qualche parte. Il viso del Sacarlott si distende, le rughe perdono le loro ombre, la Fantina ricomincia il racconto e Gioacchino vola via dalle sue mani grassottelle, è un fiato lievemente acidulo di rosé.

Se anche la Maria volesse ascoltare questa storia, se anche lei provasse ad immaginare Gioacchino sospeso in cielo, troverebbe nella vita del bambino tanti indizi, tanti particolari che confermerebbero la sua anima di uccello. Perdonerebbe tante cose alla Fantina, alla Bastianina, alla Gonda. Perfino al figlio del Tambiss. Ma lei non vuole sapere nulla di quanto vanno fantasticando. Sono altre le sue domande; e la Bastianina, tornata in vacanza dal collegio, avverte a volte lo sguardo della madre sulla nuca mentre siede a disegnare accanto alla zia. Non ha bisogno di girarsi per sapere che è ritta alle sue spalle. Uno sguardo che cade come piombo quando le capita di scherzare con la Gramissa; e un brivido le scende allora lungo la schiena al pensiero che la madre cosí volentieri la scambierebbe con il fratello piú piccolo sepolto vicino al Giai.

I due famosi clinici partiti da Milano per studiare il *cholera* sono tornati da tempo e poco hanno concluso dal loro lungo soggiorno nelle province orientali dell'Impero Asburgico. Se l'epidemia sembra peggiore della febbre verminosa o del male della pelara, non spaventa certo come la peste portata dai topi che si annidavano nelle stive e la notte dilagavano negli scantinati, piombavano giú molli nei depositi di granaglie. O strisciavano lungo i muri insinuandosi furtivi fra due scuri socchiusi. Questa volta è un *vibrione* che

viaggia nella pancia dei soldati come in quella di quanti tra-
sportano l'orzo e il miglio e naviga nei rigagnoli, nei fossi,
nei canali. È agli abbeveratoi delle bestie e alle fontane nelle
piazze. Non teme la pioggia o il gelo ma neanche il caldo, il
piú afoso.

La prima a morire fu la sorella della Gonda, aveva settan-
t'anni e nessuno ci fece caso. Poi fu la volta della sorella del
Prevosto, quella che aveva dato lezioni di pittura alla Bastianina. Quando morirono il cugino primo del Tambiss e la
nipote del Gerumin, una bambina di dodici anni, tutti furono presi dal panico. Era già freddo e il suono della Tribundina perforava l'aria gelata e bianca, alla funzione in Chiesa
non c'era quasi nessuno, la gente aveva paura a inginoc-
chiarsi nei banchi dove la domenica prima c'era ancora la
bambina con le treccine legate da un nastro.

Il giorno che la Luison si mise a letto con la diarrea e il
vomito, il Sacarlott tenne un consiglio di famiglia. Lui non
poteva lasciare la terra, disse, ma se fosse morto qualcuno
doveva salvarsi per continuare a mandarla avanti. Luìs era
troppo giovane e su Gavriel nessuno poteva contare, allora
non c'era altra scelta, la Maria doveva andare via insieme alla Bastianina che le suore avevano rimandato a casa dal collegio; per quanto riguardava la Fantina avrebbe deciso lei
dove preferiva stare. Separarsi dalla moglie, aggiunse, lo avvertiva un male ma non si poteva fare altrimenti, la Maria
aveva mandato avanti la terra già una volta e avrebbe potuto farlo di nuovo e meglio di un tempo. Il posto migliore,
disse ancora, era la casa del Mandrognin a Lu. Poco piú di
una stalla, ma Lu era in alto e il vento spazzava l'aria, la
pioggia puliva le strade in discesa e la casa, l'ultima in alto,
era cosí inerpicata che non ci arrivava mai nessuno.

Quando finí di parlare il Sacarlott poggiò la fronte al vetro: l'inverno si preparava a essere uno dei peggiori degli ultimi anni e i meli stendevano i rami già bianchi di brina,
l'erba si piegava sotto al gelo. Il cane con la coda ritta tremava intirizzito e sembrava aspettare anche lui qualche
grande evento in quell'aria plumbea dove perfino i passeri

avevano smesso di volare. E come se si fosse proiettato in quel silenzio là fuori, neanche il pensiero che sarebbe potuto morire riusciva a scuotere il Sacarlott dalla calma senza colore che si era impossessata di lui.

Alle sue spalle tutta la casa aveva cominciato a muoversi, le porte sbattevano, le voci si incanalavano lungo i corridoi. Strani rumori che precedono un terremoto, frullare di ali, tramestio di quanti si preparano a mettersi in salvo. Lui con la fronte incollata al vetro non sente nulla, non il pianto della Maria, non le proteste della Bastianina, non le notizie che corrono da una all'altra; è toccato al Tajalargh, al Gatagnú, alla Veronica...

La vita della Maria a casa del Mandrognin fu la peggiore che si potesse immaginare, dal punto di vista del conforto. Niente acqua, nemmeno l'ombra di un pozzo, poca luce anche di giorno con quelle finestrelle larghe un palmo. E tanto freddo. Il camino faceva fumo e non si poteva aprire la porta senza che la stanza si riempisse di galline. La Bastianina dopo due giorni si fece prendere dalla bile nera e l'unica soluzione fu rispedirla in collegio dalle suore dicendo che voleva farsi monaca.

Eppure per la Maria fu un periodo da non dimenticare mai piú, una pausa nella sua vita simile a un quadro i cui particolari, anche i piú insignificanti, hanno un loro misterioso potere. Il Mandrognin era il suo servo e il suo schiavo, usciva la mattina all'alba per andarle a prendere il latte appena munto; a volte un fiore o una pera, un grappolo d'uva passa che chissà dove era andato a cercarlo.

La venuta della Maria lo aveva reso pazzo, era stato per anni in letargo a vivere da bestia, una talpa cieca nel suo cunicolo. Senza desideri, senza energia, senza volontà e senza sogni. E adesso la Maria era nella sua casa, poteva guardarla per tutto il tempo che ne aveva voglia, parlarle e perfino toccarla quando le passava accanto, sentire la sua gonna

strusciargli il viso mentre riempiva di legna il camino, tanta
legna da intasarlo. Aveva in casa Dio. E Gavriel esisteva solo in funzione di assisterlo. Lo comandava, non gli dava pace, tanto serve a scaldarti, gli diceva. Lo aveva messo a dormire in uno sgabuzzino e lui si accontentava di stare fra la
legna e le galline perché tutta la casa fosse a disposizione
della Maria e lei potesse andare da una stanza all'altra senza
timore di avere nessuno fra i piedi.

Aveva il Mandrognin una testa fitta di capelli duri e
bianchi e lo sguardo chiaro, quasi celeste, da uccello; la Maria in certi momenti si incantava a guardarlo. Le piacevano
il suo corpo asciutto e le sue mani larghe, grandi, simili a
zampe d'orso. La divertivano il suo modo precipitoso di fare le cose, i gesti scordinati, i suoi abiti fantasiosi cavati non
si sapeva da quale vecchio baule. Quando la mattina le portava l'acqua, e sempre una parte gli si rovesciava sul pavimento, le veniva da ridere e anche il Mandrognin rideva, allegro perché Dio si lasciava vedere in camicia con soltanto
uno scialle. E Dio era cosí bello.

C'era un unico albero davanti alla casa, un fico, e sotto
quel fico il Mandrognin aveva messo il suo tavolo e i suoi at-
trezzi, lí accomodava le selle all'aperto perché non voleva
portare in casa quei cuoi puzzolenti. In tanti anni era diventato insensibile al freddo e se la Maria, quando vedeva venire buio e il ghiaccio diventava spesso nella tinozza, lo
chiamava dentro, lui le sorrideva scuotendo la grossa testa
bianca. E nel crepuscolo precoce dell'inverno la sua testa
era la luna che spunta dalle montagne. Sapeva e ricordava
tante cose, il Mandrognin, cento particolari della casa di
Moncalvo e raccontava di quando veniva ad aiutare per la
vendemmia e lei era poco piú di una bambina, pronta a ballare a qualsiasi musica, perfino al *Veni Creator* che cantava
la Beata nella casa dirimpetto. Lui la vedeva seduta sulla
panca sotto i noccioli a infilare svogliata l'ago nel telaio; e
appena la Luison girava la testa lei si alzava facendo rotolare
in terra le matasse colorate. Ricorda ancora un dolce che lei
e la Matelda fecero per il lunedí di Pasqua portandolo ad

assaggiare al padre, e una fetta era toccata anche a lui. Mai
piú aveva mangiato un dolce buono come quello, mai piú
era esistita una casa meravigliosa come quella di Moncalvo,
una panca, dei cespugli di nocciolo cosí fitti.

– Era certo il *turtun*, – dice la Maria, – altro non sapeva-
mo fare… – Il Mandrognin la guarda: come eri allegra, come eri bella Maria, non c'era in tutta Moncalvo una ragazza
che ballasse come te. Una volta ci ho provato anch'io ma
dall'emozione i piedi mi sono andati ognuno per suo verso
e tu mi hai voltato arrabbiata le spalle. Ride ora la Maria
con le mani raccolte in grembo, lei del Mandrognin di allora
ricorda solo che veniva a trovare il padre e qualche volta si
fermava con loro a vedere come si faceva il *punto Venezia* o
l'orlo a giorno e lei e la Matelda lo prendevano in giro perché il ricamo non era cosa da uomini. Altro non ricorda, la
felicità, quella sí, e ora le sembra che un poco di quella felicità le torni con i racconti del Mandrognin, si sprigioni dai
suoi occhi selvatici sepolti nel folto delle sopracciglia.

Le notizie che arrivano dal Sacarlott dicono che la Luison è guarita ma è rimasta tanto debole che hanno dovuto
sistemarle un letto nella sala perché non riesce a fare le scale
e lei parla con i dipinti delle volte. Quando spunta dalla
nebbia un raggio di sole la mettono a sedere davanti alla
porta, lei è diventata tutta calva e in testa porta una cuffiet-
ta che era della Bastianina in culla tanto la testa le è diventata piccola. Loro lassú sono invece pieni di forza e Gavriel
va ogni giorno a pulire le stalle nelle colline intorno, e la sera
sale svelto il sentiero che porta a casa reggendo un salame,
un'oca ancora viva in mano, mezzo chilo di burro.

Da quando è arrivata la madre è finita la fame arretrata,
insaziabile, la sera bevono il vino che il Mandrognin è andato a cercare nelle cascine piú sperdute, la Maria prepara la
polenta, tutta la casa odora di salsicce e di latte. La Maria
fa fatica ad allacciarsi i vestiti per quanto le sono diventati
stretti, a volte si guarda nel frammento di specchio che il

Mandrognin le ha sistemato nella stanza e sorride alla sua immagine come non le era capitato da anni. Se i suoi piedi sono troppo freddi chiama il cugino e il Mandrognin glieli prende nelle sue grandi mani e li strofina e li stringe fino a farli diventare bollenti. Le ha cucito due stivaletti di piume per quando va a letto, e di piume ha riempito la pelle di un coniglio dove lei può infilare le mani.

L'inverno ha colmato di bianco le valli, là in cima la neve scivola lungo i rami del fico, si incrosta gelata ai gradini. Il vento l'ha ammassata in cumuli alti metri e il Mandrognin dà giú di piccone dove non basta la pala perché la Maria trovi ogni giorno il sentiero libero e le sue scarpe non abbiano a bagnarsi se vuole arrivare fino alla chiesa.

Ma in chiesa la Maria dimentica di andare, suona la Messa e lei è ancora lí a bere il latte di fronte al Mandrognin che racconta di quando lei era ragazza a Moncalvo. Stringe la tazza calda fra le mani e lo splendore dello sguardo assomiglia a quello di un tempo, il Mandrognin odora di cuoio e di legna bruciata, le campane hanno finito di suonare, ormai è tardi; a Messa andrà domani, o dopo ancora. Perché se finalmente viene una bella giornata infila gli zoccoli che il Mandrognin le ha intagliato e insieme fanno una lunga camminata nei campi pareggiati dalla neve dove solo lui sa ritrovare i sentieri sepolti. Arrivano alle pozze gelate di un bianco azzurrino e guardano i corvi scuotere le loro grandi ali nere, levarsi gracidando in volo. Il Mandrognin vuole costruire una slitta e portarci su la Maria come una regina. Sarà una slitta con i cuscini di piume e «Maria» scritto in lettere d'argento. Avrà le borchie tutte in giro, un panchetto dove poggiare i piedi. Avrà una coperta di pelo d'agnello e un canestrino dove tenere il pane da buttare ai corvi. Maniglie per reggersi quando il cavallo tirerà veloce e sarà tutta dipinta di rosso e di blu.

Quando vennero a chiamare la Maria, il Mandrognin era fuori a consegnare le selle. Lei non aspettò che tornasse e andò via senza neanche dirgli grazie; perché grazie in quel

momento era difficile dirlo. Si portava via gli stivaletti di
piume e la pelle di coniglio, gli zoccoli ancora umidi dopo
l'ultima camminata li lasciava vicino al camino. E ancora e
di nuovo le era impossibile piangere.

Il Sacarlott lo avevano appena sepolto; cosí lui aveva voluto, che lei arrivasse quando tutto era già finito, disinfetta-
to, bruciato. E come era stato per il Giai, un'altra l'aveva
sostituita vicino al marito. Per giorni e giorni la Fantina
aveva asciugato il sudore al Sacarlott, gli aveva cambiato i
panni, era andata su e giú con l'acqua dalla cucina e aveva
vuotato i pitali. Perché tutti erano fuggiti e anche la Gramissa aveva abbandonato pentole e tegami sporchi portan-
dosi via il gatto chiuso nel grembiule e un silenzio totale,
gonfio, cieco, aveva posseduto la casa. In quel silenzio la
Fantina era tornata padrona nell'impercettibile ondeggiare
delle sottane e perfino il suo dormire era stato solo un tenere gli occhi chiusi. La sua presenza accanto al Sacarlott non
aveva fallito un secondo e il viso, diventato con gli anni e il
bere pieno di macchie, aveva vegliato su di lui sbucando come uno gnomo fra le nebbie del suo torpore.

Nessuno sa cosa passasse in quei giorni per la testa del
Sacarlott e della Fantina soli uno di fronte all'altro, quali
immagini percorressero ognuna la loro strada senza incontrarsi mai. Neanche la Luison al piano di sotto rimasta a
muovere muta le labbra sotto la volta dipinta della sala, la
testa non piú grande di un'arancia sul cuscino. La Fantina
aveva ritirato fuori il suo panchetto e seduta a lato del letto
era stata pronta ad alzarzi ad ogni desiderio apparso negli
occhi del Sacarlott: bere, essere lavato, essere aiutato a girarsi. Nient'altro, mai. Un grande silenzio durato giorni e
giorni, diventato cosí importante che qualsiasi parola avrebbe fatto paura mentre i loro pensieri andavano e andavano,
chissà dove, chissà come. Solo l'ultimo giorno, quando
un'alba leggera era scivolata sul pavimento e i suoi riflessi
avevano annunciato un tempo di freddo splendore, il Sacarlott aveva gridato.

Era stato un urlo solo, selvaggio, acutissimo, che si era

ripercosso per le stanze e aveva fatto tremare i vetri. I passeri erano volati via dai rami e si era crinato il ghiaccio sul
davanzale. La Fantina con gli occhi ancora socchiusi in
quella luce d'alba si era accartocciata con la mano sul cuore:
il Sacarlott era ritto sul letto, i capelli sollevati sul cranio
bianco come la cera: – I Cosacchi! – urlava, – i Cosacchi! –
e le pupille ormai cieche li fissavano, terrificate, cavalcare
fra le tende immobili nell'alba.

Capitolo terzo
Gavriel e Luìs

Pioveva a dirotto il giorno che Luìs lasciò improvvisamente il collegio. Gli mancava poco per finire e la sua applicazione allo studio gli aveva meritato piú di una «menzione onorevole». Una volta, durante una breve vacanza estiva, il Sacarlott lo aveva portato a Casale a comprare gli occhiali tanto la vista si era rovinata dal troppo stare sui libri. Occhiali che ora si reggevano in bilico sul naso lungo e sottile e gli davano, nel livido crepuscolo invernale, l'aspetto di un giovane pastore valdese scampato a un naufragio. L'acqua gli spioveva dai capelli, gocciolava giú dai pantaloni e si allargava in una pozza intorno ai suoi lunghi piedi, mentre attraverso gli occhiali appannati dal vapore del suo corpo la famiglia gli si presentava come una massa informe e vociante.

Per rimproverarlo della sua improvvisa defezione non c'era ormai piú nessuno e solo la Luison riuscí a protestare debolmente per quella pozza che continuava ad allargarsi sul pavimento. Luìs si scrollò come fanno i cani bagnando chi gli stava piú vicino, poi si volse a Gavriel che lo guardava in silenzio: era molto che non si incontravano, l'ultima volta Luìs portava ancora le brache al ginocchio. E mentre tutti continuavano a fare domande e gli toccavano i panni fradici, lui cercò lo sguardo del fratello. Ne cercava il consenso e nello stesso tempo ne misurava la forza.

Gavriel lasciò che gli occhi di Luìs restassero senza risposta. Fermo, tarchiato sulle gambe robuste, cosí corporalmente figlio del Sacarlott ma cosí diverso dal padre nella mente e nel cuore, rimase impassibile anche quando Luìs gli passò davanti urtandolo con la grossa borsa piena di libri. A cena, mentre ancora nessuno capiva se si doveva festeggiare un ritorno o punire una diserzione, Gavriel pensò solo a mangiare senza lasciare mai lo sguardo piú di un secondo sul fratello. E Luìs, dal canto suo, aveva troppa fame per continuare l'indagine.

Ma quei fili che partivano dalla medesima stanza, dalle medesime canzoni della Gonda, dagli stessi odori e gli stessi suoni, gli stessi sapori, lo stesso tremore infantile alla voce del Sacarlott, avevano continuato invisibili il loro percorso, inavvertiti e ignorati anche da chi li aveva un tempo tenuti stretti fra le dita. Forse fu Luìs a frugare alla loro ricerca. Luìs dopo tanta solitudine, tanto freddo e prigione. O invece forse fu Gavriel entrato nella vita dal lato piú oscuro, già avanti in quel labirinto scelto per fatalità. Attratto dal suo contrario, affascinato dal fratello solare.

Era Luìs disordinato, rumoroso. I suoi stivali lasciavano le impronte in ogni stanza, sulle scale, in cucina, le sue corde vocali ignoravano i toni bassi e anche quando credeva di parlare sottovoce lo sentivano da una parte all'altra della casa. Entrava e usciva in continuazione, e nei rari momenti in cui si trovava seduto si dondolava sulla sedia. La sua bocca dolce e sottile mangiava, rideva, parlava, e se restava muta gli occhi grigio-azzurri continuavano a esprimere attenzione, interesse, desiderio. Non conosceva l'inerzia, le pause deprimenti della giornata; e tutti si chiedevano cosa mai fosse successo in collegio perché dal bambino tranquillo e silenzioso, sempre con il naso sui libri, fosse sgusciato fuori quel lungo ragazzo pronto a cogliere il primo spiffero d'aria, il primo suono diverso. Che prendeva di sorpresa la Gramissa per la vita e le soffiava nell'orecchio, la Gramissa scappava una porta via l'altra gridando dalla paura e dall'eccitazione.

– *Aspò propri nent dì cu seiia bel*, – avevano detto la prima domenica che lo avevano visto a Messa. Ma come era entrato in chiesa con i suoi lunghi piedi, la testa alta di capelli, le ragazze non avevano fatto altro che aggiustarsi il velo e storcere gli occhi per guardarlo. Anche lui le aveva guardate, tutte, ed era stato subito chiaro che erano pochissime quelle che non gli piacevano. E se non aveva preferenze per gli abiti da indossare e metteva con la stessa disinvoltura un abito riaggiustato del Sacarlott o una giacca che cambiava colore con la pioggia, era molto attento per i cappelli. Gli piaceva sceglierli fantasiosi, variarli, e se li poggiava sui ricci castani pronto a sollevarli al primo incontro. Una grande scappellata e un sorriso che nascondeva nell'ironia la timidezza e il desiderio. L'impulso, nella rapidità con cui ricalcava il cappello sulla testa.

La Maria dopo i tanti anni che Luìs aveva passato in collegio si aspettava che il figlio prendesse in consegna il libro dei conti. Luìs invece dichiarò subito che la contabilità, mai. Tutto il resto gli andava bene, che lo mandassero a sorvegliare la vigna oppure la semina, a mungere le vacche o a trattare l'avena. Purché potesse andare in giro e sentirsi intorno l'aria e la terra, il mutare delle stagioni. Gli piaceva perfino la nebbia o il fango che appesantisce gli stivali. Non aveva problemi neanche per andare dalla signora Bocca e sedere nel salotto verde dove le ansie e i sogni di Gavriel avevano segnato ogni oggetto.

La signora Bocca aveva sentito molto parlare di lui dalle ragazze che aveva a servizio e seduta sul divano cercava di scostare la tenda per vedere meglio quel giovanotto allampanato che parlava di avena tamburellando con le dita sulle ginocchia. Ma la sua vista si era abbassata e la vecchiaia aveva finito per averla vinta. Era straripata sorda, grigia; e lei che aveva perso il sonno per Gavriel non riusciva a trovare in Luìs nulla che la scuotesse dalla sua apatia. Lo scintillio dei suoi occhi non l'avvertiva, o se lo avvertiva era come un'eco lontana, su un acuto inafferrabile. La scabbia era passata da tempo ma lei aveva sempre un prurito da qualche parte che grattava con una asticciola alla cui estremità era una manina di avorio; e aveva chiesto a Luìs di aiutarla. Luìs si era prodigato con foga, la penombra della stanza lo metteva a disagio e saliva dai vestiti di seta della signora Bocca un odore appiccicoso, acre, di vecchiaia, mentre lei lanciava dei gridolini di spavento. Nulla di piú; Luìs aveva ritirato in fretta la mano. Quando era uscito la signora Bocca lo aveva guardato con sollievo passare fra le due grandi magnolie ai lati del cancello.

Il sole stava calando, dalla cucina arrivava l'odore dello stufato. La Elisabetta erano anni che non veniva piú e lei non provava ormai alcun desiderio di mangiare con il Prevosto o con altri. I suoi pasti li consumava da sola; e la Gonda che aveva una nipote a servizio diceva che mangiava carne anche di venerdí.

Il primo provvedimento della Maria fu quello di allontanare la Gramissa che da macilenta che era riempiva ora i vestiti fino al limite massimo, e pativa sempre il calore. Slacciava i bottoni, rimboccava le maniche e si faceva aria sotto le gonne. Al suo posto prese la Marlatteira che portava sotto i panni lo scapolare della Vergine e se faceva le scale le veniva l'affanno per via dei due cuori. Due cuori cosí piccoli che non avevano trovato posto per svilupparsi nella cassa toracica di una forma singolare, a uccello, con lo sterno che spingeva prominente da sotto la stoffa della veste.

La Gramissa fu contenta di andarsene perché saliva di grado passando al servizio del flebotomo dove pestava le polveri nei mortai; e se incontrava Luìs non era piú la serva di casa e poteva rispondergli senza vergogna. Luìs invece la prima mattina che scese in cucina e vide la Marlatteira che soffiava sul fuoco, girò i tacchi e saltò la colazione. Ma il giorno dopo si era già rassegnato e poiché era di carattere allegro si mise a scherzare anche con lei, e la Marlatteira arrossí di piacere. Gli sedette di fronte e mentre lui mangiava polenta e latte gli raccontò il suo sogno.

Era quella la stagione dell'infantioli e attraverso i vetri appannati della cucina arrivava il suono della Tribundina per qualche bambino morto, un suono di festa perché un Angelo era entrato in Paradiso. La Marlatteira raccontava in un dialetto stretto, dell'alto Monferrato dove era nata, e nel fervore del racconto gli occhi infossati nelle occhiaie scure scintillavano come se avesse vent'anni e il suo lungo viso diventava di una bellezza animale, cavallina. Su quel viso la vita e la morte, l'allegria e il dolore, la disperazione, la felicità, trascoloravano una sull'altra e dallo stupore pezzi di polenta cadevano nel latte, scivolavano giú dalle labbra di Luìs senza che lui se ne accorgesse.

Perché i sogni della Marlatteira oltrepassavano ogni immaginazione e invece di essere spezzoni confusi e incoerenti erano vere storie con un principio e una fine. Lei ne ricordava ogni particolare, ogni odore, dal puzzo di zolfo al profumo del pane appena uscito dal forno. Erano cavalieri dal manto insanguinato che la portavano a conoscere le anime del Purgatorio, e mentre la sollevavano fra le braccia la punta dei suoi capelli si bruciava nelle fiamme. Poteva sognare abbracci che lei chiamava «ventosi» e di cui taceva per pudore o ignoranza la loro travolgente emozione mentre soffiava dal naso a simulare l'intensità di quel «vento»; poi aspirava lenta il loro sciogliersi nel profumo di tuberose e di gigli. Altre volte un diavolo la leccava con una lingua di fuoco portandole via il naso ma arrivava la Beata Cunegonda che impastava le ciambelle di Pasqua e le faceva un naso nuovo spalmato d'oro.

E ogni volta il lieto fine arrivava improvviso quando già sembrava che non ci fosse piú speranza e lei scuoteva sconsolata la testa. Fissava allora Luìs e taceva, quasi aspettasse un suo lamento a tanta tragedia. Poi sfolgorante, gaudiosa, la fine del sogno arrivava quando già lei aveva ripreso il suo via vai per la cucina.

Eppure la Marlatteira non barava. Era convinta che se avesse mentito anche solo una volta la Madonna l'avrebbe punita: niente piú sogni ma notti buie e vuote nel tramestio dei topi. Era vergine la Marlatteira, e chi l'aveva vista con la sola camicia assicurava che era piatta come una bambina, e anche sotto le gonne era cosí perché a quattro anni, per un voto, sua madre l'aveva consacrata alla Vergine di Crea. Ma

in compenso la Madonna le aveva concesso i sogni. E se una
notte, ma accadeva di rado, la Marlatteira restava sveglia, la
mattina dopo quando Luìs scendeva in cucina lei non si girava dai fornelli cacciando via con malagrazia il gatto dalla
seggiola. Luìs non faceva domande, mangiava la polenta in
piedi, e anche se il fuoco era acceso si tremava dal freddo
mentre la disperazione trasudava dai vestiti della Marlatteira, dal latte che fuoriusciva sui fornelli senza che lei si desse
pensiero di toglierlo. Allora le note della Tribundina che arrivavano attraverso le grate tradivano improvvisamente tutta la loro malinconia, compitate, come sembravano, da mani
infantili riluttanti e dolorose a staccarsi da questo mondo. E
Luìs scappava via in fretta.

Si era innamorato della Rosetta del Fracin che andava in
chiesa solo a Natale, a Pasqua e alla Domenica delle Palme
per avere il ramoscello benedetto. Era la figlia del fabbro
anarchico, unica femmina fra cinque fratelli; e in uno stan-
zone costruito con le assi rubate ai soldati durante i moti del
'21, coltivava con loro i bachi da seta. Era rossa di capelli
ma la sua carnagione era bianca senza neanche una macchiolina e quando Luìs si avvicinava alla casa giú alla Pontisella
lei emergeva dal puzzo di fradicio dei bachi nello splendore
della pelle tersa, appena soffusa di rosa alle guance, e lo fissava con sfida: che voleva da lei uno di quei bacchettoni del
Sacarlott? Ma a volte doveva girare la testa per non ridere e
vedere Luìs lí impalato con i pantaloni striminziti sulle caviglie e le maniche della giacca che gli arrivavano poco piú
giú del gomito, vecchi vestiti del Sacarlott male adattati alla
sua misura.

Non si parlavano perché Luìs non sapeva che dire e poco
dopo lei rientrava. Luìs la sentiva cantare. Era la sua voce di
contralto il tormento del Prevosto, cosí meravigliosa sarebbe stata nel *Sanctus* e nell'*Alleluja*. Invece la Rosetta del
Fracin cantava tutt'altro e Luìs in piedi sulla Pontisella sentiva crescere a dismisura il suo amore. Era la voce di un angelo e nello stesso tempo un richiamo terreno pieno di mi-

stero perché le parole lei se le inventava lí per lí e spesso non
avevano senso.

Quando arrivò l'estate Luìs fece quello che ancora nessuno in famiglia aveva mai osato: andare a ballare. Al tempo
del Sacarlott la parola «ballo» era stata priva di significato,
appartenuta com'era al vocabolario dei ricchi o dei dementi,
che solo, diceva il Sacarlott, potevano avere voglia di andarsi a spezzare le gambe in una qualche esibizione da saltimbanchi dopo una giornata di fatica; e il suo sguardo aveva
raggelato chiunque, anche blandamente, con un desiderio
vago e immaginifico simile all'incresparsi delle onde, vi aveva fatto allusione.

Luìs invece frugò alla ricerca delle vecchie camicie di seta
regalate dalla signora Bocca e scelse quella meno ingiallita.
Si calcò in testa uno dei suoi cappelletti dal colore indefini-
bile e l'ultima domenica di giugno, nel caldo arroventato del
primo pomeriggio, si incamminò verso la cascina dei Martini lasciando nella desolazione la madre, la zia e la prozia.

Era quella dei Martini una cascina a mezza costa sulle
colline di Lu e quando Luìs arrivò il ballo era già cominciato
e la Rosetta del Fracin impegnata per tutti i balli. Ma come
da lontano lo vide con il suo cappelletto indietro sui ricci,
dimenticò tutte le promesse fatte e si mise in piedi ferma
sotto un albero di mele cotogne ad aspettarlo fra le foglie
larghe e scure. E appena Luìs le arrivò vicino gli girò le
braccia intorno al collo come se aspettasse solo lui per ballare e Luìs divenne pallido, le mani gli tremarono mentre la
stringeva per la vita e cominciava a girare.

Girarono e girarono, e piú Luìs stringeva piú lei lo lasciava fare e ci fu un momento in cui rischiarono di finire in terra per quanto erano stretti. Chi avesse insegnato a ballare a
Luìs non si sapeva, forse aveva imparato da solo o invece
era il gran desiderio di stringere la ragazza a dargli tutto
quello slancio, certo le braccia gli fremevano e la saliva gli
andava su e giú; e quando volle dirle qualcosa e lei gli girò il
viso vicino alla bocca, le parole gli morirono sulle labbra. Ma
appena finí la musica venne uno dei fratelli e gliela portò via.

Luìs ballò con la Gramissa, ma adesso ballare con le altre non gli importava piú e cosí fece fare un giro a tutte, anche alle piú vecchie, zitelle e sposate. I figli del Fracin avevano caricato la sorella su una cavalla zoppa per riportarla a casa e da lassú lei guardava Luìs e si capiva dai suoi grandi occhi dorati che se lui fosse tornato alla casa giú alla Pontisella non sarebbe stato piú come prima. C'era in quello sguardo insieme alla tristezza perché la strappavano via dalle sue braccia anche l'esultanza per quel ballo che non aveva l'uguale. Unico, indimenticabile, Luìs.

Fu il loro un amore allegro e pieno di sorprese. Un amore avversato da tutti, dal vecchio Fracin che in gioventú era stato amico del Sacarlott quando ancora si chiamava Pidrèn e poi dopo gli aveva tolto il saluto per via di Napoleone diventato Imperatore. Avversato dai fratelli della Rosetta a cui quel ragazzo lungo e leggero che sbracciava saluti a destra e a sinistra non dava nessun affidamento. Avversato dalla Maria che vedeva la figlia di un fabbro molti e molti gradini al di sotto di loro e non credeva che l'allevamento dei bachi avrebbe mai reso abbastanza da compensare quel dislivello. E poi è una miscredente, diceva la Luison; e questo toglieva alla figlia del Fracin ogni residua possibilità. Perfino la Gonda e la Marlatteira scuotevano la testa per via dei capelli rossi.

Questo amore piaceva solo a Gavriel perché lo sentiva incruento, senza lacrime e senza rimproveri, senza angoscia; e quando andava nei campi insieme al fratello e lo ascoltava parlare della ragazza gli sembrava che il suo lungo naso, punto focale dell'espressione, andasse disegnando una storia dove la felicità era possibile, a portata di mano. Nasceva da sola, simile a un evento naturale come la pioggia e il vento.

Cosí era per Luìs, il suo amore non aveva bisogno di futuro e neanche di progetti. Accompagnava la Rosetta del Fracin a cogliere le foglie dei gelsi che facevano grossi i bachi, andava con lei a fare l'erba per i conigli; e dimenticavano le foglie, dimenticavano l'erba tanto era vasto e inesplorato il territorio in cui si avventuravano e intenso il desiderio di conoscerlo insieme.

Senza avvertire mai la tragedia che poteva essere alle spalle: nelle foglie dimenticate, nell'erba rimasta appassita ai margini del prato. Non avevano paura né dei fratelli della Rosetta né dei temporali e nemmeno dei morti che si incontrano al crepuscolo vicino ai cimiteri. Una sconfinata fiducia in se stessi appiattiva in un orizzonte indistinto quanto non li riguardava, dissipava in un attimo quello che poteva turbarli o contrastare il loro amore. Ma questo, un giorno, avrebbe anche ucciso la loro storia, ne avrebbe circoscritto la durata nel tempo e poi cancellato ogni traccia quasi voltandosi indietro non fossero piú capaci di riconoscere nulla, solo delle forme imprecise di cui restavano vivi alcuni particolari insignificanti: lo scorrere di una gora, il volo di un aquilone. O le rime dell'Inno in onore di Ferdinando d'Austria incoronato in quell'anno a Milano.

Perché l'unica figlia femmina del fabbro anarchico ha un debole per Re e Imperatori. – *Salve d'Austria eccelso figlio, Ferdinando Imperator...* – declama allargando le braccia. Parole difficili per lei abituata al dialetto e gli occhi splendono come se già si vedesse fra gli ermellini e le carrozze, lo scintillio delle aquile bicipiti degli Asburgo. Luìs ride ma lei continua imperterrita, cocciuta, decisa a conoscere e a vedere; non la fermerà Luìs, non la fermerà nessuno e adesso non vuole che lui la interrompa, gli alita le parole nella bocca, morde la mano che vorrebbe arrestare quel fiume di parole. Una gora scorre fra due sponde di alberi, lei si china a bere, esausta, e Luìs le afferra le dita bagnate, le succhia fra le labbra fino a sentirle docili e calde, il silenzio riempie i polmoni e solo il rumore dell'acqua fra le erbe delle sponde assomiglia al brivido che li coglie. Una volta lei perse uno zoccolo e dovettero cercarlo che era buio, a tastoni nell'erba.

Chissà se fecero mai l'amore nel senso completo della parola, l'amore che lascia sfiniti e appagati. La Rosetta del Fracin aveva un gran bisogno di sognare e aspettare. Tanti corsetti, tante gonne. Certamente dovettero arrivarci molto vicini. Dopo, quando Luìs si fece male al ginocchio e dovette restare immobile per mesi, pensò a lungo a quei momenti in cui tutto era stato possibile. Pensò a come sarebbe avvenuto, e cosa sarebbe successo di loro, dopo. Pensò soprattutto alla sua sconcertante, impavida allegria. La immaginò malinconica, con l'abbandono nell'oro bruno dello sguardo. Dopo, quando era ormai troppo tardi. Quando alle prime gelate scivolò sui mattoni resi viscidi del viottolo e il ginocchio picchiò in terra con tutto il peso del corpo e all'interno si formò una sacca d'acqua, e quell'acqua per mesi piú si toglieva e piú si riformava. Inchiodato a una sedia lui spiava dai vetri se mai fosse arrivata l'unica figlia femmina del Fracin. Scrutava tra le ultime foglie dei meli dure a cadere, fra gli steli secchi delle settembrine piantate per la prima volta quell'anno. Un segno, un messaggio. E quando al mattino il sole diradava la nebbia e comparivano sprazzi azzurri di cielo, si diceva: oggi verrà. Lei venne una volta sola e si fermò sotto la pergola a parlare con la Fantina, nessuno le disse di entrare e Luìs picchiò invano con le dita ai vetri sigillati dal gelo. Lei non alzò una volta la testa, non sollevò un attimo gli occhi a guardare lassú, oltre l'intrico dei rami nudi della pergola. Lui ne vedeva i capelli rossi che uscivano dalla cuffia di lana, le mani gonfie, rovinate dal lavoro ai bachi. E quando la vide allontanarsi lungo il viottolo ruppe il vetro col pugno. Ma lei era già via e non lo sentí gridare.

Un pomeriggio, prima che Luìs scivolasse e battesse il ginocchio, erano andati sulla collina della Gru a far volare un aquilone. I contadini nei campi si erano fermati a guardare quello strano uccello scosso dal vento, fermo sempre allo stesso punto. Un uccello che frusciava nel cielo grigio di nuvole mentre sopra passavano i voli triangolari delle oche che migravano. Sulle ali quell'uccello portava scritto il nome della figlia del Fracin; ma questo i contadini non lo potevano vedere, come non potevano vedere quel filo che lo teneva legato a terra mentre scendeva la notte e i figli del fabbro battevano la campana alla ricerca della sorella. Se lo trovavano, quel Luìs, gli avrebbero spezzato le ossa. Era autunno e la Rosetta aveva infilato le dita gelate nella giubba di

Luìs, sopra le loro teste quell'uccello di carta vorticava e sbatteva finché non se l'erano dimenticato. Dopo era troppo tardi, il filo si era impigliato fra le spine e loro avevano corso fino a restare senza fiato perché già la luna saliva oltre le colline e nessuno avrebbe mai potuto spiegare al vecchio fabbro quanto era importante far volare un aquilone. Chi poteva spiegarlo ai fratelli. Quanto meraviglioso.

Quell'anno, quando andò a confessarsi per il Natale, la Rosetta del Fracin non usciva piú dal confessionale e alla fine rimase sola a recitare la penitenza mentre il sacrestano andava spegnendo le ultime candele e lei ancora non aveva finito. E alla Messa di mezzanotte, quando venne il momento dell'*Alleluja*, la sua voce si levò cosí limpida e alta che il coro delle ragazze si ammutolí. Il Prevosto rimase con le mani aperte immobili sul calice e i chierichetti girarono attoniti la testa. Ma la voce della Rosetta del Fracin era bella in un senso troppo terrestre e il suo *Alleluja* festeggiava del Natale la luce, il calore, il cibo. La gente che riempiva la chiesa era povera, e l'aveva guardata con spavento.

In primavera la Maria portò Luìs da un famoso dottore a Vercelli. Il viaggio fu lungo e faticoso e quando arrivarono dal medico la gamba era cosí gonfia che non si riusciva neanche a siringarla. Luìs aveva la febbre alta, delirava. Il dottore gli fece un taglio lungo tutto il ginocchio e due salassi, poi disse alla Maria che doveva tenere il figlio sveglio fino a quando il ginocchio non si fosse svuotato, solo cosí poteva salvarsi. Tutta la notte la Maria parlò a Luìs, pianse e gli raccontò la sua vita, Luìs rimase sveglio a sentirla e l'acqua gocciolò dal ginocchio fino attraverso il materasso e andò a bagnare il pavimento. Alla mattina, dalla ferita aperta, si vedeva l'osso.

Quel viaggio a Vercelli fu decisivo. Se mai Luìs aveva avuto la possibilità di tornare a camminare come una volta, quella scarrozzata gliela tolse per sempre. L'acqua non si riformò piú tanto il ginocchio si era ormai consumato ma lui rimase con una gamba piú fredda e sottile.

Era aprile quando riprovò a camminare, nei campi ancora umidi dell'ultima neve cominciava a spuntare il grano, qualche ciliegio piú riparato degli altri era fiorito e si sentiva l'odore del sambuco. Appoggiandosi a Gavriel, Luìs arrivò fino al cancello. Al ritorno provò ad andare da solo, pensava alla Rosetta del Fracin e alla collina della Gru, agli aquiloni prossimi a venire. Il cane gli scodinzolava vicino e lui ebbe un attimo di esitazione, poi si irrigidí, barcollò, e infine riprese ad andare. Gavriel che lo guardava, sorrise. Anche la Maria, che sorrideva cosí di rado, sembrava ritornata la Maria di un tempo.

Chi aveva pensato che Luìs sarebbe rimasto menomato, non lo conosceva abbastanza. Anche con una gamba diversa lui si teneva dritto come prima e quando arrivò l'estate lo rividero ai balli con il suo cappelletto indietro sui ricci e la giacca che cambiava colore con la pioggia.

Ma la Rosetta del Fracin non c'è piú, è inutile cercarne i capelli accesi di volpe. Il vestito di tela azzurra che si è cucita da sola. Inutile tendere l'orecchio alla sua voce di contralto. Si è fidanzata e si sposerà dopo la vendemmia con un abito bianco di cui già tutti parlano. Un abito regalatole dai fratelli che sono andati a scegliere la stoffa a Casale. Perché la Rosetta è una brava ragazza e va premiata, di lei si è innamorato il Camurà e non vuole aspettare neanche la primavera, già prepara la casa, una vera casa con il giardino tutto intorno e una quercia davanti al cancello. È ricco il Camurà, i soldi li ha fatti nei mercati e nelle fiere dove ha cominciato a girare ragazzo tirando il carretto su per le strade in collina.

L'unico a non essere contento è il vecchio fabbro che continua a picchiare come un dannato fra nugoli di scintille, nero nella sua nera fucina, coi lunghi baffi bianchi che gli spiovono sul mento. A lui non piace il Camurà come non gli piaceva Luìs, Luìs gli sembrava uno da niente, il Camurà invece ha la colla alle dita e dove tocca gli resta attaccato. Ruba sul metraggio e sul resto, ruba ai ricchi e ai poveri, allo Stato, ai Francesi.

Ma Luìs è un ragazzo allegro, gli anni di collegio hanno innescato una molla che non ha mai fine. Un desiderio di prendere e dare. Di passeggiate al crepuscolo e di vino che toglie la malinconia. Ognuno nasce con un tracciato quasi lo portasse inciso nel palmo della mano. Inutile tentare di modificarlo; e il suo destino Luìs lo avverte forte solo nell'istante in cui lo asseconda. Non sono per lui le grandi pause, lo specchiarsi nella propria immagine in attesa; circola nei suoi pensieri, nelle viscere e nel cuore, un sangue che cicatrizza in fretta. Ogni volta la vita vince; e la madre e la Fantina assistono meravigliate a come presto lui abbia smesso di pensare alla ragazza. Già non la nomina piú, già ha smesso di fischiettare le sue canzoni per altre che chissà dove le ha sentite.

Si è comprato dei trattati di agronomia e la sera sta alzato fino a tardi a studiarli. Vuole che la terra torni a fruttare come ai tempi del Sacarlott, cosí come il Sacarlott aveva voluto la terra che era stata del Gran Masten e poi altra ancora. Ha messo un tavolo e una sedia in una delle stanze dove si conserva la canapa. La canapa, ha detto, si può sistemare in soffitta, e quello sarà il suo studio. La libreria è andata a comprarsela dalla Cavaliera che vende pezzo per pezzo gli ultimi mobili rimasti nel castello di Braida e molte sere le passa in casa con la luna d'estate che batte ai vetri. E quando va con Gavriel nei campi si sbraccia a spiegare quello che vuol fare, si entusiasma, là vuole piantare le acacie e là ancora seminare il trifoglio, l'anno prossimo il lino, le lunghe gambe che saltano i fossi dove l'estate prima teneva stretta la Rosetta del Fracin. Gavriel l'ascolta, contento che lui, Luìs, sia cosí.

E spesso ridono insieme, di Luìs cosí avventato, impulsivo. Ridono di Gavriel sempre incline ai «no» della vita; *Monsieur Catastrophe* lo chiama Luìs.

Senza questa capacità di ridere la loro vita in comune sarebbe forse impossibile, non la salverebbe l'affetto. La vera unione, quella profonda che passa oltre la Maria e il Sacarlott, loro l'avvertono in questa possibilità misteriosa di irriverenza verso le stesse cose. Nello stesso istante, con una simultaneità sconosciuta agli altri, a volte sbalorditiva per loro stessi. E la sera chi rientra prima aspetta il ritorno dell'altro attento al cigolare della porta d'ingresso, al rumore conosciuto dei passi, solo per poter tornare a respirare quell'aria leggera cosí familiare tra loro.

Per molto tempo, quell'estate, oggetto dei loro scherzi fu la Bastianina. Alta, strutturata come il Sacarlott, la Bastianina sembrava nata per essere badessa. E badessa si sentiva anche se era solo novizia e le suore la rimandavano continuamente in famiglia a «provare la vocazione».

Come la carretta con la giovane novizia imboccava traballando il viale ognuno veniva colto dall'improvvisa necessità di un lavoro da fare e solo la Gonda restava sulla sua seggiola al sole mentre la voce della Bastianina si levava alta a chiamare tutti a raccolta per i suoi numerosi e ingombranti bagagli. E il viso, incorniciato dal velo, forse grazioso, girava solenne intorno simile a quello di un erede al trono.

Impassibile la Bastianina all'annuncio di una grandinata o di un fulmine che appicca il fuoco a un pagliaio. Neanche veder sgozzare un coniglio le dà il minimo brivido; ma appena sente il suono di un organo o respira l'odore dell'incenso butta indietro il velo con uno scatto di orgoglio liberando, luminose, le sue tonde guance di ragazza. Non ama lei *Messa Prima*, le opalescenze dell'alba e la Chiesa fredda, lei è per *Messa Granda* nello sfarzo delle campane, le pianete rilucenti e i chierichetti vestiti di rosso. Il vibrare delle canne d'organo.

Dà ordini, controlla, organizza, dalla sua bocca piena, continuamente inumidita di saliva, esce una voce esile e roca dove l'italiano piú puro vibra come una di quelle corde metalliche delle chitarre giocattolo. Nessuno capisce, eppure è costretto a capire. Gli occhi inflessibili, pungenti, di un grigio segnato di macchioline, mettono i cervelli in movimento obbligandoli a decifrare quello che sembra impossibile. Cosí viene ubbidita. Non di rado con gli sbagli piú clamorosi.

Nessuno sa se lei afferrasse, almeno una volta, l'ironia dei fratelli. Nessuno notava mai un segno, neanche l'offuscarsi dello sguardo quando le facevano ripetere una frase ancora e ancora. Subiva i loro scherzi e la loro finta ottusità senza degnarli di un attimo di attenzione. *Fratelli, porcelli* usava dire; e la sera la sentivano recitare l'*Officio* con la voce in falsetto. Dalla sua camera le note strisciavano fuori arroganti, implacabili nella loro monotonia: ricordavano che bisogna fare penitenza dei peccati, che il castigo di Dio è pronto a colpire l'iniquo e dove arriva la sua giustizia, là sarà pianto e stridore di denti. Piú si avvicinava alla fase finale piú la sua voce si faceva febbrile, acuta. Fino quasi a diventare, nel buio della notte incombente, l'ululato di un animale.

Era ricca, nessuno in famiglia disponeva di denaro come lei. Tutto quello che la Fantina aveva guadagnato e guadagnava era destinato alla sua dote, al suo corredo, agli abiti della novizia un giorno certamente badessa. E invece di aiutare la madre in casa sedeva nella sala a dipingere davanti a un monumentale cavalletto il cui solo montarlo richiedeva una mezza giornata, piú braccia che sollevassero e abbassassero i legni, li girassero nella giusta posizione del sole mentre gli zoccoli degli schiavandari rombavano cauti sul pavimento lucidato a cera.

Dipingeva di preferenza uccelli acquatici, gru, oche, aironi ritti nell'acqua su una gamba sola. Amava copiare la fauna tropicale dalle illustrazioni di un libro appartenuto a Gioacchino e contro le grandi foglie dei banani e l'intrico delle liane faceva sostare i suoi cigni di profilo con l'occhio cerchiato di nero. Una volta finiti, i quadri venivano avvolti in grandi pezze di tela bianca e nessuno doveva toccarli, pronti a viaggiare con lei per poi disperdersi nei vari conventi del Regno. Qualcuno forse avrebbe navigato a vele spiegate verso le isole e uno, il piú bello, con un cigno a grandezza naturale, forse sarebbe arrivato a Roma, non lontano dal Papa.

Raramente i fratelli avevano accesso alla sala, la loro ombra dava fastidio sulla tela, la loro voce turbava la serenità della mente. A volte loro comparivano al di là della finestra tra i peri e i meli del giardino e Luìs si toglieva il cappello, Gavriel chinava deferente la testa alla giovane novizia seduta davanti al cavalletto. La Bastianina con la tavolozza dei colori infilata nel pollice, un largo grembiule a coprirle la veste, li guardava senza vederli, la bocca raccolta in una rosea ciliegia a chiedere silenzio. A volte le sedeva accanto, assorta in meravigliata contemplazione, la Fantina. E lei che aveva ricamato pianete rimaste leggendarie e intrecciato le sete piú scintillanti con tanta sapienza, si lasciava sfuggire sospiri di ammirazione davanti a quelle tele dipinte con larghi strati di colore, tinte forti senza sfumature, con poche ombre.

Un'estate cosí calda la Bastianina non la ricorda e aspetta immobile un'ombra di fresco, un brivido di vento sul viso e sul collo. Sbadiglia, e dalla grande sonnolenza non riesce neanche piú a tenere il pennello in mano. Allora si alza e chiede alla Fantina di accompagnarla alla fonte solforosa che guarisce i mali alle viscere, le vampate di caldo. E una volta arrivata si toglie le scarpe e le calze, rimbocca la veste e entra nella pozza d'acqua limpida chiusa in un cerchio d'alberi e da lí chiama la zia: – Vieni *Magna*, – le dice, – vieni anche tu!

La Fantina scuote la testa, si è seduta sul ciglio sotto l'ombra di una acacia e racconta che da ragazza una volta un serpente d'acqua le aveva afferrato la caviglia, si era attorcigliato e sbatteva con la coda contro le gambe e la Maria aveva dovuto strapparlo con le mani, dopo erano scappate dimenticando i vestiti. Da allora non si sono piú bagnate e lei ha paura anche adesso, paura perfino a berla quell'acqua dove esce alla fonte.

La Bastianina alza le spalle, nell'ombra dell'acacia il viso della Fantina è largo e cosparso di macchie, alcune sono il riflesso delle foglie ma altre sono nella sua pelle e le sembra impossibile che la Fantina possa essere stata giovane, avere avuto delle gambe bianche e forti come le sue, inargentate

dallo scorrere dell'acqua che va a perdersi nella terra. La
guarda seduta sull'erba con il vestito rattoppato e il collo
gonfio dal bere e un fastidio di cui non saprebbe dire la ragione la turba. È diventata avara la Fantina, per sé non
comprerebbe un bottone, perfino gli spiccioli devono servire a fare ricca lei, piú ricca di tutte le altre novizie. Per un
attimo chiude gli occhi: vorrebbe dimenticare, non sa neanche lei cosa. Dimenticare. Si gocciola l'acqua nel petto e nel
silenzio, ora che la Fantina si va addormentando, pensa alla
Rosetta del Fracin che andrà sposa fra poco, a Luìs, quando
tornava con la giacca gualcita. Una volta l'aveva persa quella
giacca, non si sapeva dove, e poi l'aveva ritrovata il Gerumin, e il Gerumin rideva... – Basta, – dice con voce roca, –
voglio tornare a casa –. Sveglia la Fantina, è sgarbata, si
rinfila le scarpe e brontola perché adesso devono camminare
sotto il sole, il suo vestito fa pena.

La Fantina si è alzata docile e si incamminano lungo i cespugli riarsi delle more. Sui carri sono arrampicate le contadine con i grandi cappelli bucati, i buoi arrancano cacciando
le mosche con la coda, i bambini hanno le mani e il viso bruciati dalla risipola. La Fantina ha aperto un ombrello a ripararsi dal sole: – *Ven chí sutta*, – le dice ma lei va avanti con
la gola serrata. I contadini si tolgono il cappello, i bambini
la guardano timorosi. La chiamano già la *Munja*, che vuol
dire la Suora. La Fantina risponde al saluto con un leggero
chinare del capo sotto l'ombra nera dell'ombrello, risponde
per sé e per la Bastianina imperterrita nella polvere sollevata
dai suoi lunghi passi. Cosí traversano il paese e sotto il velo
i capelli della Bastianina si attaccano fradici di sudore alla
testa, le prudono, ma lei non muove un muscolo del viso,
non alza una mano a grattarsi. In piazza il sindaco si prepara
a salire sulla carrozza della signora Bocca per andare a Casale a ricevere Re Carlo Alberto di passaggio all'Albergo Mo-
gol. La signora Bocca spia curiosa attraverso le tendine gialle quella novizia cosí simile a Gavriel nella forza del corpo.
La Bastianina passa a testa alta senza neanche uno sguardo,
l'ansia le dà il fiato corto al ricordo della sera in cui Gavriel

se ne andò di casa tra le urla del Sacarlott. Lei non ha mai
saputo cosa fosse a far gridare cosí il padre, quale buia coscienza avesse spinto Gavriel nella notte, ma ricorda quel
nome urlato dal padre come qualcosa di osceno. E in un
lampo capisce, capisce senza capire, nel tormento di quella
giornata. Piú avanti si ferma, la Fantina è ancora vicino alla
carrozza che si inchina alla signora Bocca, quasi si prostra
come se fosse davanti al Santissimo. – *Magna!* – chiama, –
magna! – lei ha dimenticato ogni buona creanza e la voce
rimbomba nella piazza, da sotto l'ombrello la Fantina la
guarda sgomenta, la signora Bocca si sporge tra le tendine
gialle. – *Magna, andumma!* – grida. Solo il dialetto può
esprimere la sua disperazione e il rossore la acceca, lei vorrebbe piangere dalla vergogna, sudata fino alle cosce.

– Perché non vieni a ballare, almeno una volta, – le dice
Luìs, – potresti provare, prima che sia troppo tardi.
– Io, ballare? – la Bastianina si porta la mano al petto a
fermare il cuore.
– Sí, ballare, ballare... non ti piacerebbe una volta?
Un lampo nello sguardo della Bastianina, il ricordo del-
l'odore di quando passava bambina in piazza per mano alla
madre nei giorni di fiera. Della musica e della polvere. Un
pomeriggio si era incantata a tutto quel girare e la madre
non riusciva a portarla via. Lo guarda: ballare una novizia,
con il velo in testa?
Come se capisse la muta domanda di quello sguardo Luìs
le tocca dolcemente il velo: – Lo togli, – dice. Lei invece di
rossa diventa pallida, se ora con un gesto improvviso, d'impulso, si sfilasse via il velo dai capelli la sua vita potrebbe essere diversa. Chissà come, chissà quanto. Le sue gambe sono dritte e robuste, sembrano nate per il ballo, la passione
che mette nel dipingere è una forza del suo sangue, la stessa
del Sacarlott. Del Gran Masten.
Luìs insiste: – Per una volta... – Da bambini giocavano
insieme, lui faceva il cavaliere con la mantella del padre, lei
era Santa Genoveffa assediata dalle belve e lui sempre arri-

vava a salvarla, le si inginocchiava accanto, le carezzava i capelli sparsi lunghi sul pavimento.

– No, no, che *tabalöri*! – Quel poco di grazia femminile che le è rimasto si perde nello scatto per girarsi, lei non cadrà nel tranello, non farà la fine della madre, della Luison, non farà la fine della Fantina.

Quel pomeriggio, sul tardi, la Bastianina fu vista andare per i campi con il suo lungo passo, la veste bianca che spiccava fra lo scuro delle siepi, il velo che lei rigettava continuamente indietro. La Fantina entrata in sala a portarle una fetta di cocomero trovò un quadro appena iniziato sul cavalletto e la sedia vuota. Lei camminò a lungo, quasi sommersa dalle piante di granturco che cominciavano a ingiallire, passò nel trifoglio appassito in quel caldo di agosto e fra la segale che frusciava pallida contro la gonna, lontano dalle aie dove le contadine lavoravano ai bachi. Arrivò fino allo stradone per Giarole. Da Braida dove si ballava qualcuno la vide, con il velo bianco e la veste, e pensò si fosse perduta. Lei si fermò all'ombra di un gelso, tutta quella camminata vestita com'era doveva averla stancata, il sudore le faceva odorare addosso gonne e sottogonne, corsetti, gorgiere. Non aveva neanche vent'anni e si appoggiò con la schiena al tronco del gelso e lí rimase a lungo a guardare quelli che ballavano. Le arrivavano le loro voci lontane, le loro risa. La musica dello strumento suonato dallo Zanzìa.

Luìs da Braida la riconobbe e improvvisamente provò rimorso per tutte le volte che con Gavriel l'aveva presa in giro. Una pena profonda lo rese per un momento quasi cieco; non voleva che stesse là, voleva che se ne andasse, invece la Bastianina a un certo punto si tolse il velo per via del caldo e la sua testa laggiú, da lontano, era quella di un pupazzo di legno tanto i capelli erano stati tagliati corti. Poi, per una mazurka, Luìs la dimenticò. Quando tornò a guardare, l'ombra lontana di quel gelso si confondeva già con la campagna, la luna saliva a illuminare lo stradone vuoto di Giarole.

Balla ancora Luìs, la luna è alta sopra la torre di Braida e la camicia gli fredda il sudore addosso. Il tanto vino bevuto

gli è andato tutto nelle gambe e gli sembra che se si ferma finirà in terra come un sacco vuoto. La figlia ultima della Cavaliera, ancora una bambina, lo guarda cosí pallido e sofferente, lo guarda tanto che a un certo punto Luìs la prende
per la vita e fa fare un giro anche a lei. È l'ultima di dieci figli, chi sposato e chi morto, chi ancora a servire nell'esercito
del Re, di lei nessuno si occupa piú ed è scappata fuori con
la veste che tiene anche a letto, le unghie nere di terra. E
adesso quella veste si gonfia, le treccine sbattono sul viso,
lei vorrebbe gridare di meraviglia ma la gioia è tanta che le
manca il fiato e si aggrappa al braccio di Luìs, i piedi lo scalciano e intanto gira e gira nel puzzo delle ultime salsicce che
bruciano sulla brace. Girano gli alberi, la luna, la torre di
Braida, lei guarda Luìs dal basso e vede colargli il sudore
dalla fronte bianca come quella di un morto. Sono l'Antonia, vorrebbe dirgli, la figlia ultima della Cavaliera. Ma già
Luìs l'ha posata in terra e se ne è andato a mettere la testa
sotto l'acqua.

   Un castello, Braida, dove i tacchini e i polli girano indi-
sturbati per le stanze e le papere inzaccherano i gradini. Papere mute perché non diano fastidio alla Cavaliera sempre
sofferente su un canapè dopo tutti quei figli e le disgrazie
che lentamente le hanno portato via mobili, gioielli, intere
tenute. L'Antonia scappa dalle mani della vecchia serva che
vorrebbe riportarla a letto e segue Luìs qualche metro distante, lo segue ancora quando se ne va ondeggiando qua e
là con il suo cappelletto di traverso e i suonatori raccolgono
gli strumenti brontolando perché la paga è stata poca e il vino cattivo, la Cavaliera, lo sanno tutti, è piú avara dei francesi. Lei guarda Luìs in fondo alla strada, quasi un'ombra
sottile sotto la luna finché qualcuno dei suonatori non lo tira
su sul carro; solo allora l'Antonia sale dalla madre addormentata sul canapè con un fazzoletto intriso di aceto sulla
fronte e si avvolge in una coperta ai suoi piedi, le poggia la
testa in grembo. La Cavaliera la sente nel sonno e la mano
scende a carezzarle i capelli. Lenta, come se arrivasse da una
insondabile, dolorosa distanza.

Ma ora piove e piove, la Bastianina è tornata in convento dove la primavera prossima prenderà i voti. Tutta la polvere di quella lunga estate di secca è diventata fango e a camminare per le strade ci si inzacchera fino al ginocchio. È andata male la meliga e molta uva è rimasta sui tralci e non c'è aratro che possa passare sui campi, i buoi sprofondano e bisogna andarli a tirare fuori con le corde, le urla degli uomini si sentono lontano sotto la cappa scura di nuvole. La Maria sta ore e ore a giocare da sola con le carte e ogni tanto alza la testa a guardare Luìs sempre davanti alla finestra a scrutare il cielo. E quando va fuori al ritorno i suoi stivali infangano tutta la casa, fino sui letti dove lui si stende senza neanche sfilarseli.

Ma nessuno osa dirgli nulla, nessuno ha il coraggio dopo tutto il lavoro, l'impegno, quei libri letti fino a tardi la notte. Tanta fatica che ora naviga via in ruscelli d'acqua, nell'odore di fradicio che resta attaccato agli abiti, è nei letti, nelle mura, e non c'è fuoco che riesca a asciugarlo.

– Luìs... – la Maria lo guarda e intanto sostituisce una carta, bara ormai da tempo ma le sembra che nell'oscurità della giornata neanche barare sia piú sufficiente, il rumore della pioggia che non ha tregua porta il buio nella mente:
– Luìs...

Luìs si gira ma nessun suono esce dalle sue labbra, lo sguardo remoto dietro gli occhiali ha perso fino l'ultimo segno di allegria. Anche quella piú dura a morire, piú ostinata nelle speranze e nel lungo viso asciutto sono tornati gli anni di collegio, anni morti e grigi.

Quando suonò la campana a martello era ancora giorno ma sembrava già scesa la notte tanto la giornata era scura, senza principio né fine nella monotonia della pioggia. Un boato cupo, profondo, saliva dalla terra e sovrastava il suono ininterrotto della campana, un boato indecifrabile che non somigliava a nessun altro udito prima e mentre la Luison e la Fantina atterrite si mettevano a recitare le giaculatorie, Gavriel e Luìs corsero giú lungo il viale nella pioggia che rendeva ciechi. Ma non fecero molta strada, il ponte su quello che d'estate era a malapena un rigagnolo era saltato e l'acqua vorticava e sbatteva contro le mura delle case. Chi era stato la mattina a vedere sullo stradone per Giarole al ritorno aveva sprangato la porta; ma ora non serviva sprangare piú nulla perché l'acqua si rovesciava in un unico sterminato torrente. Scura, densa, trascinava tronchi d'albero, animali, carri con le stanghe divelte e li scaraventava contro le porte fino a schiodarne le assi. Per chi ancora suonasse quella campana non si sapeva tanto il fragore era piú forte, piú forti le urla di chi si chiamava da una casa all'altra o chiedeva aiuto nel muggire delle bestie trascinate via da quel torrente di fango.

La notte dell'ottobre del 1839 rimase memorabile per la morte di animali e cose ma soprattutto per gli straordinari avvenimenti che si verificarono. Andarono perduti buoi, polli, tacchini, maiali e cavalli e molte case furono sventrate, altre ebbero porte e finestre divelte, la piena trascinò via noci e sementi, sacchi di farina, tavoli, sedie, madie colme di pane e tini che fermentavano ancora. Fradiciò e disperse la legna accumulata per scaldarsi durante l'inverno e perfino la forgia del Fracin fu sollevata e trascinata via insieme alle tavole dei bachi e ai telai per la seta. Il Fracin e i suoi figli riuscirono a salvarsi arrampicandosi sul comignolo e da lí, con un sistema di corde e carrucole, furono trasportati di tetto in tetto fino a raggiungere un rifugio sicuro.

Non si seppe mai quale mano misteriosa avesse messo in moto la campana a martello prima che l'acqua si scaraventasse giú dallo stradone. Quando il sacrestano l'aveva sentita suonare era corso al campanile a vedere chi era stato a tirare la corda, ma la chiostra era vuota e la corda penzolava giú mentre là in alto la campana continuava ad assordare. Si era allora arrampicato fino in cima e di lassú aveva visto l'acqua allargarsi nella campagna come un lago di piombo e inghiottire gelsi, pioppi, viti e correre, correre sempre piú veloce in direzione delle prime case. Ma già la gente si metteva in salvo avvertita da quella campana e per non farla smettere di suonare il sacrestano si era abbracciato alla corda, pazzo dal fracasso del bronzo.

Quella campana a martello salvò tutti quelli che abitavano alla Pontisella dove un istante dopo l'onda di piena si tuffò e si rialzò in una colonna d'acqua che fece scoppiare porte e finestre e si riversò per le stanze dei piani bassi colmandole fino al soffitto. Ma nemmeno i vecchi c'erano piú, caracollati via in groppa ai giovani e una madre vide galleggiare via la culla da cui un istante prima aveva strappato il suo bambino.

Anche la Gramissa ebbe quella notte una grande avventura quando si ritrovò fra le braccia di Luìs. Era cosí buio che per riconoscersi dovettero toccarsi, lei si era perduta insieme alla cavalla del flebotomo e la cavalla era scivolata, l'acqua l'aveva trascinata via, lei piangeva senza rumore perché dallo spavento le si era paralizzata la voce. Luìs la prese in collo e la Gramissa era cosí leggera che lui poteva correre come se reggesse un pollo o un coniglio. E mentre correva lei si scaldava e piú diventava calda piú diventava pesante. Quando arrivarono alla casa degli Uslun, che era la piú alta di tutto il paese, il peso della Gramissa gli spezzava la schiena e Luìs la lasciò cadere su una panca. Lei sorrise, e con gli occhi ancora chiusi gli rimase appesa al collo in modo tale che Luìs non riusciva neanche a tirarsi su.

Quella notte, alla casa degli Uslun, nella grande cucina dal camino annerito, la figlia piú piccola della Cavaliera si mescolò agli altri e nessuno, come sempre, si occupò di lei. Si asciugò il naso con la veste, si grattò i pidocchi e si mise a sedere per terra in un angolo a guardare la Gramissa che abbracciava Luìs rosso per la vergogna: la Gramissa succhiava il latte caldo che le avevano dato a bere senza aprire gli occhi, le braccia tonde e bianche che sembravano sigillate da una forza soprannaturale intorno al collo di Luìs.

Ma il vero protagonista di quella notte fu Gavriel. Organizzò i soccorsi, fece accendere i fuochi, radunò le bestie che vagavano per la campagna e tirò fuori quelle imprigionate nel fango piantandosi largo sulle gambe, le mani san-

guinanti per le corde. Camminò con l'acqua alla vita per
portare in salvo vecchi e bambini, donne che piangevano alle finestre. Si fece legare con una fune e annaspando e battendo le gambe portò in salvo la Rosetta del Fracin che non
voleva staccarsi dal comignolo di casa mentre l'acqua già ba-
gnava le prime tegole. La prese sulla schiena e lei gli si av-
vinghiò come lui le aveva ordinato e insieme passarono attraverso la corrente che trascinava tronchi d'albero, travi e
sterpi, animali morti che alla luce dei lampi assumevano le
forme piú obbrobriose. Intorno tutti gridavano e sembrava
a ogni momento che Gavriel dovesse sparire in quelle onde
di fango, invece sempre riappariva con la Rosetta afferrata
ai capelli, il corpo di lei che si abbandonava sopra il suo.

Quella notte Gavriel lo videro dappertutto. Era dalla
parte dello stradone che tirava fuori le bestie e giú alla chiusa a prendere la barca per andare a Braida dove l'acqua arrivava al primo piano e la Cavaliera non si voleva muovere
dal canapè, lui ritto sulla barca a convincerla dalla finestra
mentre l'acqua al piano di sotto sbatteva qua e là i pochi
mobili rimasti. E quando la Cavaliera fu in salvo venne in
mente a qualcuno che in quella casa era rimasto il vecchio
Nadal centenario, il primo stalliere della Cavaliera quando
era ricca e contessa e Braida un vero castello. Cosí Gavriel
ripartí a cercarlo e intanto la pioggia si era calmata e la notte
appariva ancora piú nera, le capre passavano belando ai lati
della barca e sparivano inghiottite dalla corrente. Quando
Gavriel si trovò a galleggiare nel cortile di Braida l'acqua
era quasi ferma e gorgogliava appena incanalandosi nelle
stanze e nei lunghi corridoi del pianterreno. Non si sentiva
piú un animale o una voce, non c'era piú una candela accesa, e scavalcato il davanzale Gavriel camminò per le stanze
vuote cercando a tentoni le porte che si aprivano una dietro
l'altra. Il vecchio Nadal era steso supino in terra e non si
scosse neanche quando Gavriel ci passò sopra coi piedi. Si
lasciò caricare sulla barca come un sacco di stracci, senza dire una parola, e quando Gavriel riprese i remi vide passare
fuori il cortile una barca lunga e stretta. In quella barca se-

devano una donna e un bambino mentre l'uomo era in piedi
e avanzava lento e solenne con una lunga pertica. Era il
Gran Masten vestito ancora come nel '93 con il codino e il
tricorno, ma Gavriel non lo riconobbe e quando fu fuori dal
cortile la barca non si vedeva piú mentre l'acqua vorticava
spaventosa.

Fu allora che udí vicinissima la voce, *Angirmà*, diceva,
Angirmà, che vuol dire ragazzo che si incanta con le parole
fatate. E come comparve un poco di luna fra le nuvole vide
la barca lontanissima con quel rematore che sembrava l'albero di trinchetto. Subito dopo il vecchio Nadal si svegliò
da quella specie di catalessi in cui sembrava caduto e si mise
a parlare, aveva una voce flebile e dolcissima e nel rombo di
quella piena che sembrava dovesse capovolgere la barca raccontava delle stelle e del loro percorso. Parlava, lui vecchio
e ignorante, di Cassiopea e di Berenice, della costellazione
di Orione mentre Gavriel sudava a tenere ritta la barca. Le
sue mani erano ferite e non ce la facevano piú a tenere i remi e aveva paura di morire cosí nel nero dell'acqua insieme
a quel vecchio. Finire nel buio e nel fango gli sembrava terribile, terribile morire perché la sua vita non aveva avuto
ancora niente. Era come quella del Gioacchino volato giú
dal fienile una domenica di giugno, o peggio, come quella
della Manin morta a soli diciotto mesi.

Fu quella parola, ripetuta vicinissima al suo orecchio, a
salvarlo. – *Angirmà*, – diceva, – *Angirmà curàgi...* – e a Gavriel le lacrime avevano chiuso la gola perché quello era stato il nome con cui lo aveva chiamato bambino la Gonda. E
improvvisamente aveva capito che il traghettatore ormai
lontano era il Gran Masten come la Gonda lo aveva sempre
descritto. Il Gran Masten venuto perché lui, Gavriel, non
doveva morire. Doveva resistere fino a strapparsi la carne
dalle mani e bagnare di sangue i remi, fino a sentirsi due la-
me nella schiena per il dolore di tenere dritta la barca.

L'inverno fu lungo, freddo, silenzioso. Per molto tempo i campi furono impraticabili e per vincere la malinconia Luìs si uní agli uomini e ai ragazzi che preparavano la recita di carnevale. Le prove durarono alcuni mesi e lui imparò la parte di Re Erode.

Era il primo della famiglia a salire su un palcoscenico e la Maria lo criticò per ogni cosa, per la perdita di tempo e la maniera di recitare, per il vestito di Re Erode con la corona di latta; ma soprattutto per la parte. Una parte insignificante che durava appena qualche minuto.

A vederlo recitare andarono tutti, seduti in prima fila sulle seggiole con il cuscino. Venne anche la Rosetta del Fracin sposata da pochi mesi e fu la prima a battere le mani. Il marito piccolo, butterato dal vaiolo, passava per essere un grande amatore e lei scompariva sotto un largo cappello ornato di nastri; a un certo punto se lo tolse sfilando un lungo spillone e il suo collo bianco, il mento rotondo e le guance, si illuminarono nel buio della sala. Con un gesto solo lei mostrava alla platea attonita quale tocco magico possedesse l'ometto scuro che le sedeva accanto, quel Camurà che aveva conoscenza di donne e di denaro. Gli attori si confusero sul palco e Luìs fu sul punto di precipitare, la corona di latta rotolò sulle assi.

Dopo la recita furono offerte le torte e il vino, ma era un anno di magra e le torte erano secche, molta era farina di granturco e il vino lasciava in bocca un sapore vuoto e dolciastro. I bambini correvano fuori nel gelo a nascondersi le fette di torta nella camicia per farsene dare ancora, la Rosetta del Fracin si teneva ritta su una sedia nel suo vestito da signora, intimidita lei stessa dal suo fulgore. Anche lei sembrava recitare una parte, a metà fra un Angelo e la Betsabea di Uria. Luìs era uscito fuori e guardava i bambini che si gonfiavano le guance magre con la torta. Per mesi si era dedicato a impersonare un Re morto duemila anni prima, a rimangiarsi le delusioni e a essere come gli altri della sua età.

Adesso aveva solo voglia di buttarsi nel canale e fare la fine
dei buoi e dei cavalli in quella terribile notte. I bambini gli
davano fastidio, gli dava fastidio la puzza degli abiti che
aveva addosso e gli sembrava il tempo quando andava nei
campi con la Rosetta del Fracin lontano come non fosse mai
esistito. Quando voleva diventare un *particulare* migliore
degli altri, avanti nei suoi tempi; e aveva finito per mettersi
in testa una corona di latta per divertire i bambini che gli
schiamazzavano intorno.

Aveva Luìs, quel giorno di carnevale nel 1840, ventitre
anni.

Quella fu anche l'ultima volta che la Luison uscí di casa.
Dopo il colera i capelli non le erano piú ricresciuti e nessuno
aveva piú visto la testa che lei ogni mattina si lavava con
l'acqua di rose prima di rimettersi la cuffia. Il suo sogno sarebbe stato avere una parrucca ma nessuno gliela aveva mai
voluta comprare perché era troppo vecchia e la spesa inutile.
L'unica a commuoversi era stata la Bastianina che prima di
entrare in noviziato le aveva regalato la sua grossa treccia
bruna. Con quella treccia la Luison aveva creato infinite
combinazioni, l'aveva appuntata alla cuffia, arricciata in
boccoli, lisciata in due bande ai lati del viso. Ma il pomeriggio della recita di carnevale, mentre passava il ferro nei capelli, li aveva bruciati. La puzza aveva riempito la casa. La
Luison era donna di principio e alla recita era andata lo stesso con i ricci simili a ciuffi di pannocchia; e i bambini le avevano riso dietro.

Al ritorno a casa lei si era tolta la cuffia e davanti ai familiari allibiti aveva mostrato la sua testa calva, lucida, leviga-
ta come un osso. Poi senza dire nulla era salita in camera e
quella notte l'avevano sentita lamentarsi a voce altissima.
Gridava contro la Maria, la Fantina, Gavriel e Luìs, perfino
contro la Gonda e la Marlatteira per la parrucca che nessuno le aveva mai voluto comprare. Gridava e gridava. Sve-
gliati nei loro letti da quella voce loro erano rimasti immobili, nessuno aveva osato avventurarsi lungo il corridoio per
calmarla, ma la mattina dopo Gavriel era partito a cavallo

per andarle a comprare una parrucca di veri capelli. Spese una somma che per quell'anno di miseria rappresentava un sacrificio per tutti: castano chiara, la parrucca era appartenuta a una famosa attrice e i suoi boccoli dai riflessi di rame potevano essere annodati in sette modi diversi.

Era una giornata di sole freddo e asciutto e seduta sul letto la Luison la contemplò a lungo senza osare toccarla. Dopo, quando rimase sola, la poggiò sul canterano in bilico sulla boccia di vetro azzurro dove teneva l'acqua di rose e rimase a guardarla finché venne buio. Dopo tanti anni era tornata al dialetto veneto e nessuno capiva quello che andava dicendo con le mani congiunte dalla meraviglia. Ma da quel giorno non volle piú alzarsi se non per pettinare e accarezzare la parrucca, cambiarle di posizione quando girava il sole per vederne meglio i riflessi rossobruni. Era sorda e cosí poteva restare impassibile a ogni esortazione ad abbandonare il letto mentre il suo sguardo diventato con gli anni di un glauco acquoso si sollevava sull'interlocutore, piú assente delle sue orecchie.

A volte appuntava su quella parrucca dei nastri, dei vecchi fiori di stoffa di quando era ragazza. Una mattina, alla Marletteira che le portava il latte, ordinò di posarlo sul canterano e di darlo alla *Prinsèissa*. Intendendo per *Prinsèissa*, la parrucca. Fu l'ultima cosa che disse, con un sorriso di gengive, lunghissimo, pieno di grinze.

Senza piú la Luison, la Maria e la Fantina si sentirono per la prima volta orfane. La Luison era vissuta sempre con loro, prima nella casa su a Moncalvo e poi di nuovo, quando era morto il Giai. Da lei avevano imparato ogni cosa, dal ricamare al cucinare, dal piacere di lavarsi alla gioia per una giornata di sole. La Luison aveva conosciuto i funghi e le erbe, le aveva chiamate la sera a vedere la luna sui prati o a sentire l'usignolo cantare nelle sere di giugno. La sua verginità indiscussa, radicata, palese, le aveva permesso delle libertà altrimenti impensabili; e quando loro crescendo avevano cominciato a farle delle domande sull'amore, le sue risposte erano state simili ai responsi della Sibilla. Potevano significare una cosa o anche il suo opposto, quasi la differenza fra uomo e donna, il regno e le avventure dell'amore, fossero cose di un di là talmente lontano da appartenere, come i sogni, a una vita imprevedibile nella sua stravaganza.

Cosí era stato con lei su a Moncalvo, quando la Luison si affacciava dalla finestra a sorvegliare i loro giochi di bambine, o in seguito, quando aveva controllato che sedessero tranquille a ricamare, già ragazze con le vesti lunghe. Le aveva chiamate, rimproverate. Le aveva osservate orgogliosa. O la mattina quando ferma in piedi aveva controllato che si lavassero dietro le orecchie, dentro il naso, sotto le ascelle, con il freddo di certe albe invernali che non si vedeva ad allungare una mano. Ma dopo era stato bello uscire tutte e tre insieme, andare in chiesa, la Luison in mezzo e loro due ai lati, lei che camminava a grandi passi per quanto le sembravano quelle nipoti belle e robuste, pulite. E loro per come la Luison aveva salutato a destra e sinistra quasi fosse stata la Regina di Saba in visita a Re Salomone.

Adesso la Luison se ne era andata accanto al Sacarlott e al Giai e tutti pensavano alla parrucca arrivata troppo tardi. Alle sue grida nella notte quando l'umiliazione sofferta il pomeriggio di carnevale era stata cosí forte da tarparle ogni ultima voglia di vivere. Anche se era vecchia e senza piú denti, e per parlarle bisognava urlarle nell'orecchio. La Maria e la Fantina ricordano ora gli anni di fame di quando c'erano i francesi e Moncalvo si chiamava Montchauve e del Pidrèn alla guerra non si sapeva piú nulla, lei era diventata magra e le mascelle le sporgevano sotto la pelle. Ma se qualcuno le chiedeva se aveva fame alzava le spalle come a una domanda sconveniente.

Qualcosa ancora ricorda la Maria. Non ne parla alla Fantina; ai figli non potrebbe tanto non capirebbero mai. È la Luison di un giorno d'estate con le trecce in disordine e il vestito gualcito, sudato alla schiena. La Luison che balla girando da sola, la gonna che si allarga e si avvita intorno ai piedi sul prato. Loro sono piccole e guardano, lei piange

perché non riconosce la zia in quella donna che balla come
una ragazza.

È ancora giovane la Luison e mentre gira allarga le braccia, i capelli le invadono scuri la fronte. Non è sola, sul prato con lei c'è una ragazza, un uomo con una barba bianca e
un largo cappello di tela, un altro piú giovane che ride spor-
gendo il ventre. Sono i parenti venuti da lassú, da quel paese al confine con l'Austria dove lei è nata e cresciuta. Un
paese che deve averla vista molto diversa se lei adesso si esi-
bisce con tanta sfrontata disinvoltura. Anche la lingua che
parlano ha cadenze sconosciute, leggere, è una lingua piena
di suoni e di trilli. La ragazza la prende per la vita e ballano
insieme, la Luison inciampa, cade, la gonna sull'erba le scopre le gambe, lei ride. Oh terribile quella allegria, stringe il
cuore per quanto scompone i tratti della Luison, il suo corpo
abbandonato sull'erba. Ride anche la ragazza, ride l'uomo
sotto il cappello di tela e la barba oscilla bianca sul mento. A
un tratto la Luison le vede, lei e la Matelda, e per un attimo
i suoi occhi esprimono il rifiuto, quasi l'ostilità per quella
immagine quotidiana. Uno sguardo che vorrebbe essere cieco e si chiude, non vede, mentre la risata continua ancora a
lungo, sembra non avere mai fine.

– Mama, – aveva gridato, – mama! – La Luison si era allora alzata, lentamente il suo corpo si era ricomposto pezzo
per pezzo mentre la felicità si appannava, si perdeva come
un vapore bevuta via dai gesti che riportavano ordine nella
veste. Le forcine che riappuntavano i capelli.

Capitolo quarto
Le mele rusnent

L'unico ritratto di Gavriel, un dagherrotipo ricavato da un'incisione su rame, porta la data del 1842. Gavriel ha ormai ventotto anni ed è seduto vicino a un tavolo, il mento sorretto dalla mano. È vestito semplicemente e sul panciotto non c'è traccia della catena d'oro tanto orgogliosamente ostentata dal Sacarlott. Il viso, anche se serio, conserva qualcosa di fanciullesco, lo si potrebbe definire di sognatore gioioso. Lo sfondo è incerto; dietro il ritratto, a inchiostro di china, è segnata la data del 22 luglio 1842. Il giorno dell'eclissi totale di sole che precipitò per alcuni istanti il paese nella notte piú nera. Un giorno certamente felice per Gavriel.

E importante, tanto importante che lo segnò sul ritratto. Anche dell'eclissi si parlò a lungo e per molto tempo divenne un punto di riferimento, separò il prima dal dopo. A vederla dalla collina della Gru andarono in molti e Luìs che conosceva l'ora esatta si avviò che era ancora buio seguito dagli schiavandari che portavano in collo i bambini piú piccoli con le teste ciondolanti dal sonno. Gli uccelli cominciavano appena a muoversi tra le foglie e Luìs parlava di quello che avrebbero visto di lí a poco. Quando arrivarono in cima alla collina ognuno si sparse poco distante dagli altri sul pendio che dominava la vigna. Le ultime stelle erano sparite e il sole che cominciava a spuntare dalle colline colpiva la cascina di mattoni rossi. Dalla stalla il contadino portò il latte appena munto e Luìs tirò fuori il canocchiale che teneva custodito nella borsa. Gavriel sedeva in disparte e sulla strada chiara di polvere vedeva salire altra gente, chi a piedi e chi sul carro. Si era sparsa la voce che Luìs, che aveva letto tanti libri, avrebbe mostrato cose mai avvenute prima e la Rosetta del Fracin tornata per qualche giorno al suo paese saliva anche lei insieme ai fratelli. Era incinta di pochi mesi ma quel bambino già si avvertiva nello sguardo infossato, languido, nella mollezza dei gesti e nel bianco particolare della carne. Aveva l'affanno per la salita.

Il suo amore di un tempo per Luìs non era un segreto per nessuno, molti li avevano incontrati almeno una volta mano nella mano e c'era chi li aveva sorpresi a baciarsi; e ora tutti guardavano Luìs per vedere cosa avrebbe fatto. Ma Luìs la salutò appena, il canocchiale puntato là verso il cielo dove si perdevano gli ultimi colori dell'alba. La Rosetta del Fracin si sedette in terra lasciando andare lunghe le gambe sulle zolle, esausta, e Gavriel le offrí la sua giacca perché potesse stare piú comoda. La terra, le disse, era ancora umida. La Rosetta del Fracin lo ringraziò e gli fece posto perché potesse sedere anche lui. Poi rimasero in silenzio a ascoltare Luìs che contava i minuti reggendo in mano l'orologio che era stato del Sacarlott.

E prima che Luìs finisse di contare il sole iniziò a sparire. In un attimo un buio senza ombre, cieco, un buio da fine del mondo li inghiottí insieme ai campi e alle case sparse sulle colline, agli uccelli muti di colpo. Dallo spavento la Rosetta del Fracin afferrò la mano di Gavriel, lui sentí il suo palmo pieno, molle, e intrecciò le dita alle sue. Era la mano di Gavriel fredda e dura e stringeva forte, sempre piú forte mentre sentiva le dita della Rosetta avvinghiarsi alle sue, le unghie che gli entravano nella carne.

Qualcuno, in quel buio, lanciò un urlo, lungo quanto durò l'eclissi. Quando il sole scivolò fuori dalla luna e ricomparvero i colori e le ombre degli alberi, tutti si girarono dalla parte da cui quell'urlo era venuto: sotto il portico della cascina il Chirassun era steso in terra con la testa spaccata. Se fosse caduto o qualcuno lo avesse colpito era impossibile saperlo, il Chirassun era muto dalla nascita e il suo cervello

non si era mai sviluppato, invece di parlare mugolava come
le bestie.

Il Chirassun passava per un figlio naturale del fabbro e a
vederlo cosí immerso nel suo sangue la Rosetta del Fracin
svenne mentre i suoi fratelli correvano a soccorrerlo. Nella
confusione generale nessuno si accorse di lei stesa abbandonata con gli occhi chiusi e Gavriel la sollevò sulle braccia e
la portò nella cascina dove le schiuse le labbra per rianimarla
con un po' d'acqua fresca. Piú tardi la riaccompagnò a casa
su un carro camminando a fianco con la giacca poggiata sulla spalla, a passo coi buoi.

Il bambino della Rosetta del Fracin nacque senza forze e
con la testa piatta. Era un bambino lungo con delle pupille
vuote che sembravano dipinte sul viso e il Camurà, quando
la levatrice glielo mise fra le braccia, pianse per la prima volta in vita sua. Era novembre e lei, la Rosetta, già dall'estate
era l'amante di Gavriel.

La casa del Camurà era nella piana verso Alessandria e
per raggiungerla Gavriel doveva fare piú di un'ora di cavallo. Era una casa a un piano, bianca, con un giardino tutto
intorno e una grande quercia che faceva piú ombra alla strada che al prato. Il Camurà era spesso via a vendere le sue pezze di stoffa nei mercati e fra le stanze dal soffitto basso,
ognuna con una stufa, la Rosetta del Fracin passava il tempo
a guardare dalla finestra se avesse visto il cavallo di Gavriel.

Ma dopo la nascita di quel bambino Gavriel pensò a una
punizione di Dio e per vincere la tentazione mandò via il cavallo, su alla cascina della Gru dove la sua storia con la Rosetta del Fracin era cominciata. Lei si chiuse in casa e dal
dolore non voleva vedere piú nessuno, i regali che il Camurà
le portava dalle fiere li chiudeva in un armadio senza neanche aprirli.

Il bambino era buono e non piangeva mai, lei lo carezzava sulla testa piatta coperta da una peluria nera, fitta e lucida, e gli cantava le canzoni che aveva cantato ragazza in casa del Fracin.

La sua voce la sentivano dalla strada e la gente si fermava a sentirla. Quando cominciò l'estate e la finestra restava aperta, qualcuno si avvicinava al davanzale e la guardava, cosí bella accanto alla culla. Fu in una di queste giornate, a luglio inoltrato, che fra un vecchio e una donna che passava a vendere il sale, lei vide Gavriel fermo con il suo cavallo all'ombra della quercia. Dimenticando ogni prudenza, il Camurà che poteva tornare da un momento all'altro, il dolore e la vergogna per il bambino, corse fuori come si trovava con le ciabatte ai piedi. Si guardarono tremando: e da quel giorno tutto ricominciò.

Se Gavriel non poteva lasciarla, la Rosetta del Fracin non poteva fare a meno di lui. Le sembrava che il Camurà, il nuovo paese dove era venuta a vivere, perfino il giardino e quelle stufe in ogni stanza, le diventassero insopportabili senza Gavriel. E la vita una strada senza uscita.

Per incontrarla Gavriel a volte partiva all'alba quando ancora gli schiavandari dormivano nelle stalle; e la madre che lo sentiva girava la testa dall'altra parte per non sapere. Anche se erano rare queste volte perché erano rari gli incontri fra Gavriel e la moglie del Camurà.

Tutto era cominciato il giorno dell'eclissi. Quella mattina, una volta soccorso il Chirassun, ognuno era tornato a casa sua come se avesse per un attimo vissuto la morte delle cose. Anche Luìs si era avviato lungo la discesa in silenzio, impreparato all'angoscia che li aveva colti. Solo loro due avevano sentito il sangue circolare piú veloce e una volta stesa sul carro, quando i buoi si erano mossi, la Rosetta del Fracin non aveva mai staccato lo sguardo dalla mano che Gavriel teneva appoggiata alla sponda. La avvertiva, quella mano, forte e intensa come quando l'aveva stretta nella sua e gli occhi avevano continuato a fissarla per tutto il tempo che i buoi erano andati. Quella mano, in quell'ora e in quella luce, non l'avrebbe dimenticata piú.

Il giorno dopo il marito era venuto a riprenderla e con il calesse era passato davanti alla casa dove Gavriel era fermo sul cancello. Il Camurà aveva fermato il cavallo per ringraziarlo dell'aiuto dato il giorno prima alla moglie: al sole scintillava il cerchio d'oro che portava ancora all'orecchio come si usava un tempo nelle campagne e era sembrato, a Gavriel, che lí fosse racchiuso il segreto della sua fortuna: le donne, il denaro, la giovane moglie. Il Camurà aveva frustato il cavallo e le ruote erano schizzate via, il calesse era sparito nella polvere della strada. Gavriel e la Rosetta non si erano neanche guardati ma tutto era già come se fosse successo; e non importava che lei fosse la moglie del Camurà, non importava neanche che fosse incinta.

Si incontravano in un capanno verso il fiume e da lontano la Rosetta del Fracin vedeva il cavallo che brucava l'erba: dal desiderio le si asciugava la bocca. Gavriel l'aspettava fuori e ancora si guardavano e si guardavano senza fare un gesto per non tradirsi se qualcuno fosse passato di là. Gli occhi negli occhi mentre nella mente si fissavano ogni particolare uno dell'altro, gli abiti, i capelli, un nastro.

Certi giorni, mentre facevano l'amore, Gavriel le parlava quasi farneticando. Erano ricordi del tempo della signora Bocca e lei lo stringeva piú forte fra le braccia, le labbra che cercavano le sue a succhiarne via la memoria. Ma altre volte invece rideva; era una risata crudele per la signora Bocca e il ragazzo Gavriel innamorato della Elisabetta. Quella risata splendente era come una scossa per Gavriel. Lo lasciava sudato, esausto.

Quando tornava a casa la Rosetta del Fracin sedeva accanto alla culla e col pensiero tornava a quello che era successo nel capanno. Il bambino respirava piano, aveva la pelle chiara e gli occhi simili ai suoi, solo che quelli del bambino erano vuoti, e quel vuoto una strada sbarrata. Lei gli ritagliava delle figure di carta colorata e gliele appendeva in festoni sopra la culla, lui sembrava capire e le piccole mani si agitavano quasi cercasse di sollevarsi. Ma la forza non gli veniva mai. E allora all'improvviso lei scoppiava a piangere.

Morí una mattina che la Rosetta del Fracin lo teneva in

braccio. Non succhiava piú il latte da due giorni e le sue mani erano fredde, niente riusciva a scaldarle. Il latte che lei gli
faceva gocciolare in bocca gli riscivolava fuori lungo il mento come se dalla gola potesse passare ormai solo il filo d'aria
che lo teneva in vita. Era inverno e per la nebbia non si vedeva alla finestra neanche la grande quercia scura, i passeri
si rifugiavano arruffati sul davanzale. Lei prese il bambino,
lo lavò, gli mise la veste ricamata per il battesimo e rimase
accanto alla culla finché non venne notte e poi ancora fino
al mattino. Neanche il Camurà riuscí a toglierla di lí o a farla mangiare. Solo quando vennero per mettere il bambino
nella cassa si alzò per aiutare, e nella cassa con il bambino
mise anche il suo velo da sposa. Figli non voleva averne piú,
né ora né mai. Ma a Gavriel non poteva rinunciare.

Rinunciare alla Rosetta del Fracin era impossibile anche
per Gavriel e quando la madre gli proponeva per moglie
questa o quella ragazza non rispondeva nulla. Qualcuna la
Maria arrivò a invitarla a casa; e mentre sedevano in cerchio
nella sala Gavriel si mostrava cosí serio e attento alla conversazione che ogni volta sembrava alla Maria sul punto di
decidersi. Lo guardava: il viso colorito, i capelli folti e ricci,
le spalle ampie. Nessuna ragazza, pensava, gli avrebbe detto
di no. La Marlatteira girava a versare il moscato che veniva
dalla cascina della Gru e la ragazza che portava il bicchiere
alle labbra diventava rossa solo a sollevare gli occhi su Gavriel: certamente gli avrebbe detto di sí. La conversazione
andava avanti, a volte stentava in una attesa piena di speranza e il viso della ragazza, già un poco alterato dal moscato, esprimeva l'emozione del cuore.

Ma Gavriel non diceva quella parola in piú, non faceva
quel gesto che avrebbe deciso della sua vita. Con lo sguardo
fisso ai meli che comparivano sul prato lasciava che l'attesa
si ripiegasse su se stessa e i sussulti del cuore cadessero come
sassolini che rombano giú nel pozzo, sempre piú lievi fino a
spegnersi nel nulla. La ragazza alla fine si alzava e la Maria
diceva qualcosa sui meli là fuori, la Marlatteira portava via
i bicchieri sul vassoio.

E prima dell'alba si sentiva cigolare la porta della stalla, il rumore degli zoccoli del cavallo che veniva sellato inframmezzato dalla voce rotta dal catarro del Gerumin. Se la nebbia stagnava ancora si poteva vedere la lanterna ciondolare attaccata alla sella e perdersi giú nella strada. Nell'oscurità che il cavallo attraversava al passo l'immagine della Rosetta del Fracin si scolorava nella monotonia del viaggio, altri ricordi tornavano alla mente di Gavriel: la signora Bocca, la Elisabetta quando sedeva in giardino con il vestito bianco. E gli sembrava la sua giovinezza, maledetta fin dall'inizio.

La prima moglie di Luìs fu la Teresina dei Maturlin. Era, come ognuno se lo sarebbe aspettato, tonda quel tanto dove era necessario e accesa di capelli. Non fulva come la figlia del fabbro ma di un biondo orzo intenso e spesso. Aveva solo diciassette anni quando Luìs andò a prendersela a Ivrea da una zia che l'aveva adottata, ultima di sei sorelle una piú bella dell'altra.

Si erano conosciuti nell'estate quando la Teresina era venuta insieme alle altre Maturlin per vendere la cascina gravata dai debiti; e dal primo momento che Luìs l'aveva vista nel portico ingombro di vecchi carri e pertiche in rovina, luminosa e impavida nel suo vestito di città, aveva deciso che sarebbe stata sua moglie.

Non si era staccato dal suo fianco che il tempo necessario per mangiare e dormire; aveva dimenticato l'avena da mietere, il granturco, le acacie, le viti. Aveva pensato solo al modo di arrivare a Ivrea e prendersi la ragazza per non lasciarla mai piú.

La Teresina dei Maturlin suonava la spinetta e usava il tovagliolo con tanta grazia che era un piacere guardarla mangiare. La zia di Ivrea le aveva preparato un corredo interamente di lino e una pelliccia di rat musqué con il colbacco e il manicotto quale non si era mai vista in paese. Lei calzava stivaletti di capretto alti fino a metà polpaccio e mezzi guanti di seta che proteggevano le sue mani grassottelle anche in casa. Aveva una voce calda e ben impostata e chi passava per il giardino la sera la poteva sentire mentre si accompagnava alla spinetta. Qualcuno piú curioso si avvicinava alla finestra che affacciava sul prato e si incantava alla visione della sua nuca chiara illuminata dalle candele, delle spalle piene e rotonde che vibravano nelle note alte mentre seduta su uno sgabello lei cantava le opere di Haendel e di Frescobaldi.

La sua grande passione erano le mele *rusnent* che andava a cogliersi da sola e mangiava a tutte le ore, mordendole a fondo con i suoi denti piccoli e forti, ben serrati insieme. Delle mele amava perfino i fiori che nella primavera che passò nella casa si metteva nei capelli e la sera appassiti cadevano in terra quasi un segno del suo luminoso passaggio.

Delle sei sorelle Maturlin, famose per la loro bellezza, era forse la meno bella ma questo le aveva dato insieme alla scioltezza dell'appartenenza a un gruppo anche una sorta di soggezione che la faceva arrossire violentemente e ispirava una immediata tenerezza. Desiderio di proteggerla, di prenderla per mano e guidarla lungo i corridoi della casa, le stanze che si aprivano una dietro l'altra. E il suo sorriso, mai di maniera o voluto, manifestava radioso il suo grazie per ogni attenzione. Tutti erano concordi nel ritenere che Luìs non avrebbe potuto fare scelta migliore.

Si erano sposati nell'inverno e la Maria e la Fantina avevano affrontato un viaggio quale non avrebbero mai immaginato, tra la neve e il ghiaccio, una bufera che accecava i cavalli. Un lupo aveva inseguito la diligenza fino alle porte di Ivrea e dal finestrino lo avevano guardato atterrite ululare, grigio, mentre la carrozza andava che sembrava dovesse schiantarsi da un momento all'altro. Neanche il matrimonio nella Cattedrale di Ivrea era riuscito a ripagarle di tanto affanno. Centinaia e centinaia di candele che avevano riverberato nei rami d'argento ai lati dell'altare mentre il sole era

comparso attraverso le vetrate colorando la sposa che avanzava lungo la navata.

Dopo avevano mangiato e bevuto al suono di sei violini e
una cornamusa, la Teresina dei Maturlin aveva ballato con
ognuno degli invitati e perfino Gavriel si era lasciato tentare
dalla cognata adolescente con le guance di fuoco per l'emozione e i boccoli già in disordine, stordita lei stessa dal profumo che le sorelle le avevano sparso sul collo e le braccia.
Cinque bellissime sorelle che non avevano perso un ballo,
alte, eleganti, con nastri di seta e fiori intrecciati ai capelli.
Pronte a bere un bicchiere dietro l'altro tanto reggevano bene sia il vino che la grappa. Qualcuna sposata e qualcuna ancora no, ma tutte ugualmente desiderabili.

Gran matrimonio e grande festa. Perfino alla sera, quando si era fatto buio, decine di torce avevano illuminato il
cortile dove sostavano i cavalli dalla groppa fumante e i po-
stiglioni ubriachi russavano nel gelo. Luìs era salito su una
slitta insieme alla nuova moglie avvolta nel rat musqué e i
violini avevano cominciato a suonare, tutti battevano le mani mentre Luìs faceva schioccare la frusta e la Teresina dei
Maturlin si aggrappava alla sponda della slitta: gli occhi, il
colbacco, il mento rotondo, tutto esultava nel sorriso. Sua
zia aveva lasciato cadere commossa la testa sulla spalla della
Maria. Piangeva.

Le due sorelle di Moncalvo, frastornate e confuse, impac-
ciate nei loro mantelli scuri, i loro scuri cappelli di taffetà
spiegazzati da tanto andare e venire, avevano agitato debolmente le mani, rigida la spalla della Maria sotto il pianto di
commozione della zia delle Maturlin, gli occhi che lacrimavano per il fumo delle torcie. E un tarlo dentro, un tarlo che
rodeva: la dote.

Perché la Teresina dei Maturlin non portava nulla oltre la
spinetta e due bauli di lenzuola, dieci tovaglie di fiandra che
non c'era tavolo in casa capace di reggerle senza che stru-
sciassero in terra. Non un moggio a grano, due stanze da
qualche parte, non dei mobili o dell'oro che poteva tornare
utile in tempi difficili. Nulla di nulla. E Luìs cosí attento al-

la terra, alle entrate e alle uscite, non aveva fatto un fiato.
Una protesta: a lui andava bene cosí. Sarebbe andato bene
anche se avesse dovuto pagare la festa, i suonatori e la pelliccia di rat musqué.

Aveva voluto la Teresina dei Maturlin dal primo momento che l'aveva vista; e quella notte, quando per la prima volta alla luce del lume sul canterano sentí fra le mani la sua rotonda freschezza, capí di non aver sbagliato. Con lei vicino
sarebbe diventato un gigante. Golia.

– Golia, Golia... Ma chi è? – La Teresina lo guarda, il
viso subito rosso. Non hanno voluto la stanza sul noce e in
quella dove un tempo dormiva la Luison hanno incollato
una carta a tralci di glicine. Tra il glicine qualche rosa sfatta;
e la stanza adesso sembra un giardino con il letto verniciato
di chiaro e i cuscini ricamati che lei si è portata da Ivrea. Su
uno una casa, su un altro una barca e su un altro ancora un
gatto che gioca con un gomitolo, tutti ricamati a punto croce, l'unico che la Teresina dei Maturlin conosca. Anche il
letto non hanno voluto cambiarlo, è lo stesso che accoglieva
i sogni di vergine della Luison ma a loro è sufficiente perché
dormono abbracciati e il progetto di andarne a comprare
uno nuovo viene rimandato di giorno in giorno.

Golia, le spiega Luìs, era un gigante, con un sasso fu ucciso da Davide. Un gigante capace di sradicare un albero
con una mano. Ucciso da Davide? Perché Luìs si paragona
a un gigante ucciso? La Teresina dei Maturlin aggrotta le
sue bionde sopracciglia, il suo fiato sa di mele, gli occhi che
vogliono cogliere ogni cosa nella loro interezza lo fissano curiosi, un po' spaventati. Come spiegarle che a volte la felicità può paragonarsi alla morte, Luìs le infila le dita tra i capelli, glieli tira fino a farle male: guardiamoci negli occhi Teresina, io e te, adesso. Sempre. Non smettiamo mai, e io
non morirò.

La mattina lei scende in cucina a aiutare la Marlatteira,
asciuga gli occhi lacrimosi della Gonda che la vedono attraverso il velo della cateratta come un fiore, una farfalla nel

fruscio delle gonne. – *Csì bela...* – le dice, – *csì bela...* – e
vorrebbe baciarle la mano. Scalda il latte se la Marlatteira è
fuori a cercare altra legna, lascia cadere a pioggia la polenta
nell'acqua bollente e quello a cui nessuno è abituato in quel-
l'ora greve di silenzio, di malinconia per la giornata che comincia, canta. Sono canzoni francesi di dame e cavalieri, di
Re e di amanti uccise per gelosia con una rosa avvelenata;
ma neanche lei conosce il significato delle parole. Le ha can-
tate da sempre, da quando bambina guardava le sue grandi
e belle sorelle sedute a ricevere visite. Prima che la zia se la
prendesse con sé a Ivrea. E perfino la Fantina sorride quando la sente per quanto è ben impostata la sua voce, priva di
toni acuti. La Maria dimentica la dote mancata e le chiede
come ha fatto a ricamare cosí bene quei cuscini. Quando lo
sanno tutti, il punto croce è il piú stupido che ci sia.

Il giorno che la Bastianina arrivò in vacanza dal convento, la Teresina dei Maturlin sedeva sotto il noce in giardino
e intanto che cuciva i piedi spostavano in terra i sassolini di
ghiaia. La Bastianina, diventata Suor Geltrude Rosalia da
una santa che aveva avuto i seni strappati con il ferro rovente, rimase delusa. Tanto le avevano parlato della moglie di
Luìs che quasi provò rabbia a vedersi davanti quel viso rotondo che nel pallore sembrava gonfio e i tanto decantati
capelli biondo-orzo che scivolavano giú opachi, inerti lungo
le orecchie. La Teresina dei Maturlin era incinta; e come si
riscosse da quella specie di torpore che l'aveva colta con l'a-
go in mano, sorrise alla cognata e la baciò su tutte e due le
guance.
Per far piacere al fratello, ma forse piú perché incuriosita
da quel viso che l'ansia e la gioia rendevano cosí mutevole,
Suor Geltrude Rosalia decise di farle il ritratto. Lo avrebbe
dipinto all'aperto, sotto il noce, come aveva visto la Teresina dei Maturlin la prima volta.
Suor Geltrude Rosalia era alta e grande, già maestosa, e
dipingeva in piedi davanti al cavalletto con un lungo grem-

biule a righe sulla veste. La Teresina dei Maturlin seduta sulla seggiola di vimini sembrava al suo confronto ancora piú piccola e rotonda, appena uscita dall'adolescenza ma già segnata da quella pancia che compariva ingombra tra i fiorellini del vestito di mussola. Per occupare il tempo della posa la Teresina lavorava a maglia, con fatica perché aveva imparato da poco e le maglie le sfuggivano di continuo, lei stringeva le labbra nell'impegno. Quel viso Suor Geltrude Rosalia lo vedeva assorto e triste, non riusciva a coglierne nessuna scintilla. La Marlatteira che aveva la lingua lunga le aveva raccontato delle cinque sorelle, alcune sposate e altre no. Sorelle che sembravano avere il dono dell'ubiquità tanto venivano viste da ogni parte. Si diceva perfino che la piú grande fosse arrivata in America, a Baltimora. A Baltimora? La Teresina dei Maturlin solleva stupita gli occhi, il lavoro le cade in grembo, Suor Geltrude Rosalia alza le spalle per farle capire che a lei poco importa dove vadano le sorelle Maturlin e intinge con grande concentrazione il pennello nel colore. La Teresina si distrae, lo sguardo si perde fra le foglie del pero che ha di fronte.

Suor Geltrude Rosalia è l'unica a vedere in tanta perfezione una macchiolina, il punto che ne offusca il centro. Il gatto passa a strusciarsi alle gambe della Teresina, Suor Geltrude Rosalia dipinge anche quel gatto insieme al noce e al lavoro a maglia abbandonato in grembo: – Ti piace qua? – le chiede. La Teresina si risveglia dalla sua assenza e dice sí molte volte fissandola quasi spaventata perché legge il dubbio negli occhi indagatori della cognata. – E a te, – chiede, – stare in convento, piace? – Per un attimo Suor Geltrude Rosalia aspetta a rispondere: il prato, il caldo, le pere lunghe tra le foglie, la moglie di Luìs, tutto testimonia di un piacere della vita tanto diverso dove perfino la malinconia si sfuma nella estrema giovinezza della Teresina. Poi liquida in fretta la domanda: – Sicuro, – dice, – l'ho scelto –. Ma non è quello che interessa adesso, aggiunge, lei deve stare un poco piú ferma, guardare avanti come faceva prima.

– Io sto cosí bene con voi, sono cosí felice qui... – la
macchiolina è precipitata nel fondo, gli occhi a metà fra il
marrone e il verde sorridono al sole, all'ombra delle foglie.
Racconta adesso della sua vita di prima, dalla zia a Ivrea,
racconta delle passeggiate lungo la Dora quando si sciolgono
le nevi, dei saltimbanchi che si esibiscono sulla piazza, dei
concerti. Quello che le manca, dice, è la musica. Lei prendeva lezioni e con il suo maestro spesso suonavano a quattro
mani, oppure lui suonava e lei cantava, e la zia che entrava
a sentirli restava meravigliata dal loro affiatamento. Un
maestro bravissimo anche se era giovane, dice. – Quanto
giovane? – chiede Suor Geltrude Rosalia arrestandosi con
il pennello in mano. – Giovane... vent'anni, ventuno, non
so. – Vent'anni? – nel viso incorniciato dal velo gli occhi la
guardano severi, stupiti, rotondi.

La Teresina dei Maturlin è diventata rossa, un maestro
giovane costa molto meno, le spiega. E come era questo
maestro? Oh molto bravo, cosí bravo che quando è venuto
in visita il Principe di Carignano hanno scelto lui per suonare Mozart. Ma Suor Geltrude Rosalia Mozart non sa neanche chi sia e la guarda diffidente. Il rossore si è riassorbito
nel viso della Maturlin, lei ha lo sguardo perso davanti a sé
e sospira perché ora, dice, il maestro non avrà piú nessuno
con cui suonare a quattro mani, se avesse studiato ancora un
poco sarebbero forse potuti andare a corte e dare un concer-
to davanti al Re. Una nuvola copre il sole, alla Teresina viene freddo e la sua bocca perde colore, nell'ombra che rende
ogni cosa uniforme è inutile continuare a dipingere e Suor
Geltrude Rosalia scrolla via i piccoli insetti dell'estate che
si sono insediati sul suo grembiule. La Teresina dei Maturlin si alza con un po' di fatica e sorride mentre raccoglie il
gatto stringendolo nell'incavo fra viso e collo. Per Suor Geltrude Rosalia quello è uno spettacolo ripugnante; se bello
per lei deve essere il profumo dell'incenso e le camicie una
sopra l'altra a cancellare ogni forma del corpo, come accettare questa cognata con un vestito cosí leggero che a ogni
movimento mette in mostra la flessuosità offesa e invece di

nascondere la gravidanza ne lascia apparire ogni segno. Che ha già dimenticato, nel piacere dello strofinare morbido del gatto, la malinconia per un maestro di musica cosí sventato da essersi innamorato della sua giovane allieva.

Ma a dispetto di tutto Suor Geltrude Rosalia il ritratto non vorrebbe finirlo mai e quando la Teresina è occupata e non può posare si innervosisce e al cavalletto fa e rifà, corregge, una pennellata sui capelli, una sull'indice della mano, sul gomitolo di lana. A volte si alza da tavola e lascia la pietanza a metà perché le è venuto in mente di diradare un'ombra o aggiungere del colore a una piega; e la pietanza si fredda, o peggio, il gatto ci salta sopra e allora bisogna buttare via tutto perché Suor Geltrude Rosalia ha orrore degli animali e vede nei gatti il demonio.

Mangia sola nella stanza attigua alla cucina perché la regola del suo ordine impone il silenzio durante i pasti e seduta al tavolo davanti alla finestra lei sente solo lo starnazzare delle galline nel cortile di fronte mentre la Marlatteira le posa le pietanze davanti e poi sparisce in fretta per quanto quel pasto solitario le sembra contro natura. Ma adesso che c'è la Teresina dei Maturlin quei pasti sono cambiati, la Teresina le siede di fronte con il lavoro a maglia in mano e le sorride quando ne incontra lo sguardo: a lei quella monaca alta e ingombrante, con le scarpe nere che spuntano dalla gonna, non fa paura. Le è simpatica. Suor Geltrude Rosalia non sembra mostrare per questo nessuna gratitudine, anzi, sembra, la Teresina dei Maturlin, non vederla affatto, e succhia la minestra dal cucchiaio; ma se la Teresina si alza o qualcuno la chiama, la segue con lo sguardo fino a quando lei non si rimette a sedere con le spalle alla finestra, la macchia luminosa dei capelli contro il riquadro dell'inferriata.

A volte vanno insieme sulla strada che sale a Lu, camminano piano e lo sguardo si fissa al profilo delle Alpi nel cielo attanagliato dai colori del tramonto. La Teresina dei Maturlin ha una pancia che si indovina faticosa a portare e il viso va sempre piú assomigliando a quello di una Maddalena adolescente. Il corpo e i suoi desideri, i repentini mutamenti dei sogni, affiorano e deturpano la sua grazia. Ma i discorsi che fanno lungo la strada, un passo via l'altro, niente hanno a che fare né coi corpi né coi desideri. Parlano di Dio perché Suor Geltrude Rosalia si è messa in testa di convertire la cognata cosí tiepida nelle pratiche religiose e alla Teresina che l'ascolta con gli occhi sgranati va illustrando le delizie del Paradiso. Delizie che Suor Geltrude Rosalia vede popolate di fontane e zampilli, di gru, aironi, fenicotteri dalle ali rosa. Dove ci sarà la musica anche di quel tale Mozart e altra che la Teresina ama, come l'*Ode per la Regina Anna* che tanto bene canta seduta alla spinetta. E il fulgore di Dio, la sua misericordia e la sua giustizia, si identificano per la Teresina dei Maturlin con lo splendore mite dell'ora, con gli olmi dalle foglie percorse da uno scintillio dorato, con quelle spade rosseggianti che si levano alte dietro le Alpi già in ombra. Per farle piacere Suor Geltrude Rosalia arriva a mettere in Paradiso anche il maestro di musica e il Re davanti a cui la Teresina voleva suonare a quattro mani. Mentre parla Suor Geltrude Rosalia si infervora, le guance le diventano di fuoco e le sembra già di entrare in Paradiso conducendo per mano la Teresina dei Maturlin e il bambino che lei tiene in grembo. Ogni tanto quel bambino si muove e la Teresina si ferma premendo le mani sulla pancia, a Suor Geltrude Rosalia manca il fiato.

Luìs è geloso dell'intesa fra le cognate, lui diffida della sorella e mette in guardia la moglie, le dice che la sorella è capace di sgarbi, di prepotenze. Che è dura, senza cuore. Dopo tutto quello che la Fantina ha fatto per lei, ora che la Fantina è vecchia l'ha messa in un canto come un oggetto in disuso. La Teresina dei Maturlin scuote la testa, Luìs si sbaglia, nessuno ha mai capito la Bastianina, neanche la madre che tanto amore aveva dato a Gioacchino, neanche la Fantina che ormai si muove nell'impalpabile mondo delle ombre con la perizia di un vecchio guardiano.

Se infatti un tempo la Fantina parlava con le sementi e le formiche, adesso parla con le luci che filtrano dal buio, interroga l'oscurità che si addensa negli angoli e la notte non dorme mai, la sentono andare e venire, battere con le dita ai vetri. Suor Geltrude Rosalia ne ha ripugnanza e quando se la vede davanti e una mosca le passa sulla fronte o le sfiora l'angolo della bocca senza che lei si dia pena di cacciarla, ne ha paura. Quasi la lunga frequentazione della Fantina con le ombre prefiguri un al di là molto diverso dal Paradiso che lei descrive alla Teresina dei Maturlin mentre vanno lungo la strada che sale a Lu. E quando se la sente arrivare alle spalle mentre dipinge, si irrigidisce immobile senza voltare la testa per non incontrarne lo sguardo nel viso giallastro che la Fantina ha conservato senza una ruga, simile, nella consistenza, al corpo spennato di un pollo. Uno sguardo a fessura che bisogna andare a cercare e una volta incontrato incanta come quello di certi serpenti.

Ma se Luìs è geloso della sorella, Suor Geltrude Rosalia si sente avvampare, feroce, quando il fratello prende la moglie per la vita e la bacia in pubblico. Uno scandalo. Qualcosa di inaudito, come non si è mai visto in casa. Gira furiosa la testa e i suoi passi su per le scale fanno tremare la ringhiera. Poi una volta su non resiste e tra le persiane dischiuse guarda giú e si torce le mani a sentire le loro voci, a indovinare i loro sorrisi e i loro sguardi complici.

E la sera quando la Teresina dei Maturlin siede alla spinetta con il suo bell'abito di mussola chiara e gli orecchini che Luìs ha ordinato per lei, due margherite d'oro con un piccolo rubino al centro, si affretta a prendere posto sullo sgabello accanto a lei prima che arrivi il fratello, la veste che straborda, il velo in disordine per la corsa, le grosse scarpe nere che si piazzano, padrone, accanto ai piedi della Teresina poggiati sui pedali della spinetta. Ha grande passione per la musica che nasce sotto le dita grassottelle della Maturlin, per la sua voce ben impostata. Per Haendel, per Frescobaldi e per quel tale Mozart che la Teresina nomina con tanto rispetto. Domanda, si informa fra un brano e un altro e la Teresina le spiega le note sullo spartito chinando la testa bionda accanto alla sua, lei sente il suo fiato leggero, quell'odore di mela che si accompagna sempre alla giovane cognata quasi mele fossero anche i due seni pieni che la mussola non riesce piú a contenere. Il dito della Teresina segue le righe mentre le labbra piene e pallide scoprono, alla luce delle candele ai lati della spinetta, i suoi denti di lupo-cucciolo. Dalla finestra aperta entra l'aria della notte mescolata di petunie e di rose, di fiori di vaniglia, e un lontano caldo sentore di stalla. Suor Geltrude Rosalia non ha mai avuto delle serate simili e prima di andare a letto, inginocchiata in terra, congiunge le mani a ringraziare Dio.

La Teresina dei Maturlin morí di parto il 18 febbraio del 1844. Due notti prima c'era stata una grande nevicata, continuata poi nella mattina, e il pomeriggio lei aveva fatto un breve giro con Luìs per il giardino sprofondato nel silenzio. La neve pesava sui rami piegandoli verso il basso e alla minima oscillazione, o a una nota piú alta di voce, cadeva giú in candide macchioline. E quando Gavriel era tornato con il cavallo che faticava a salire su per il viale, si erano seduti tutti e tre sul muretto ripulito alla meglio. Era un pomeriggio luminoso, tiepido come dopo ogni nevicata e il sole era comparso un istante a disegnare le ombre sul bianco ancora intatto. Gavriel era allegro e aveva raccontato gli amori dello Zanzìa; lei era rimasta a guardare i due fratelli ridere, le spalle strette nello scialle.

All'alba erano cominciati i primi dolori, la sera la Teresina dei Maturlin era già fredda, la carne che prendeva la consistenza umida e dura della morte mentre la Marlatteira piangendo andava asciugando il sangue che era gocciolato attraverso il materasso fino in terra. Fuori la neve era stata spazzata dal viottolo e si accumulava ai lati, il chiarore dei lumi accesi all'ingresso riverberava sul suo candore cristallizzato dal gelo. In casa era un via vai ininterrotto, passi, catini di ferro che venivano riposti e cassetti che stridevano e cigolavano alla ricerca di chissà quale oggetto o veste. Voci senza timbro come se le parole si fossero sfigurate si univano a un rumore di fondo cupo, demenziale, strascicato, mentre un odore nuovo, orrendo perché non assomigliava a nessun altro, filtrava dalla stanza dove la Teresina era stesa tra le pareti ricoperte dalla carta a tralci di glicine inframmezzati da qualche rosa sfatta.

Suor Geltrude Rosalia era tornata in convento già nell'ottobre e per tutto quel tempo non aveva fatto che pensare alla cognata e alle loro passeggiate all'imbrunire quando avevano parlato di Dio e la Teresina dei Maturlin l'aveva ascoltata con tanta attenzione. In cappella, durante la Messa della mattina o quando recitava l'*Officio* nel buio precoce della sera, il pensiero era corso ai loro passi sulla strada segnata dai carri, alle siepi polverose, alla voce della Maturlin piena di stupore e di meraviglia, alle sue domande a cui era stata tanto fiera di poter dare una risposta. Una Maturlin a cui avevano insegnato cosí poco del Paradiso e tanto della terra e che immaginava di conciliare terra e Paradiso, se solo fosse stata attenta a capire. Tra un versetto e l'altro del salmo, nell'oscurità degli scranni appena illuminati dalle candele, il suo sguardo aveva ricomposto l'immagine della Teresina con le spalle alla finestra e il lavoro a maglia nelle mani grassottelle, il suo sorriso silenzioso nel rumore delle posate nel piatto. Aveva risentito l'angoscia sottile di quando la vedeva alzarsi e la gonna strusciava contro il tavolo. La macchiolina buia nel suo sguardo che solo lei aveva visto e aveva cercato di riportare sulla tela, si era arrabbiata con i colori, aveva maltrattato i pennelli. Per la prima volta quell'estate si era sentita incapace, rozza di fronte a quel piccolo congegno simile al cuore delicato di un orologio che lei non riusciva a cogliere nelle sue oscillazioni; e la Maturlin che aveva dipinto era stata simile a quella che vedevano tutti. Gavriel, la Fantina, la Maria. Luìs. Luìs cieco che non si era accorto del punto oscuro, della crepa che si apriva nella superficie verde-bruno dello sguardo della Teresina. L'improvviso cedimento del piede.

Quando arrivò al convento la notizia della sua morte Suor Geltrude Rosalia era a letto con la febbre verminosa e la Superiora per paura che dal dispiacere avesse un peggioramento, non le disse nulla. Quando si decise, la Teresina dei Maturlin era sotto terra da piú di un mese e il bambino a cui avevano messo nome Pietro Giuseppe stupiva tutti per quanto era robusto e scalciava nelle fasce.

Suor Geltrude Rosalia uscí dal parlatoio della Superiora come in sogno e come in uno di quegli incubi che non hanno mai fine e paralizzano le gambe, cercò di lottare contro l'irrealtà. La porta si era richiusa alle sue spalle e lei era sola nel lungo corridoio dove si apriva in fondo una finestra sul cielo uniforme, grigio come ovatta sporca. Faticava a tenersi ritta tanto era travolgente il desiderio di buttarsi in terra e piangere lí, lunga distesa, con la polvere del pavimento in bocca. Le mani le erano diventate di ghiaccio e tutto il sangue era affluito al viso che le scottava, o forse sbatteva di qua e di là nel petto scosso da dei singhiozzi che non davano suono. Voglio morire, aveva pensato, voglio morire, e la cosa piú terribile le sembrava non averlo saputo quando era successo, aver continuato a nutrirsi con minestrine e puré, serena e beata fra le lenzuola, perfino gentile con le converse che le vuotavano il vaso tanto le piaceva stare lí a pensare all'estate a venire, a tutte le cose che avevano da dirsi lei e la Teresina su Dio e su Mozart. E quando aveva nevicato era stata contenta, tanta neve che aveva cancellato le strade, lei immaginava la Teresina dei Maturlin con il bambino stretto fra le braccia a guardare quei fiocchi che cadevano. Un bambino paffuto e grande come gli angeli che sorreggevano l'acquasantiera in Duomo.

Adesso quel bambino non vorrebbe vederlo mai. È nella sua mente brutto e peloso, un cane randagio, un gatto. Congiunge le mani nella cappella ma quelle che le escono di bocca non sono preghiere e mentre le consorelle intonano l'*Angelus* o rispondono al *Confiteor*, dalle labbra le scivolano fuori parole infette, ulcerate di dolore. È ancora debole e l'odore dell'incenso le dà lo svenimento, barcolla, le mani non riescono a fare presa sul banco, le ginocchia picchiano dure in terra.

Per cercare di distrarla la Superiora le chiede di dipingere per la prossima novena di maggio la Presentazione di Maria Vergine al Tempio. Lei siede davanti al cavalletto con lo sguardo perduto sulla campagna piatta dove i cascinali affiorano tra larghe pozze d'acqua. Guarda i filari di pioppi sottili e fragili scossi solo dal volo pesante dei corvi; e sulla tela compaiono i prati di smeraldo al tramonto, l'orlo delle Alpi e la strada chiara di polvere, il granturco pronto a essere mietuto. Il pennello va e viene instancabile e la fanciulla che sale la lunga scala del Tempio è la Teresina dei Maturlin scalza per entrare in Paradiso; e mentre dipinge Suor Geltrude Rosalia piange, le lacrime le colano fra i colori, si impastano alle tinte sulla tela. Ma né Dio né i colori possono riportare in vita la Teresina dei Maturlin né far fare marcia indietro al Tempo che l'ha afferrata per i capelli e l'ha trascinata lontano. Ridare anche uno solo di quei passi lungo la strada verso Lu.

Il quadro è cosí brutto che la Superiora non lo vuole per la cappella, lei vuole una vera Madonna con il velo e la veste celeste, la corona di stelle; e comanda a Suor Geltrude Rosalia di dipingere dall'altra parte della tela qualche bell'uccello, gru o airone come quelli che ha dipinto in passato e tanto erano piaciuti al vescovo. Della Presentazione al Tempio il convento ne farà a meno. Suor Geltrude Rosalia deve obbedire se vuole un giorno diventare badessa. Ma Suor Geltrude Rosalia vuole solo morire ed è la prima a prendersi il tifo che fino allora aveva risparmiato il convento di Novi.

Piú la febbre sale e piú è contenta, nel delirio parla con la Teresina dei Maturlin e si dicono le cose piú sciocche, le sembra di andare con lei a raccogliere le mele *rusnent* dall'albero in fondo al giardino, la Teresina si arrampica con tutte le gonne su per i rami e i primi a cadere sono i suoi bei stivaletti di capretto, poi rotolano giú anche le mele. Lei la chiama ma sull'albero la Teresina non c'è piú, c'è il Gioacchino e Gioacchino non è vero che voli, viene giú come piombo e fa un rumore assordante, un rumore di valanga, di torrente che ha rotto gli argini.

Povera Suor Geltrude Rosalia che urla in mezzo alla notte e non ha piú capelli in testa, perduti per il tifo sul cuscino mentre i nuovi sono una peluria di pulcino sul suo cranio rotondo. Da casa le mandano vino e salami, uova e un intero tacchino che lei neanche tocca pensando alla Teresina dei Maturlin morta di parto a diciotto anni. E alla suora organista venuta a trovarla chiede notizie di Mozart, se per caso lei conosce la sua *Marcia Turca*. Era un tedesco, le dice la suora organista, e ha scritto delle opere vergognose.

La pelliccia di rat musqué fu data alla maggiore delle Maturlin che ne fece richiesta, tanto non sarebbe andata bene a nessuno cucita com'era a misura di un corpo tondo e sottile. Già che prendeva la pelliccia la sorella della Teresina chiese anche il colbacco e il manicotto che facevano *parure* e si misurò tutto davanti allo specchio della camera fra i tralci di glicine inframmezzati da qualche rosa sfatta. Pietro Giuseppe non lo vide perché era a balia in collina ma le fu assicurato che stava bene e Luìs saliva ogni settimana a vederlo. La maggiore delle Maturlin avrebbe preso volentieri anche la spinetta, ci lasciò scorrere le dita e disse che lí, nella sala, si sarebbe rovinata perché era umido: – In casa la suona qualcuno? – chiese guardando Luìs con il labbro superiore appena sollevato sui denti, perché se no, aggiunse, avrebbe finito col rovinarsi del tutto; e il labbro si distese in un sorriso triste e dolce.

Luìs che l'aveva guardata in silenzio mentre si rigirava con la pelliccia davanti allo specchio, bella da togliere il fiato con gli immensi occhi azzurri che affioravano nel folto del pelo, gliela rifiutò. Rifiutò di darle i vestiti, lo scialle di cachemire comprato in viaggio di nozze e perfino uno dei cuscini ricamati a punto croce che lei voleva per ricordo. Nessuno la invitò a fermarsi per bere un bicchiere di moscato e assaggiare la torta che la Marletteira aveva appena ritirato dal forno. Nessuno le offrí da sedersi o le chiese notizie della zia e delle sorelle. La casa sembrava disabitata e Luìs, la madre e la Fantina sul punto di andarsene anche loro; alla fine la maggiore delle Maturlin si avviò lungo il viottolo tra gli alberi spogli, gli stivaletti che si infangavano nella poltiglia lasciata dalla neve, a piccoli passi come una gran signora avvolta nella pelliccia di rat musqué, il colbacco che le inghiottiva le piccole orecchie gelate. La seguiva il ragazzetto venuto per portare «il peso», un grosso fagotto dove lei aveva pigiato la sua vecchia mantella e da cui penzolavano fuori i nastri sdruciti di una cuffia.

Gavriel che la incontrò mentre scendeva lungo il viale divenne rosso dalla vergogna perché lasciavano andare via una donna sola senza neanche accompagnarla. Ma il suo cuore diede un balzo quando riconobbe la pelliccia e il colbacco e neanche lui disse nulla limitandosi a togliere un attimo il cappello. Lei seguita dal ragazzetto non fece caso a quel saluto sbrigativo e rivolse a Gavriel lo stesso sorriso triste e dolce che aveva rivolto a Luìs: le Maturlin perdonavano tutto, sgarbi, rozzezze, bigotteria. Erano donne di mondo.

Luìs non appena la vide sparire nel rumore lieve dei tacchi andò alla spinetta e rimise il feltro sui tasti. La Marlatteira in piedi sulla porta della cucina lo guardava: – *Al'è bela acmè ina Madona*, – disse. Reggeva la torta sul piatto e si capiva che avrebbe volentieri fatto qualche domanda su quella visita; ma il colpo secco del coperchio che veniva richiuso gliela bloccò sulle labbra.

Il giorno che si sparse la voce di nuovi casi di colera nella provincia, Gavriel partí con la carretta per riportare a casa Pietro Giuseppe. Era stato sempre Gavriel, quando Luìs non aveva piú trovato il tempo, a salire ogni settimana alla cascina dove il bambino era a balia e si era divertito a farlo saltellare sulle ginocchia, lo aveva guardato muovere i primi passi.

Arrivarono a casa verso sera. Pietro Giuseppe dormiva in una cesta e la Limasa gli sedeva accanto con le gambe a penzoloni dalla carretta; senza aspettare che la cavalla si fermasse scese con un balzo e girò intorno curiosa lo sguardo: per

la prima volta varcava la soglia di un *particulare*. Era scalza
e portava solo il vestito che aveva addosso, come vide le
mutande stese sul prato si mise a ridere perché non sapeva
cosa fossero. Si grattava la testa e poi mangiava quello che
resta attaccato alle unghie.

Questa fu l'abitudine piú difficile da farle perdere. I contadini che l'avevano adottata le avevano dato il soprannome
di *Limasa* che vuol dire lumaca perché aveva fatto ogni cosa
con una lentezza tenace, invincibile. Non l'avevano smossa
né le urla né le botte, eppure Gavriel aveva intuito le possibilità nascoste da quel suo muoversi lento, quei passi strascica-
ti. Aveva ammirato la prontezza con cui aveva evitato la mano levata a picchiarla e il lampo di intelligenza che era guizza-
to nei suoi occhi strabici non appena aveva capito che Gavriel era dalla sua parte. E lei non lo aveva mollato un secondo mentre in un dialetto strettissimo, quasi incomprensibile,
gli aveva ripetuto ossessiva: portami con te, portami con te.

Aveva tredici anni e per i primi giorni non parlò con nessuno. Il suo compito era occuparsi di Pietro Giuseppe e già
all'alba era nella stalla ad aspettare che le dessero il latte per
il bambino. Lo lavava in una tinozza di zinco saggiando la
temperatura con la lingua e lo cambiava piú volte al giorno
dimostrando un grande amore per la perfezione; e quando
lo addormentava cullandolo con le giaculatorie la mano cac-
ciava via le mosche come se nella culla invece del figlio di
Luìs ci fosse stato il Delfino di Francia. Ogni volta che lo
sollevava in braccio sembrava che dovesse crollare sotto il
suo peso e invece andava e andava instancabile con i piedi
infilati in un vecchio paio di ciabatte. A volte se lo caricava
a cavalcioni e trottava su e giú per il viale, Pietro Giuseppe
rideva e lei insieme a lui. La verità era che il bambino le era
piaciuto fin dal primo momento mentre la casa e i *particulari*
l'avevano delusa. Erano in fondo uguali agli altri, mangiavano, si pulivano i denti con le unghie, russavano, e la loro
merda veniva vuotata nella concimaia con quella di tutti. La
casa poi, quando tirava il vento dalla parte delle stalle, puzzava come la cascina dove l'aveva presa Gavriel.

In pochi anni dalla ragazzina smilza e silenziosa di quel pomeriggio di luglio, prese le ali una ragazzona dalla carne dura come se l'avessero impastata col gesso e un largo viso dove i segni lasciati dal vaiolo si erano dilatati simili a piccoli crateri. La sua voce alta e sonora non si risparmiava e alle giaculatorie aveva sostituito un repertorio che andava dal *Cavalier Franseis* ai canti di carnevale.

Quando Luìs partí volontario, nel marzo del '48, lei imparava l'alfabeto insieme a Pietro Giuseppe, il sillabario aperto sul tavolo nella stanza dove un tempo Suor Geltrude Rosalia aveva mangiato guardando la Teresina dei Maturlin.

Pietro Giuseppe è un bambino precoce e anche se ha solo quattro anni segue attento le lettere che accompagnano le figure. Nella stanza, come una volta, arriva lo starnazzare delle galline dal cortile ma loro non alzano la testa, ostinati a capire. Tonda quella di Pietro Giuseppe come è quella di Gavriel lo zio e era quella del Sacarlott. Rasata per via dei pidocchi, tra il castano e il biondo. Della madre lui non ha preso quasi nulla e solo nella voce la ricorda, nella facilità ad afferrare ogni motivo. Gli basta sentire una canzone una volta per ricanticchiarla quando siede in terra a giocare.

La mattina che suo padre partí per la guerra lui dormiva insieme alla Limasa e Luìs se ne andò senza salutarlo. Era l'alba e in piazza aspettava la carretta dello Zanzìa che si era offerto di portare i volontari fino ad Alessandria. Ad accompagnare Luìs era venuto solo Gavriel, era senza cappello e l'aria ventosa di marzo gli sollevava i capelli mentre i galli si chiamavano da un pollaio all'altro. Lo Zanzìa che faceva il trasporto gratis per amore di patria da Luìs si aspettava qualcosa e gli guardava le mani nelle tasche. Ma ad altro pensava Luìs, fissava il fratello infreddolito in mezzo alla piazza e gli occhi sottili ancora di sonno chiedevano la cura del figlio e della terra. L'assoluzione per quella sua scelta che solo lui riguardava. E mentre dal fondo della piazza cominciavano a sbucare altri giovani con un fagotto sotto al braccio, accompagnati da madri e sorelle, Gavriel aveva fatto un cenno con la mano: prometteva. Poi, prima che gli altri volontari arrivassero, si girò e riprese la salita verso casa.

La Maria era nello studio, tradita da quella partenza di Luìs che abbandonava ogni cosa per andare a farsi sparare dagli austriaci, benemeriti dell'ordine. I due fratelli non erano neanche arrivati in piazza che lei era già lí a frugare fra le carte del figlio per trovare un colpevole, chi e che cosa lo avevano spinto a quella scelta sovversiva che lasciava la casa e un bambino in balia di due povere donne sole. Perché su Gavriel non si poteva mai contare, sempre in giro notte e giorno con il suo cavallo.

Ma neanche i libri l'aiutano, trattano tutti di agronomia e hanno figure limpide e familiari: frumento, animali, piante. Dove è andato Luìs a prendere quella voglia di ammazzare e farsi ammazzare, certo nemici venuti da fuori come quei *franseis* che avevano un tempo irretito il Pidrèn per poi lasciarlo piú miserabile di uno schiavandaro. E quando la Limasa si affaccia alla porta reggendo per mano Pietro Giuseppe, lei grida di coprire il bambino, che ci fa lí a piedi nudi. La Limasa si spaventa, Pietro Giuseppe piange e la Fantina scende a vedere che cos'è tutto quel chiasso. È partito, è partito, grida la Maria; lei vede già la miseria, le bestie smagrite, le sere buie e fredde.

La Limasa scappa in cucina tirandosi appresso il bambino, gli infila le calze, due maglie una sopra all'altra, e poi mangiano insieme latte e polenta mentre il primo sole scivola dorato sulle pentole di rame appese ai ganci. Le lacrime si asciugano in fretta, loro ridono e si scalciano sotto al tavolo: – *Smettla!* – dice la Limasa tirando indietro la sedia. Adesso fanno il gioco di guardarsi negli occhi, perde chi li chiude prima, lei pensa che occhi cosí grigi non li ha mai visti e le piacerebbe, Pietro Giuseppe, chiamarlo *Grisòn*. Ma Luìs non vuole, vuole il nome intero come quello di un Re. E ora Luìs è partito, forse muore e non torna piú: – *Bel Grisòn!* – gli dice schioccandogli un bacio sulla bocca sporca di polenta.

La Maria e la Fantina sono rimaste a raccogliere le carte di Luìs scivolate sul pavimento, di Luìs che crede esista un'Italia da rimettere insieme pezzo per pezzo. Le mani della Maria si muovono tremanti, affastellano insieme libri e quaderni, la Fantina raccoglie un foglio, rimette a posto una penna, un tampone di inchiostro. Non prova nessuna pena per la sorella, forse invece un piacere agro e sottile mentre lo sguardo simile a una fessura ne coglie i capelli in disordine, le rughe intorno alla bocca, le mani che tremano. Cosa vuole, cosa cerca ancora la Maria come quando andava sicura della sua bellezza e nessuno sapeva resisterle. Altri sono i beni della Fantina e lei li tiene custoditi insieme al violino nell'astuccio foderato di un panno rosso che le tarme hanno divorato fino a renderlo impalpabile; e sotto la sua fronte pallida e piena, una fronte grassa se cosí può essere una fronte, i pensieri brulicano come in un alveare, accumulano e lavorano in un via vai continuo.

Luìs è già lontano, oltre il cimitero dove è sepolta la sua giovane moglie vestita dell'abito di quel giorno a Ivrea quando era passata attraverso le luci colorate della navata e le candele avevano tremolato sulla sua bocca. Lo stesso vestito che si era gualcito nelle tante mani che l'avevano stretta per la vita, sudate, e l'orlo si era strappato; qualcuno nella foga del ballo lo aveva pestato. Non si è fatta la barba Luìs e non se la farà piú, quando tornerà Pietro Giuseppe stenterà a riconoscerlo; e mentre i cavalli rallentano su per la salita di San Salvatore il freddo acuto dell'alba lascia il posto a un primo tepore di sole, i piccioni bianchi volano via dai tetti per andare a beccare nei campi. Altri volontari salgono a San Salvatore, Castelletto, Val Madonna e invece di andare alla guerra sembra di andare a una fiera, i ragazzi cantano *Dona lumbarda | Spuséme mì, spuséme mì...*, e a ogni fermata le donne offrono vino, uova, mele e non si capisce perché, ma è soprattutto verso Luìs che allungano i loro doni. Il sole si è levato alto e si vede lontano la terra appena emersa dalla neve che ha già qua e là il primo grano sottile come una peluria. Il campanile con la cupola a cipolla si è perduto dietro le colline, ancora si vede, con il lungo olmo distorto, la cascina dei Maturlin che un fabbricante di Alessandria ha comprato per fare mattoni della sua terra argillosa.

Era di spalle la Teresina dei Maturlin la prima volta che Luìs salí lassú. Si era sparsa la voce che le sei sorelle avevano bisogno di denaro e vendevano tutto per poco, lui era salito sul cavallo dietro a Gavriel e mentre il fratello era sceso verso le vigne, si era diretto al portico. Lei era girata di spalle, un'immagine controluce su cui riverberava il sole di fuori quasi fosse già un presagio, un suo incamminarsi verso il buio e l'ignoto. Niente era ancora cominciato e l'addio era già pronto in quel portico ingombro di stanghe di carretti, ruote dai raggi rotti e erpici arrugginiti; tanta era stata per anni l'incuria delle Maturlin (sei belle ragazze che pensavano solo a ballare, vestirsi, arricciarsi i capelli col ferro, mai nessuna che trovasse un'ora per mettersi seduta a un tavolo a fare i conti. Neanche l'ultima, quella che una zia di Ivrea si era presa con sé per salvare almeno lei da quella rovina). Ma poi la Teresina si era girata e Luìs aveva visto il suo viso nel biondo dei capelli, lei gli aveva rivolto la parola chiamandolo *Signore*, decisa a fare la sua parte nel modo migliore, vendere la terra e pagare chi avanzava denaro. – *Signore...* – gli mostrava, lei che di campagna non capiva nulla, i campi e le viti rinsecchite, l'olmo, e ogni cosa riflessa nel suo sguardo diventava bellissima; tanto era stato l'amore per la vita dell'ultima delle Maturlin quando studiava musica e suonava a quattro mani. Con lei si era sentito un gigante. Poteva la loro vita essere lunga e piena, una roccia dove gli eventi segnano ognuno un tempo diverso, poteva la casa essere piena di voci, dei fiori rossi della salvia splendens e di passi che corrono. *Signore...*, tornare indietro a quel punto, ricominciare da lí. Una volta ancora, anche solo un istante. Uno.

Quale tipo di amore si può portare a un figlio che è costato una separazione cosí repentina e totale. Che ha diviso la felicità del *prima* dall'infelicità del *dopo*.

Capitolo quinto
Braida

La guerra del '48 fu una benedizione per la Rosetta del Fracin. Se non era per i Bersaglieri di Lamarmora, era per i Fanti di Ramorino, o ancora meglio per la Regia Cavalleria; le pezze di stoffa il Camurà non faceva a tempo ad andarle a prendere che già ne servivano altre tanto era lo sciupio delle divise, le bruciature dei colpi presi di striscio o il semplice logorio delle selle. Ma soprattutto l'aumentato numero di Bersaglieri, Fanti e Cavalleggeri.

Il Camurà non riusciva a restare a casa due giorni di fila e quando arrivava c'erano i conti da rivedere e le visite di chi aveva già deciso di assolverlo dai suoi peccati. Corpulenti signori vengono a parlargli della filatura della seta, altri lo vogliono interessare al bestiame o chiedono la sua partecipazione al restauro di una cappella; e tutti ammirano le stufe di maiolica, il tepore delle stanze, la quercia, la bella moglie. Il Camurà è lusingato del loro interesse, e anche se a volte batte impaziente il piede in terra, di tempo per la moglie gliene resta poco e non può prestarle troppa attenzione. Cercare di indovinarne i pensieri, sapere dove vanno le sue speranze quando guarda assorta fuori dalla finestra o si incanta a fissare il nulla.

E poi è un continuo transitare di truppe e di Altezze Reali con il loro seguito, messi a cavallo che sollevano tanta polvere da annebbiare la strada. Carri di salmerie, soldati che chiedono da bere; chi può fare caso al cavallo di Gavriel, al rumore dei suoi passi sulla ghiaia la notte? Quello che la Rosetta del Fracin ha desiderato per tanto tempo, quello che sembrava impossibile può invece adesso accadere. Può dire domani, mercoledí, sabato. Lei e Gavriel un'intera notte insieme, fare l'amore e dormire, svegliarsi e fare l'amore e poi ancora dormire e nel sonno girarsi e baciare una mano, un braccio, la bocca. Nel grande letto di noce del Camurà la notte ha un tempo diverso, lunghissimo e breve, cosí breve da quasi non essere e nelle prime luci dell'alba lei si alza a schiudere gli scuri e guarda la testa riccia di Gavriel sul cuscino, il suo corpo abbandonato nel sonno. Ha un sussulto quel corpo se lei lo tocca, lo spavento di un animale sorpreso nella tana e lei ride, la sua bocca è leggera, appena fredda nell'alba.

La Maria ha ragione, nessuno può contare su Gavriel perché per una di quelle notti lui è disposto a vendere l'anima. Dimentica Pietro Giuseppe, la terra, la madre; e alla Maria il cuore martella quando lo sente al crepuscolo con gli stivali impazienti sui mattoni del viottolo, la voce che dà in fretta qualche ordine al Gerumin che mai lo eseguirà tanto è chiaro a tutti che nulla piú importa a Gavriel e il suo pensiero già precede il cavallo sullo stradone. È già là nella notte, nel letto del Camurà. La Maria china la testa sul solitario a ingannare l'ansia con la superstizione: ecco, se ora viene l'Asso di Denari, Gavriel tornerà appena fatto giorno, se invece la carta che gira è un Fante allora sarà piú tardi. Ma se esce la Donna di Spade allora gli succederà qualcosa e le mani non riescono a trattenere il tremito, lei prega Dio che faccia sparire quella carta dal mazzo, blasfema un poco come è sempre stata e come era nella natura delle due sorelle di Moncalvo. Dio e le carte devono ora avere pietà di suo figlio ogni giorno meno prudente quasi la guerra possa tutto permettere, confondere insieme il lecito e l'illecito.

A volte, nel letto del Camurà, Gavriel si sveglia con le dita ancora intrecciate a quelle della Rosetta del Fracin e gli torna in mente la notte dell'alluvione quando l'aveva portata in salvo sulla schiena e attraverso i panni imbevuti d'acqua aveva sentito per la prima volta il suo corpo. Le parla piano, con la bocca contro il suo orecchio, le parla di quella corrente che voleva trascinarli via, il gelo che rendeva ancora piú difficile resistere, tutti avevano paura di vederli scomparire da un momento all'altro e loro invece si sentivano cosí vivi, è cominciato allora... Lei si gira e gli occhi si schiudono nel viso affondato fra i capelli, lo guardano alla luce della veilleuse pieni di sonno. Ma le parole non esistono per dire l'albero che ha messo radici nel petto di Gavriel e le lacrime gli colano lungo le guance perché tutto è per lui la Rosetta del Fracin.

La loro storia è un nodo scorsoio, nata senza speranza e senza futuro e presto nel letto che Gavriel ha appena lasciato tornerà il Camurà infaticabile nel fare il denaro e l'amore. La gelosia è lí pronta ad attenderlo appena sale a cavallo e lo segue perversa a ogni passo. Per le stanze di casa, nei campi, e la sera è ancora lí a tormentarlo quando siede con la Fantina dagli occhi lucidi per il vino e la Maria allinea le carte sul tavolo parlando da sola. Potrebbe Gavriel bere come la zia che certe sere esce traballando dalla sala e canticchia come se avesse ancora da rimboccare le coperte al Giai, pettinare i suoi riccioli fini. Ma Gavriel è parco di cibo e di vino, gli anni passati con il Mandrognin gli hanno insegnato a nutrirsi di poco, ad accontentarsi di mezzo bicchiere. Lui non vuole dimenticare; e anche se è geloso del Camurà non vuole lo stesso perché il sentimento nato e cresciuto per la Rosetta del Fracin è il suo medesimo respiro. Si può vivere senza respirare, senza sentire l'aria entrare nei polmoni anche se brucia come l'aria di certi ghiacciai?

Intanto è Goito, Peschiera, Pastrengo, il Camurà non ha pace e va da Biella a Cremona dove compra alla moglie un abito di seta moiré e un pettine di tartaruga. È a Milano, a Pavia, e da ogni viaggio porta regali sempre piú ricchi, coccarde e nastri tricolori. Il tempo di dormire una notte, di guardare la moglie che si prova l'abito di seta e raccoglie i capelli fulvi e pesanti nel piccolo pettine di tartaruga. La guerra finirà presto, presto e male perché l'esercito è povero e con una grande confusione di gente, toscani, napoletani,

lingue che neanche si capiscono fra loro mentre gli austriaci
che scendono da Verona hanno divise lustre, armi che scat-
tano al primo colpo e Feldmarescialli segnati da cicatrici glo-
riose. Il Piemonte e il suo Re sono insetti che macchiano il
risvolto della loro giacca, da schizzare via con un colpo preciso e ben assestato. Ma intanto lui fa soldi su soldi e la moglie avrà tempo di godersela dopo, non appena gli austriaci
avranno messo ordine in questa nuova Babele. Anche allora
serviranno nuove divise e cambierà la moda, lui si tiene già
pronto, in contatto con gli importatori di lane inglesi; *casi-
mir* cosí leggeri che neanche si sentono sul corpo. La Rosetta è una donna fortunata, dove si trova un marito che arriva
ogni volta con tanti regali, abiti che riflettono il colore del
cielo, scialli di seta ampi come lenzuola. E un giorno la por-
terà ad abitare ad Alessandria in un palazzo con il balcone
che affaccia sui giardini, lei, la figlia di quel fabbro anarchico che non prendeva soldi dai realisti e neanche dai preti, e
finiva per non prenderne da nessuno.

Ma adesso non pensiamo a quello che sarà, il destino chi
lo conosce, chi sa come e dove gli eventi si sovrapporranno
alle immagini prefigurate; la vita trascolora e lascia apparire
quello che era nascosto. La Rosetta del Fracin accarezza il
cavallo giú al fiume, è una estate calda e il granturco cresce
alto, loro scendono dove gli aironi fanno il nido e l'acqua si
apre in cento piccole vie fra le pietre, l'afa dà lo stordimento. Entrano in acqua e i piedi della Rosetta del Fracin sono
larghi e rosati mentre quelli di Gavriel hanno unghie spesse
come gli zoccoli del suo cavallo. Dei piedi da vergognarsi,
ma l'intimità dei loro corpi è profonda, non conosce pudore
e i loro piedi si toccano, si inseguono, si carezzano mentre la
corrente si rompe limpida alle caviglie. La Rosetta del Fracin è allegra e Gavriel la segue docile, lei si bagna le gambe,
il viso, il collo. Si spoglia, i vestiti sono un piccolo mucchio
sulle pietre. Ecco loro hanno quello che molti non hanno
mai avuto, non la Fantina e il Giai e neanche il Pidrèn. Non
Suor Geltrude Rosalia che stremata dal caldo si era tolta il
velo e da lontano aveva guardato il fratello che ballava a
Braida.

Luìs alla guerra meritò una medaglia per aver ucciso due ulani e messo in fuga il terzo. Successe a Valeggio quando si trovò di fronte tre austriaci e due li trafisse con la baionetta, il terzo scappò correndo verso il Mincio. Lui lo rincorse ma la gamba piú sottile lo fece inciampare e l'ulano scomparve fra le sterpaglie della riva.

Erano i primi uomini che Luìs ammazzava e lo aveva fatto come colpire dei passeri con la fionda, ma quando si rialzò pieno di rabbia perché il terzo gli era sfuggito e li vide in terra, di colpo gli sembrarono irreali. Irreale la giornata e il sole alto fra gli alberi. Il suo primo impulso fu di fuggire per non vederli; ma era caporale e i suoi soldati aspettavano un ordine. Fu cosí che Luìs li mandò a cercare il terzo ulano; poi si appoggiò al muro di una casa e pianse per la paura passata. Per l'orrore di quei corpi sbudellati.

Il Generale D'Arvillars che passava da quelle parti con i suoi Luogotenenti e da lontano aveva visto ogni cosa, frenò il cavallo davanti alla casa dove Luìs stava piangendo appoggiato a un muro. Voleva sapere il suo nome e cognome, reggimento e paese d'origine, non vide le lacrime o finse di non vederle e gli promise la medaglia. In quel momento i soldati tornavano su dall'argine a mani vuote, del terzo ulano si erano perse le tracce, forse era già al di là del fiume. E la gioia di Luìs fu cosí grande che abbracciò uno dei soldati. Dall'alto del suo cavallo il Generale D'Arvillars sorrideva benevolo, sicuro che quella gioia fosse per la medaglia promessa.

Questo e altro scrisse Luìs in una lunga lettera al fratello. Gavriel prese Pietro Giuseppe sulle ginocchia e gliela lesse lentamente, parola per parola. La Fantina volle sentire anche lei e dietro la Fantina anche la Maria si mise ad ascoltare con il volto coperto da una mano. Quando ebbe finito di leggere Gavriel portò il nipote davanti alla grande carta geografica aperta sul tavolo della sala e Pietro Giuseppe piantò una bandierina tricolore su Valeggio e un'altra su Goito.

Dopo quella lettera per molte settimane di Luìs non si

seppe piú nulla; le notizie che arrivavano, contraddittorie e confuse, parlavano di truppe austriache che calavano sempre piú numerose e le bandierine avanzate con tanta baldanza cominciarono a pungere la carta sempre piú indietro. E quando arrivò in vacanza Suor Geltrude Rosalia quella carta scomparve perché lei non voleva sentir parlare di guerra. Tutti massoni, carbonari e briganti, Luìs incluso.

Pietro Giuseppe la chiama la *Magna Munja*, che vuol dire la zia suora, e non vuole da lei neanche essere toccato. Suor Geltrude Rosalia ha invece per il nipote un amore simile a quello di un cane per il suo padrone, un amore servile e cieco. Ma se Pietro Giuseppe resta seduto sulla seggiolina che lei gli ha sistemato accanto al cavalletto, è solo per paura; e lui sempre tanto loquace è muto, i larghi occhi grigi in allarme. Piú Suor Geltrude Rosalia cerca di accarezzarlo piú si fa piccolo, freddo, insignificante. Neanche guarda quello che lei dipinge e perfino i colori che gli mette in mano, rosso carminio, blu, verde, giallo oro, restano inerti fra le dita, il foglio bianco abbandonato sulle ginocchia. Povero *ninin*, gli dice Suor Geltrude Rosalia che prende il suo mutismo per tristezza di orfano. Povero *ninin*, e lo stringe al petto.

È il suo odore che lui non sopporta, l'odore di carne che non prende mai luce e compie il suo ciclo nel buio. Un odore legato a quello dei fiori che si putrefanno nei vasi davanti alla tomba della Maturlin dove ogni giorno Suor Geltrude Rosalia lo porta a pregare e inginocchiata in terra intona il *De Profundis*. La corona di metallo appoggiata alla tomba è scolorita dalla polvere e le vespe che hanno fatto il nido in un angolo della grata si posano sul velo di Suor Geltrude Rosalia, lui solleva in alto lo sguardo alle stelle che il Sacarlott ha fatto dipingere sul celeste della volta. Le guarda e riguarda per impedire a quel groppo che gli chiude la gola di trasformarsi in lacrime. Ma a volte queste scorrono lo stesso, desolate lungo le guance, e allora la Magna Munja interrompe le sue preghiere e si china a consolarlo soffocandolo con il velo. Il suo odore lo acceca di rabbia, lui stringe i pugni e la allontana con una forza concentrata, piena di collera.

I fulmini guizzano fra le inferriate, le porte sbattono e l'acqua si rovescia a torrenti giú dalle gronde che non ce la fanno a smaltirla. La guerra è ormai alla fine, l'esercito del Re di Sardegna è in rotta e i soldati tornano a casa sotto un temporale che fa volare le tegole, uno di quei temporali di agosto che trovano i fossi in secca e li intasano rendendo pericoloso il fiume. La folla a Milano ha insultato Carlo Alberto e dei sassi sono stati lanciati contro il palazzo dove si è chiuso. Il Re è partito la notte nel silenzio delle stelle, solo lo scalpitare dei cavalli lungo le strade vuote e il sordo scorrere delle ruote delle carrozze. La paura è ora un'onda di piena e investe chi resta e chi parte, paura della morte appena passata e di quella che deve ancora venire. E come tanti anni prima, ai tempi della Rivoluzione che mandava a morte sovrani e preti, la Maria vuole nascondere le sementi, i sacchi di grano. Murare il vino.

Il generale Salasco ha firmato l'armistizio e gli austriaci di Radetzky sono tornati a Milano, sono a Modena, a Reggio Emilia. Garibaldi si è ritirato al di là del Ticino e passato il gran temporale è tornata l'afa di agosto; ma di Luìs ancora nessuna notizia. C'è chi dice di averlo visto a Milano e chi ancora che abbia seguito Garibaldi al di là del fiume. Dei Fanti di San Salvatore, passati una notte per la casa dello Zanzìa, hanno detto che Luìs ha traversato il confine, è in Francia. Forse a Parigi dice Suor Geltrude Rosalia guardando Pietro Giuseppe negli occhi, lo sai bel *ninin*, dov'è Parigi? E la mano allontana Luìs, lo disperde oltre le Alpi offuscate dalla caligine della giornata. Ma la sera, alla Limasa che lo mette a letto, Pietro Giuseppe chiede quanti giorni ancora la Magna Munja resterà in vacanza, quanti giorni ancora prima di tornarsene in convento. – *Spüssa*, – dice alla Limasa che lo rimprovera, – *spüssa*...

Agosto ancora non è finito che un pomeriggio la Limasa arriva di corsa e urla che Luìs sta arrivando, l'hanno visto lungo la strada di Occimiano, forse è già entrato in paese. Lava il viso a Pietro Giuseppe mentre la Maria prende l'ombrello a ripararsi dal sole e corre verso la piazza; e mentre passa, a destra e a sinistra, alle donne che la guardano cosí poco abituato a vederla, dice: – È tornato Luìs! È tornato... – poi diventa rossa per la vergogna ma anche per la gioia. Per la paura di vederlo tornare con una gamba di meno, la testa rotta.

Luìs invece ha riportato a casa tutti i suoi pezzi e siede sotto il noce con la barba lunga e il viso segnato dal sole, il corpo cosí asciutto come se lo avesse immerso nel sale, la divisa sgangherata. Ha portato al figlio in regalo due cosacchi di legno dipinti dei colori dello Zar Alessandro. Hanno le giubbe col pelo e il colbacco ma Pietro Giuseppe osa appena toccarli. Mai ha avuto un regalo cosí bello, i cosacchi alzano e abbassano le braccia, avanzano un piede poi l'altro.

Alla famiglia riunita Luìs racconta i tre giorni a Sommacampagna senza acqua e senza mangiare mentre i soldati cadevano a terra sfiniti, la bocca piegata dalla sete. Altri, racconta, quando calava il sole, impazzivano e correvano incontro al nemico, i cannoni austriaci li spazzavano via tra la polvere e il fumo. Nessuno veniva a prendere i feriti che chiamavano e chiamavano mentre i compagni gli piangevano accanto. Lui ha succhiato l'erba che riusciva a strappare alla terra, ha scavato con le unghie per trovare un poco di fresco. Ora si regge le tempie con le dita, il sole, dice, il sole... Gavriel, la Fantina, lo guardano. La Maria è rossa per la felicità di vederlo lí salvo, ad altro non pensa.

Un sole che al mattino riprendeva a salire e martellava sordo nelle vene, i feriti che non erano morti durante la notte si lamentavano sempre piú piano, loro gli coprivano il viso con il fazzoletto per non farli torturare dalle mosche. Esercito povero, con i carri delle salmerie che si perdevano per strada, finivano non si sapeva dove a riempire la pancia degli imboscati e dei ladri.

Suor Geltrude Rosalia si è alzata, la larga schiena bianca e il velo ondeggiano sotto la pergola tra il verde tenero dei tralci, poi spariscono tra lo scuro dei meli. Lei non vuole stare a sentire Luìs, il suo convento è stato saccheggiato dai «rivoltosi» e fra loro c'erano anche i soldati del Re; chissà suo fratello se non era anche lui da qualche parte a rubare, chissà quei due bei soldati di legno dove li ha presi, due cosacchi, un giocattolo da piccolo principe. Chissà dove; e lei adesso non si sente sicura nemmeno in casa.

Ma si sbaglia, la guerra ha fatto dimenticare tante cose a Luìs e altre gliene ha fatte ricordare di nuovo. È ancora giovane e se si guarda allo specchio vede un uomo che dimostra meno dei suoi trent'anni, alto, smilzo, con una barba rada tra cui affiora la bocca sottile, irrequieta e pronta. Nessuno riuscirebbe a spiegare cosa rende Luìs cosí interessante perfino alle donne sposate, cosa provoca tanta attesa ai balli dove lui ha ripreso ad andare con i suoi fantasiosi cappelli all'indietro sui ricci.

È tornato Luìs ad avere una fidanzata qua e una là, i loro nomi non vengono pronunciati in casa come si conviene con ragazze che seguono i balli di paese in paese e non hanno difficoltà a parlare con il primo venuto. Meglio cosí dice la Maria, meglio dei grandi amori che portano solo scompiglio e dolore. Ma a Suor Geltrude Rosalia, diventata ormai per tutti la Magna Munja, un titolo che la mette in trono come un re carolingio, si stringe il cuore quando vede Pietro Giuseppe che impara a contare con il Beneficiato dalla lunga veste nera segnata di macchie. La ferisce quella voce che assume un tono stentoreo per insegnare a quel bimbetto seduto davanti al pallottoliere. Tutti loro hanno imparato a contare col padre, che vergogna è mai questa. Le sembra il tradimento di Luìs nei confronti del figlio un doppio tradimento che cancella ogni residua traccia, ogni ombra e segno della giovane moglie. Ogni nastro rimasto polveroso nel fondo dei cassetti. Un colpo in pieno petto quando il Beneficiato apre la spinetta e con le sue grosse dita pigia sul do, il sol, il fa diesis, presumendo lui, povero figlio di schiavandari, di insegnare quella meravigliosa cosa che era la musica che usciva dalle dita della Maturlin. Allora la sua voce si fa ancora piú acuta, sovrasta ogni altra, e in forza dell'abito che indossa comanda a destra e a sinistra. Anche al Beneficiato che per quel beneficio di cui gode e potrebbe non godere domani, è facile a atterrirsi alle grida dei padroni.

Perché la Magna Munja sta scalando uno dopo l'altro i gradini del potere; a neanche trent'anni è la delfina della Superiora e il Prevosto quando la riceve in canonica indossa la veste delle grandi occasioni. L'esercizio del potere è riuscito perfino a mutare il soggetto dei quadri che dipinge nelle ore di ozio. Non piú gru, aironi dalle ali rosa o cigni con l'occhio cerchiato di nero ma uva, pesche, melograni dai semi di fuoco e nelle rotondità dei frutti la sua anima, luogo segreto e intenso, irrompe come un fiume turbinoso. Ma è anche candida quell'anima e lei ignara spennella con voluttà respirando dalle narici, gemendo, mentre il colore si attesta pastoso e acceso. E se viene interrotta solleva uno sguardo perduto, molle fra le palpebre.

Quadri destinati a turbare cardinali e vescovi dall'identità sconosciuta perché ignoti sono i fortunati prelati che slegheranno i grandi involucri di tela, una pezza via l'altra, fino ad arrivare a quei frutti che sembrano trasudare il loro succo amarognolo. Neanche la Fantina ne conosce i nomi, forse la Magna Munja li sussurra nell'orecchio di Pietro Giuseppe: questo è per l'Arcivescovo Romilli, questo per il Cardinale di Bianzè. Questo lo vedrà il Papa, e la voce le trema di piacere.

L'inverno che seguí fu freddissimo, gelarono i fiumi e la neve fece crollare il tetto della stalla, una vacca e due vitelli rimasero schiacchiati e i loro gemiti si udirono a lungo nella notte.

Quel giorno morí anche il figlio ultimo del Fracin, cognato del Camurà. Lo trovarono il mattino dopo ancora sul cavallo con la neve alta alla pancia e fu necessario spezzargli le gambe per metterlo nella cassa tanto era diventato duro. Il Camurà fece sapere che la moglie non poteva venire per la sepoltura, le strade sono troppo pericolose mandò a dire dal

Tambiss che ancora andava in giro a vendere mutande. E a tutti il Tambiss raccontò della biancheria coi pizzi, delle *intime* di seta che ogni volta il Camurà gli ordinava per la moglie.

Alla sepoltura andarono in pochi, il gelo aveva bloccato i cardini del cancello e la bara venne scaricata fuori il cimitero in attesa di una giornata migliore. Il Beneficiato, perché ormai il Prevosto alle sepolture andava di rado, scappò via in fretta con la scusa della lezione a Pietro Giuseppe e appena entrato in casa si incollò alla stufa con la veste che fumava. Solo il Mandrognin rimase accanto alla cassa a badare che non venissero le volpi al calare del sole. Era stato amico del Fracin in gioventú e il morto lo aveva tenuto sulle ginocchia bambino e mentre il sole andava ritirandosi in una livida striscia all'orizzonte, cominciò a canticchiare come al tempo che lo faceva caracollare sulle ginocchia. E il Tambiss che tornava a casa sul suo carretto si spaventò e da lontano lo minacciò con la frusta. Il Mandrognin non si mosse; e quando fu sicuro che le volpi non sarebbero piú venute si infilò i racchettoni che si era costruito con la corda e il legno e cominciò a salire verso Lu.

Non ha difficoltà il Mandrognin a camminare sulla neve e dove gli altri affondano lui galleggia, dalle case lo possono vedere nelle ore piú impensate navigare con la sua mantella nera nel mare bianco dei campi. Non fa piú il sellaio e vive rattoppando le pentole di coccio, le donne come lo vedono passare lo chiamano e lui siede nei cortili lavorando con la grossa testa china ancora fitta di capelli. Tra quei capelli i pidocchi vanno su e giú come grilli lungo le spighe. Lui li lascia fare, non si gratta mai, e mentre ricuce il coccio col fil di ferro le donne e i bambini guardano incantati la sua grossa testa d'argento brillare come la corona di latta di Re Erode. Pidocchi cosí grandi non si sono visti mai e forse hanno a che fare con il demonio dicono le donne, un qualche diavolo che abita la casa del Mandrognin in cima al cucuzzolo dove il fico si rizza ancora piú alto a ogni gelata. Lo stesso diavolo che gli ha conservato tutti i denti e qualsiasi cosa gli venga offerta da mangiare lui la smaltisce in un attimo, neanche le briciole gli restano sulla barba. Mandrognin, gli chiedono a volte le donne, cosa fai tutto solo in quella casa del diavolo? Ballo, canto e faccio festa, risponde sollevando gli occhi che ha conservato celesti come nei dipinti. Ma i bambini hanno paura e si allontanano. Paura del Mandrognin e dei suoi pidocchi, del suo amore pazzo per la Maria alla cui casa non si avvicina piú, ogni volta è un lungo giro per evitarla. E se proprio deve passarci davanti si copre il viso con le mani per non vedere e non ricordare. Non ricordare quando voleva costruire una slitta e portare Maria sulla neve come una regina.

Ma la Maria quell'inverno non oltrepassò la soglia di casa, neanche a Messa la videro mai. Se il Prevosto mi vuole, diceva, Messa può venire a dirla qui. Dio a casa sua, lei da Dio faceva troppo freddo e le si bagnavano le ossa. Con la fronte appoggiata al vetro guardava partire gli altri e per ultima la Limasa con Pietro Giuseppe per mano. Li seguiva con lo sguardo finché non vedeva svolazzare via nel viale la lunga sciarpa colorata del bambino: e con il fiato che appannava il vetro, sola nella grande casa vuota, tra le porte che scricchiolavano e si aprivano a ogni soffio di vento, aspettava il loro ritorno.

Fu cosí che una domenica vide fra i rami scheletriti il Sacarlott che teneva Gioacchino per mano. Il Sacarlott aveva il vestito buono con la catena d'oro che gli attraversava il panciotto e le faceva dei cenni con la mano per invitarla a uscire. Lei aprí la finestra con le mani che le tremavano per la gioia e sentí la voce di Gioacchino: – *Mama*, – le diceva, – *va a piami al scarpi*... – Allora si era accorta che il bambino era scalzo: – *Speta lì*, – gli aveva risposto, – *aiò mi al to scarpi*, – ma dall'emozione la sua voce non produceva alcun rumore, le parole si fermavano come ovatta nella bocca. Era corsa di sopra e aveva frugato nei cassetti finché non aveva trovato gli scarponcini nascosti in fondo a un armadio ma mentre correva giú stringendoli al petto li aveva sentiti secchi e duri da neanche poterli infilare. Cosí era andata in cu-

cina a prendere il grasso per ungerli ma quando era tornata
alla finestra il Sacarlott e Gioacchino se ne erano andati.
Aveva allora cominciato a cercarli seguendo le loro tracce
sulla neve, era avanzata fra i meli affondando fino al ginocchio, il viso che le bruciava dall'ansia di averli perduti.
Al ritorno da Messa l'avevano trovata con le vesti tutte
bagnate e gli scarponcini in grembo, unti e lucidi di grasso.
Il disordine al piano di sopra aveva reso le stanze irriconoscibili. Nessuno aveva voluto credere alla sua storia e la
Fantina con un sorriso velato di compatimento l'aveva quasi
staccata di forza dalla finestra dove lei continuava a aspettare.

Luìs invece aveva avuto pena della madre e era uscito
fuori, aveva girato fra i meli spogli, sotto la pergola simile a
una ragnatela tesa fra i pilastri cilestrini di verderame. Aveva attraversato il viale arrivando fino alle stalle dove il Gerumin stava portando via il letame e si era fermato davanti
al fienile. Se Gioacchino era tornato doveva essere là da dove era volato giú una lontana domenica di giugno, tra quel
fieno che si gonfiava giallo sotto la tettoia spessa di neve. E
improvvisamente si era ricordato di essere stato geloso del
fratello piú piccolo, geloso delle attenzioni e dell'amore del
padre, geloso perché tutti amavano Gioacchino e Gioacchino invece di camminare andava sempre saltando tanto era
incalzato dalla felicità. L'aveva allora chiamato piano, una,
due volte e il Gerumin che passava con la sua carriola fumante di letame si era fermato: – Al'ò vist anche mi, – aveva detto, – al'era acmè so pari, – e aveva fatto un gesto come per dire che se ne erano andati. Via, lontano, giú per la
strada.

Quando arrivò marzo e la neve era ancora in croste dure
sulla terra, Re Carlo Alberto passò da Alessandria con le sue
truppe. La guerra ricominciava; ma Luìs non fece in tempo
a ripartire. Una febbre di viscere (dubbia e pericolosa disse
il Bigiot tastandogli la pancia) lo teneva sfinito nel letto. Il
colera era ricomparso nei paesi lungo lo Scrivia e i soldati lo

andavano disseminando attraverso i corsi d'acqua. Il flebotomo girò desolato lo sguardo sulla Maria e su Gavriel, poi
assumendo un tono di comando mandò fuori dalla stanza
Pietro Giuseppe seduto in terra a giocare con i due cosacchi; e chiese dell'acqua per lavarsi le mani. Era necessario
far venire un professore da Casale, disse, e per il momento
nessuno doveva uscire per non contagiare il paese.

Il Re fu sconfitto a Borgo San Siro, a Gambolò, alla Sfor-
zesca, a Mortara. Ma Luìs guarí, erano bastati pochi salassi
a far scendere la febbre e rimettere ordine nelle viscere. Pietro Giuseppe e la Limasa tornarono a uscire e a farsi vedere nelle botteghe, la Maria mandò la Marlatteira dal Prevosto a fargli suonare le campane per lo scampato pericolo.

Il Prevosto non volle: il Re aveva abdicato e il Generale
Passalacqua era morto con centinaia di soldati. La bandiera,
il tricolore, era finita in mano agli austriaci. Piange il Prevosto e il Beneficiato lo guarda allibito, mai avrebbe immaginato in quel vecchio prete un amico di carbonari e massoni.
La Marlatteira scappa via e si ferma a ogni porta per dire
che il Prevosto piange perché la guerra è perduta. E quando
finalmente arriva a casa e racconta ogni cosa, Luìs seduto
sul letto a mangiare una scodella di riso, i capelli appiccicati
alla testa dai lunghi sudori, ascolta in silenzio. Non dice se
quel generale l'ha conosciuto, non chiede nulla. Non protesta neanche quando la Marlatteira racconta che i soldati in
fuga rubano e fanno di peggio. La Maria ripete il racconto
del Sacarlott sulla morte del generale Desaix ma mentre
parla le sembra ora una favola quel racconto, una favola che
sia esistito un Sacarlott che si chiamava Pidrèn e questo Pidrèn avesse pianto seduto su una panca la morte del suo generale. Quella morte aveva coronato una vittoria, era stata
piena di sangue ma anche di gloria e di sole; e il dolore invece di infiacchire aveva dato coraggio. Nel pallore di questa
giornata di fine inverno Luìs seduto sul letto, la pancia
asciutta quasi avesse un buco al suo posto, rifiuta la morte,
il dolore. Aborrisce la gloria.

Gli austriaci arrivarono fino a Casale e lo spavento fu

grande. Nelle giornate di vento arrivava l'eco dei colpi di fucile e i vecchi ripresero a raccontare di quando era arrivato Napoleone e la roba non si capiva piú di chi fosse. Le sementi vennero sepolte e la Fantina nascose i suoi ricami insieme a dodici cucchiai di argento che servivano nelle grandi occasioni. Anche la tabacchiera regalata da Monsieur La Ville fu chiusa fra due lenzuola e il baule murato nel sottoscala per il timore di vedere comparire da un momento all'altro le divise bianche e rosse dei soldati di Radetzky.

Gavriel partí alla volta della Rosetta del Fracin. Il Camurà aveva attraversato le linee e a Milano già trattava con gli austriaci il nuovo *drap* rosso liscio come un velluto. Per tre giorni Gavriel rimase clandestino nella casa rinserrata tra i biancospini che mettevano i primi germogli e ogni mattina la Rosetta del Fracin scendeva al fiume a dare la biada al suo cavallo. Con le imposte chiuse, tra i cento soprammobili che il Camurà aveva portato a ricordo dei suoi viaggi, tra le stufe che ardevano di continuo e brillavano anche di notte, Gavriel stordito, esausto, si teneva stretto alla Rosetta del Fracin, la baciava nel sonno, bella e cara come non era mai stata: e dopo aver fatto l'amore senza pudore lei sembrava fra i cuscini una ragazza innocente.

All'alba del quarto giorno lei lo accompagnò al fiume, era una giornata tersa e dopo tanta nebbia si tornavano a vedere le colline lontane con le case a una a una. L'acqua scintillava fra i sassi e gli uccelli si risvegliavano fra i pioppi con lunghe grida. Gavriel avrebbe voluto fare ancora una volta l'amore non perché ne avesse voglia ma perché gli sembrava che cosí lei lo avrebbe dimenticato di meno, che solo ripetendolo ancora e ancora avrebbe potuto soffocare la gelosia che gli ammalava l'anima. Ma la Rosetta del Fracin gli sguscia via, ha freddo e sente nell'aria del mattino solo un gran desiderio di andare. Accarezza sospirando la groppa del cavallo: e i suoi occhi che riescono a comunicare a Gavriel tanta allegria possono anche creare una lontananza incolmabile, fatta di impazienza e di crudeltà. A Gavriel non resta che rimontare in sella e andarsene lentamente con il suo cavallo mentre al di là del fiume dei soldati sbandati alzano le braccia a chiedere aiuto. Hanno fame, vogliono del pane.

Luìs ancora convalescente è andato a Braida dove sono accampati alcuni soldati in rotta da Vignale. Ha portato con sé Pietro Giuseppe e cammina a grandi passi senza curarsi delle gambe corte del figlio, della pioggia che ha ricomincia-to a cadere. Nel cortile del Castello c'è una gran confusione, fra le pozze d'acqua i bambini giocano a piedi nudi, le dita piagate dai geloni. È molto che Luìs non passa di là e la ro-vina ha mangiato le mura e le stalle. La Cavaliera come sa del suo arrivo lo manda a chiamare e lui lascia Pietro Giu-seppe sgomento in mezzo agli altri bambini, una tonda mela matura fra tante piccole e bacate.

La Cavaliera riposa sdraiata sulla *dormeuse* con la mantel-la di martora lunga in terra, gli occhi miopi lo puntano cie-chi, l'odore delle sue pezze intrise nell'aceto dilaga per il grande salone spoglio e il freddo è tale che dentro e fuori sembra a Luìs la stessa cosa. Appena entra lei gli fa cenno di avvicinarsi e lui non riesce neanche a dire la ragione della sua visita che la Cavaliera comincia a parlare, e parla cosí fitto che nessuna parola può infilarsi tra una frase e l'altra. Racconta, la Cavaliera, degli austriaci e dei francesi quando passavano di lí, dei russi che combattevano Napoleone. Racconta di disgrazie e di splendori e domanda a Luìs che fanno ora i soldati del giovane imperatore degli Asburgo ap-pena salito sul trono. Ma prima che Luìs possa rispondere lei è già oltre, la risposta se l'è data da sola e la bocca piccola e gentile agita le larghe pieghe di grasso delle guance. Le mani rimaste in tanta smisurata abbondanza minute e pal-lide lisciano il vecchio pelo tarlato della mantella mentre la sua voce cantilenante è quasi una musica.

Quando riuscí a liberarsi Luìs andò nelle stalle dove cin-que soldati mangiavano pane e salsiccia intorno al fuoco ac-ceso con le mangiatoie. Il tetto era in parte crollato e l'acqua gocciolava sulle schiene ma loro continuavano ad arrostire le salsicce con gli occhi che lacrimavano per il fumo. Man-giavano in silenzio, e intorno gli schiavandari guardavano ogni loro boccone. Come videro Luìs gli fecero largo mentre i soldati non alzarono neanche la testa e alle sue domande risposero con un'alzata di spalle: non c'era piú esercito, non c'era piú Re. Gli austriaci? Forse già a Torino, ad Asti, a Vercelli... Nei loro dialetti, chi ligure e chi di Cuneo, imprecavano contro i generali, la pioggia, contro la fame. Ritta tra gli schiavandari l'Antonia ascoltava attenta, cosí esile che per un momento, nell'oscurità della stalla, Luìs la prese per una bambina. Lei guardava i soldati poi guardava Luìs aspettando che dicesse qualcosa. Ma Luìs la deluse; i soldati mangiarono fino all'ultima salsiccia della casa e l'Antonia scivolò via nel silenzio della veste scura.

Quando fu fuori Luìs dovette cercare Pietro Giuseppe che una delle ragazze della Cavaliera aveva portato in giro per il castello. Era ormai quasi buio quando si avviò con il bambino sui legni buttati attraverso il fango. Sembrava che con l'Antonia non dovessero incontrarsi né allora né mai, invece lei gli comparve improvvisamente di fronte dall'altra parte della passerella e si trovarono cosí vicini che l'Antonia sentí sul viso l'odore del vino che Luìs aveva appena bevuto. Le mani di lui la tennero perché non cadesse: l'Antonia era magra, e non poteva essere altrimenti in una casa dove si mangiava poco e male, ma nella sua magrezza aveva curve morbide e piene. Le braccia di Luìs si chiusero d'istinto per trattenerla e lei si lasciò abbracciare sorridendo senza ombra di timidezza. Poi le braccia la lasciarono libera e Luìs scese nel fango per farla passare reggendo alto il bambino.

Prima di sparire nel cortile l'Antonia si voltò come se volesse dire qualcosa, ma poi l'unica parola che le uscí dalle labbra fu *Merci*. Luìs le avrebbe risposto volentieri in francese ma non lo sapeva e cosí con il bambino per mano prese la strada che costeggiava il torrente. Non pioveva piú e voleva far vedere al figlio la chiusa dove l'acqua ribolliva in spruzzi bianchi.

Altri erano stati i sogni dell'Antonia. I racconti che la madre le aveva fatto della sua giovinezza avevano proiettato immagini simili a quelle di una lanterna magica. Sugli into-

naci stinti, che conservano ancora i segni dell'alluvione del
'39, la sua fantasia aveva animato le storie della Cavaliera e
l'amore si era illuminato della fiamma di mille candele, il
suo corpo si era abbandonato nel ballo in saloni dalle colonne di marmo, il cuore aveva palpitato su per scalinate dove
gli strascichi rilucevano battendo gradino dopo gradino.

Sogni destinati a restare sogni perché lei cosí scura di pelle nessuno se la sarebbe presa in quel cortile dove si dava la
caccia a un uovo e ogni momento si rischiava di rompersi il
collo sui gradini a pezzi. Quella sera, dopo che Luìs se ne fu
andato, salí dalla madre e appoggiata la testa sulla pelliccia
di martora le raccontò l'incontro di poco prima sulla passerella. La Cavaliera l'accarezzò sui capelli e come la mano
scese agli occhi, li sentí bagnati di lacrime. L'Antonia piangeva.

Anche Luìs non avrebbe mai pensato di riprendere moglie, e riprenderla cosí povera e senza terra, senza neanche
le lenzuola nuove da mettere nel letto perché il corredo per
l'ultima figlia la Cavaliera lo aveva messo insieme con l'a-
vanzo del suo. Lini ricamati di stemmi ma pieni di rattoppi
e asciugamani di Fiandra dove si vedeva attraverso per
quanto erano lisi. Una vergogna, aveva detto la Maria.
Neanche la Limasa avrebbe osato presentarsi in una famiglia in quelle condizioni. Perfino le lenzuola della Marlatteira erano ricamate con l'ajour e di un cotone cosí robusto che
si faceva fatica a piegarle. Per una volta tanto la Fantina era
d'accordo con la sorella e diceva che quando vedeva l'Antonia le sembrava di vedere la Vergine di Crea, scurita dalle
intemperie.

Perché Luìs avesse avuto tanta fretta di chiederla in moglie non se lo spiegava nessuno, lui continuava la vita di tutti i giorni e solo due volte la settimana, la sera, andava a
Braida dove la Cavaliera lo riceveva sulla *dormeuse* e gli raccontava la sua giovinezza a Moncalieri e a Torino, gli raccontava di Roma dove suo marito era andato come Ambasciatore Straordinario e il Papa l'aveva benedetto tre volte
prima di nominarlo Cavaliere del Santo Sepolcro. Raccon-

tava le feste, le cerimonie, il viaggio al seguito del Re fino a Parigi e gli parlava dei suoi cinquanta anelli, ognuno con una pietra diversa. Opale del Giappone, zircone del Perú, corniola della Siberia. Zaffiro di Ceylon; e una acquamarina appartenuta alla moglie di Pietro il Grande, di un celeste profondo simile allora al colore dei suoi occhi. E nella semioscurità della grande sala le pupille della Cavaliera fissavano Luís quasi avessero avuto all'interno ancora la fiamma di una candela.

L'Antonia seduta su uno sgabello gelava, la pelle che da scura diventava grigia dal freddo. Tra le labbra socchiuse usciva un fiato bianco e lei ascoltava incantata, le mani intrecciate intorno alle ginocchia magre. Quando Luís se ne andava lo accompagnava lungo le scale buie tenendosi a distanza; e se Luís cercava di sfiorarle la mano la sentiva gelata. Eppure quelle dita sottili, fini come ramoscelli bruni, parlavano un loro raro linguaggio. Promettevano molto, e giuravano fedeltà e amore.

Era ignorante l'Antonia. La Cavaliera non aveva mai voluto mandare a scuola i suoi figli ma quando era arrivato il momento dell'ultima neanche il Beneficiato si sarebbe accontentato di quello che era disposta a pagare. Cosí l'Antonia aveva imparato a leggere sui libri salvati dall'alluvione, *mémoires* francesi del Sei, Settecento, dove si raccontavano le avventure di Madame de Maintenon e della du Barry, gli intrighi di Mazzarino, di Henriette d'Angleterre, del Duca di Guisa. Ma altro lei non sapeva e quando Luís parlava lo ascoltava corrugando le sopracciglia, sforzandosi di capire sia che si trattasse della legislazione sull'affitto dei fondi o delle battaglie di Napoleone. Seguiva con la stessa attenzione una poesia pubblicata dal «Gazzettino Letterario» e il trattato di botanica di De Candolle. I suoi occhi, fissi alla bocca di Luís, erano pronti a cogliere ogni particolare. E a volte rideva se qualcosa le sembrava buffa. Con la mano si copriva allora la bocca che pensava di avere troppo larga; e quella mossa, senza che lei lo sapesse, era piena di civetteria.

Luìs era impaziente di sposarla, spinto dalla curiosità e dal desiderio che gli risvegliava ogni suo gesto. Il suo stesso modo di andare in giro, ora che era venuta l'estate, a piedi nudi come aveva fatto fin da bambina, era una libertà cosí naturale che invece di renderla vulnerabile diventava un punto di forza. E non c'era nessuno, né uomo né ragazzo, che osasse mancarle di rispetto anche se a volte, per un movimento piú brusco, balenavano i suoi polpacci lisci e scuri. Una pelle che con il sole aveva perso il grigio pallore dell'inverno mentre l'odore del suo sudore dava a Luìs i brividi.

Si raccontavano molte storie sull'Antonia, si diceva che fosse il risultato di un tardivo amore della Cavaliera per un soldato di Santo Domingo sceso in Italia al seguito di Napoleone e rimasto dopo la caduta dell'Imperatore a curare i nobili da ogni sorta di mali. Un meticcio che aveva spalmato di unguenti la schiena contratta dai reumi dell'Ambasciatore Straordinario che il Papa aveva benedetto tre volte. E il tocco delle sue dita era stato cosí meraviglioso che anche la Cavaliera aveva voluto sperimentarlo; da quel giorno l'ex soldato di Santo Domingo era diventato un secondo padrone. E quando l'Ambasciatore era morto, la Cavaliera già avanti negli anni era incinta di tre mesi e il meticcio francese girava per Moncalieri con un tiro a quattro. Ma nel giro di pochi mesi i debiti si erano mangiati il palazzo, le carrozze e i cavalli, i cinquanta anelli ognuno con una pietra diversa e l'Antonia era nata in quel disordine generale che segue i grandi mutamenti, tra un trasloco e un pignoramento, i pianti, le porte sbattute con fracasso. Perché l'ex soldato di Napoleone era sparito con gli ultimi gioielli, compresa quell'acquamarina appartenuta alla zarina Eudocia, e a suo ricordo era rimasta soltanto la vasca di zinco dove ogni giorno aveva preso il bagno e ora la balia metteva a dormire la bambina. Grande, sonora, bordata di fregi di rame, la sua sola vista aveva dato alla Cavaliera degli atroci dolori alle tempie. Quei dolori che qualche tempo dopo l'avevano costretta sulla *dormeuse* con pezze intrise di aceto sulla fronte.

Adesso la Cavaliera vorrebbe affrettare le nozze ma a

Braida non c'è piú neanche una lira per mettere insieme la piú modesta delle cerimonie. Il denaro, come ormai avviene da sempre, è uscito prima di entrare e la Cavaliera ogni giorno manda a chiedere se è arrivata la somma promessa dal piú grande dei suoi figli, capitano nell'esercito del Re. L'unica a non avere fretta è lei, l'Antonia, innamorata perduta di Luìs. Ha paura. Ogni volta che si guarda allo specchio trema al pensiero di mostrarsi a lui cosí scura, un corpo che diventa nei luoghi piú reconditi buio come una foresta. E con la mano davanti al viso si guarda riflessa attraverso le dita, atterrita da quella immagine che le sembra esprimere qualcosa di animalesco.

Quell'estate, a luglio, morí Carlo Alberto. Le truppe tedesche si erano ormai ritirate da tempo dopo aver rimesso ordine, tasse, e una serie considerevole di divieti che il nuovo Re si era impegnato a rispettare. Anche la breve parentesi della Repubblica Romana si era conclusa e lo scandalo del pianto del Prevosto, perdonato. Asti, Torino, Casale erano state risparmiate e ogni cosa sembrava tornata come una volta. Pietro Giuseppe si era presa la varicella ma dopo molta ansia per la sua salute una mattina aveva ricominciato a giocare col gatto; e qualche giorno dopo il Beneficiato era ricomparso con la sua veste nera e le scarpe che tanto davano fastidio alla Maria quando andavano su e giú per la stanza. E la Limasa, di colpo, si era accorta che non riusciva piú a far caracollare il bambino sul collo, lungo e spigoloso come era diventato.

Un pomeriggio di agosto, sul tardi, la carretta che portava la Magna Munja svoltò di nuovo dal viale. Pietro Giuseppe smise di mangiare e la guardò scendere insieme alle sue tele ancora intatte. La Magna Munja era diventata, se possibile, ancora piú grande, piú grande il viso chiuso nel soggolo, piú corposa la carne; e quando si chinò a baciarlo Pietro Giuseppe ne sentí tutto il peso, quasi quintali e quintali che gli togliessero il respiro. Ma non chiuse piú gli occhi e la fissò immobile come le antiche popolazioni ebraiche avevano fissato i Golem per domarli. Solo alla sera, quando la Magna Munja raduna la famiglia per il rosario, viene colto dalla febbre e rimane sul letto come morto con i pugni stretti mentre la Limasa gli bagna la fronte.

L'incontro fra la Magna Munja e l'Antonia avvenne in un pomeriggio cosí caldo che le foglie pendevano giú inerti e l'erba crepitava sotto le suole. Quando la Magna Munja la vide arrivare lungo il viale, da sola e senza cappello, finse di prenderla per una zingara e si fece il segno della croce. L'Antonia si era fermata sotto i meli e Pietro Giuseppe le era corso incontro, lui amava l'Antonia, gli piaceva la sua risata fresca anche se rara, gli piacevano il suo silenzio e la sua molta calma. I suoi baci, rari anche loro, che non portavano fiati cattivi come quelli della Fantina o della Magna Munja. Quel pomeriggio la prese per mano e la condusse verso la zia che dipingeva sotto il noce. Solo allora la Magna Munja mostrò di aver capito chi era e si lasciò sfuggire di mano il pennello in segno di sorpresa. Un odio improvviso, totale, le aveva scolorito le labbra.

Eccola, era lei: si sarebbe seduta sullo sgabello davanti alla spinetta, avrebbe preso il fresco la sera in giardino nella poltroncina di vimini come fosse stata la sua da sempre, avrebbe comandato alla Limasa e alla Marlatteira. Era *quella* che Luìs nella sua sventatezza e nel suo miserabile oblio, nella sua stupida infedeltà, avrebbe imposto a tutti loro.

Lei avrebbe toccato, usato, gettato quanto ancora restava cancellando con la sua oscura presenza le labili tracce solari della Teresina dei Maturlin. Con intuito rozzo e infallibile capí cosa aveva attirato Luìs. In un attimo vide le curve, la pelle, individuò la bestia sotto la tela sbiadita del vestito. Si chinò a raccogliere il pennello in terra; e aveva già stabilito una strategia.

Una volta tornata diritta alzò lo sguardo distratto e le palpebre calarono leggermente in segno di saluto, poi tornò con il pennello sulla ţela mentre l'Antonia pronta allo slancio era rimasta con le mani tese, la bocca già pronta al bacio. Il silenzio si allargò fra la giovane donna in piedi e la monaca seduta davanti al cavalletto. Una intingeva il pennello nel colore e lo provava sulla tavolozza come se niente altro contasse al mondo, l'altra in piedi sotto l'ombra del noce cercava di dire qualcosa sui frutti dipinti sulla tela e le sue parole cadevano nel vuoto. Inerti, inudibili dalle orecchie della monaca si inabissavano nel ronzio di una vespa, fra le petunie flosce, i garofani nani.

Pietro Giuseppe fissava una lucertola immobile sulla ghiaia: zac! e la lingua lampo catturava un impercettibile insetto, Pietro Giuseppe aveva un sussulto: – *Mama*, – diceva tirando la mano dell'Antonia, – *mama...* – L'odio della Magna Munja colpí anche lui, come una fucilata. L'Antonia tremante per l'offesa sentiva il pianto chiuderle la gola ma si sarebbe inchiodata sulla ghiaia piuttosto che sottomettersi, lo sforzo per tirare fuori la voce aveva cominciato a farla sudare. – Sono *portugali*? – aveva chiesto allungando il dito verso la tela dove erano dipinti alcune arance. I suoi occhi bruciavano e la Magna Munja poteva sentirne l'intensità anche senza guardarla, ma non rispose: l'Antonia non esisteva, non c'era. – Guarda, dei *portugali*, – aveva allora detto l'Antonia rivolgendosi al bambino annichilito dallo sguardo della zia; e prima che Pietro Giuseppe potesse risponderle si era messa a chiamare a voce altissima: – Luìs, – gridava, – Luìs, *viens voir, dei portugali...* – e la voce le si rompeva dal pianto.

Si sposava, si sposava subito. Senza una lira, senza neanche un abito nuovo, neanche quello bianco. Si sposava piú povera della Maria tanti anni prima quando il Pidrèn era tornato dalla guerra. La sorella di Vigevano le mandava il suo abito da sposa, era lungo e stretto sul petto ma lei lo avrebbe fatto andar bene a costo di soffocare. Subito, Luìs, subito: le mani sottili, sudate, si intrecciano a quelle di Luìs, è come buttarsi giú a capofitto, la bocca non riesce piú a sorridere. L'offesa della Magna Munja l'ha toccata nel punto piú delicato, quello che tiene uniti i fili del suo esistere e adesso l'orgoglio è un ferro rovente. Luìs non osa ancora stringerla fra le braccia e le sue mani salgono ai capelli tirati alle tempie, sfilano qualche forcina, i capelli ricadono giú scuri e pesanti, lei resta immobile: ora Luìs fuggirà, avrà vergogna di lei. Ma le mani di Luìs sono rimaste come impigliate sulla sua testa, i suoi occhi la guardano, quello che aspetta da lei è molto di piú di quanto lei crede e teme di non poter dare, vuole la forza che sente nel suo corpo, l'ostinazione e l'intelligenza, la calma dei suoi passi e il suo raro sorriso. Tutto il resto non conta, non la Magna Munja e neanche la terra perduta sotto le ipoteche o la storia del soldato di Santo Domingo.

La parola amore non è stata fra loro mai pronunciata e neanche adesso Luìs la dice, lei serra gli occhi per non desiderarla. Né ora né mai.

Del matrimonio di Luìs e l'Antonia si parlò a lungo. Ne parlarono fino a Moncalvo, Lu, Giarole, perché un matrimonio simile non si era mai visto. Nel cortile, quando l'Antonia scese con il vestito bianco, si erano radunati gli schiavandari e alcuni paesani curiosi di sapere come sarebbe andata a finire. Ad accompagnarla all'altare era venuto il maggiore dei nipoti della Cavaliera, un lungo ragazzo biondo talmente stupito di trovarsi lí che pareva diventato di legno.

La Cavaliera non scese, neanche quel giorno abbandonò la *dormeuse* perché non possedeva piú scarpe dove infilare i piedi e benedisse la figlia nella sala con la piccola mano resa dagli anni debole come una foglia. Le tenne stretta la testa contro il grembo e l'Antonia tuffò il viso nella seta del vestito che conservava intatti gli odori conosciuti fin dall'infanzia. Lei adorava nella madre afflosciata sulla *dormeuse* il suo sentore acre di grande cetaceo abbandonato dalla deriva sull'ultima spiaggia e rimase muta, la bocca premuta contro la stoffa. Non era mai successo che la Cavaliera la tenesse stretta tanto a lungo e il cuore, compresso nel vestito bianco, cominciò a battere colpi scomposti.

Della sua famiglia, ad eccezione del giovane nipote che ora in un angolo della cappella suonava il violino, non era venuto nessuno mentre la famiglia di Luìs, al completo, si ammassava nei due banchi malfermi a sinistra dell'altare.

Compatti, vestiti a festa con una grande abbondanza di taffetas e nastri che se avevano fatto la loro figura al matrimonio a Ivrea ora denunciavano il tempo e la stagione diversa, sudavano; e i piccioni che avevano fatto il nido nella nicchia sopra l'altare entravano e uscivano dalle finestre senza vetri. Nei banchi vuoti, inutilmente preparati per i familiari della Cavaliera, a poco a poco, timidamente, si erano infilati gli schiavandari e guardavano estatici il giovane efebo biondo far vibrare l'archetto, le guance di porpora per il disagio. Il Prevosto faticava a trovare gli strumenti per dire Messa e i chierichetti presi dall'aria della giornata rincorrevano le oche che si affacciavano dal cortile sulla soglia. Pietro Giuseppe li seguiva con lo sguardo fremendo dal desiderio di unirsi a loro ma la Limasa lo teneva saldamente per mano, pronta a commuoversi se solo se ne fosse presentata l'occasione.

Ma l'occasione non venne. Il discorso del Prevosto fu breve, secco, poche frasi che esortavano alla fedeltà e al timor di Dio che tutto vede, anche *ina na furmíja nera andrenta ina nöcc nera ansümma ina preia nera*... E ai presenti a cui quella sposa compressa nell'abito bianco sembrava ancora piú scura, l'allusione alla *Furmíja nera* diede un certo disagio. Gli occhi del Prevosto si erano fermati su Luìs: quello che gli leggeva in viso gli sembrava di natura poco rassicurante. E poi si trattava di una seconda moglie. Tutto regolare: ma se mai fosse entrato in Paradiso, accanto a chi avrebbe preso posto Luìs?

L'unica trionfatrice della giornata, maestosa nel suo abito immacolato, era la Magna Munja che sopportava senza un battito di ciglio il caldo, le oche, gli schiamazzi dei chierichetti. Quella cerimonia era la giusta punizione di Dio e un sorriso sprezzante la isolava dal resto della famiglia mettendola al riparo da quella vergognosa commedia. Eppure il suo cuore si faceva piccolo e amaro, una tristezza irrefrenabile trasudava da quella cappella, dagli affreschi resi irriconoscibili dall'umido, dall'altare roso dal mal della pietra. Il pensiero della morte dominava quella stratificazione degli eventi che rende irriconoscibile quanto è stato vivo e splen-

dente. Perfino Pietro Giuseppe le sembrava di vederlo con
occhi diversi: transitorio, fugace. E mentre lo guardava di-
vincolarsi impaziente alla mano della Limasa non poteva
cancellare il pensiero che di lí a poco quel bambino non ci
sarebbe stato piú. Vedeva il ragazzo, e poi l'uomo. Era effimero Pietro Giuseppe come effimera era stata la giovane
monaca che aveva passeggiato al tramonto parlando di Dio
e di Mozart, effimero Luìs che aveva stretto per la vita la
moglie incinta mentre il bambino ancora non nato le si agitava in grembo. Accanto a lei la madre piangeva sommessa-
mente. Di commozione, di vergogna? O che altro? Era quasi un pigolio e se la Magna Munja fosse stata una buona monaca, incline alla pietà cristiana, avrebbe dovuto prendere
fra le sue la mano che si appoggiava al banco, stanca e defor-
mata dall'artrite. Ma la Magna Munja non poteva perdona-
re; e poi quel violinista vibrava l'archetto sulle ultime note
di una musica che assomigliava atrocemente a quella che
aveva ascoltato nelle sere estive ormai lontane.

Non ci fu viaggio di nozze per Luìs e l'Antonia, c'era da
mietere il granturco e batterlo, la vendemmia in arrivo. Andarono via solo tre giorni durante i quali nessuno seppe mai
dove Luìs avesse portato la nuova moglie e la Maria si mise
a letto ammalata per non parlare con nessuno del matrimonio a Braida e la Magna Munja prolungò il rosario della sera
con la recitazione di tutti e tre i misteri.

Quando Luìs e l'Antonia furono di ritorno sembrò un
giorno come tutti gli altri, caldo e infestato dalle mosche.
Ogni cosa seguí il suo corso normale e l'Antonia prese posto
a tavola accanto alla Maria come se avesse sempre seduto là,
davanti alla finestra con le persiane accostate tra cui si intra-
vedevano i meli. Nessuno si rese conto che quel giorno qualcosa profondamente mutava cosí come per tanti anni nessuno si era mai accorto che la casa andava avanti per forza
propria simile a una barca spinta dalla corrente. La Maria da
tempo non si occupava piú di nulla e la Fantina, se non parlava con le ombre, restava in silenzio; e quando beveva i

suoi discorsi come i suoi desideri andavano molto oltre le mura di casa.

L'autorità dell'Antonia arrivò inaspettata. Indiscussa, tanto piú era discreta. Il suo tono pacato non conosceva incertezze, non vacillava mai neanche nei momenti piú difficili. Parlava un dialetto intercalato da frasi di un francese aulico, limpido. *Furmíja nera andrenta ina nöcc nera*, oltre Dio, anche Luìs l'aveva vista.

Aveva scelto per loro la grande stanza sul noce e lei per la prima volta si trovava fra pareti tinte di fresco, in un letto tanto grande e comodo da poter affondare con le braccia larghe; e mai nei suoi sogni di bei Lancieri del Re c'erano stati momenti cosí intensi. Luìs le metteva la mano sulla bocca a soffocare le sue grida perché al minimo scricchiolio del letto la Magna Munja intonava a voce alta le giaculatorie affinché l'Arcangelo Michele mettesse in fuga il diavolo che si annidava nella casa.

Capitolo sesto
Il dragone Junot

L'Antonia e Luìs ebbero cinque figli, e se non fosse stato per Luìs, lei ne avrebbe voluto qualcuno di piú. La gravidanza non turbava i suoi ritmi, la sua fame, la sua alacrità. Il corpo sottile e forte si raccoglieva compatto intorno al grembo e lei portava quel peso come da ragazza aveva portato su i secchi d'acqua alla madre e fino all'ultimo giorno saliva e scendeva infaticabile le scale, metteva ordine, aiutava Luìs nei conti. I bambini nascevano tutti con i capelli in testa, chi bruno e chi castano chi ancora di quel biondo fragile che era stato dei signori di Braida. Qualcuno aveva la pelle chiara e qualcuno scura con occhi dolci come castagne. Nessuno andò mai a balia: come una selvaggia, diceva la Magna Munja, lei se li attaccava al seno e non li staccava piú fino a quando non facevano le scale da soli. Tutti ugualmente vociferanti fin dal primo istante di vita; e quando alle stalle sentivano il primo strillo del bambino appena venuto al mondo, sapevano che la Madama aveva partorito di nuovo.

Perché in poco tempo la ragazza scura e spesso scalza, che d'estate portava i capelli raccolti sotto un fazzoletto come una contadina, era diventata la *Madama*. Un titolo che non era mai stato dato alla Maria ma a lei era stato conferito in poco tempo come una investitura. Erano la voce, il gesto, i passi. Lo sguardo che all'intelligenza univa una gentilezza remota, legata ai fasti della sua famiglia. I signori di Braida erano stati Crociati, Governatori di Milano con gli spagnoli, qualcuno aveva frequentato la corte di Gonzaga altri quella dei Valois. Nel come l'Antonia consegnava un uovo alla Marlatteira o passava il pettine nei capelli arruffati di Pietro Giuseppe, qualcosa differenziava il suo gesto da quello degli altri. Anche la sua pazienza aveva uno stampo antico, fatto di attesa e di sicurezza quale doveva essere stato quello dei sovrani di un tempo. E quando dava un ordine veniva ubbidita con slancio quasi lei ne avesse piú diritto degli altri e la sua voce decretata a comandare da un supremo potere. Ma soprattutto la Madama non chiedeva mai l'inutile o lo sciocco.

Quei bambini che le crescevano intorno, fisicamente cosí diversi uno dall'altro come gattini bianchi, neri, tigrati, avevano tutti in comune il suo garbo. La miseria, i patimenti della sua vita di ragazza, avevano tolto al carisma della nascita ogni arroganza lasciando intatto solo quel filo lucente che sembrava percorrerla come oro.

Avrebbe dovuto essere felice, forse in alcuni momenti lo fu. Ma in altri, quando la stanchezza le creava un vuoto improvviso, usava fare un gesto meccanico che la tradiva. Con l'unghia dell'indice scalfiva qualsiasi oggetto le fosse a portata di mano, anche il piú delicato. Irresistibile ne grattava via la vernice, arrivava al legno, al gesso, fino a sanguinare. Se veniva sorpresa immediatamente si animava per far dimenticare la sua colpa. Ma lo sforzo le costava una fatica terribile, le labbra le diventavano bianche, gli occhi sembravano risucchiati nel grigio pallore del viso. Spesso si incantava a guardare dalla piccola finestra in fondo al corridoio il campanile con la cupola a cipolla rivestita di rame. A cosa pensasse nessuno riusciva a immaginarlo tanto quell'atteggiamento contrastava con il suo abituale, pratico, calmo. Lontano dai sogni. Sembrava che aspettasse il battere delle ore che solo avrebbe potuto strapparla dal cerchio chiuso della sua pena mentre l'unghia grattava via il mastice secco che teneva fermo il vetro e il davanzale si macchiava di goccioline di sangue.

Eppure Luìs era un bravo marito, e se a volte per strada, sfuggendo a ogni controllo, il suo sguardo seguiva ancora una bella ragazza, ai balli non andava piú e la moglie non voleva tradirla.

Una volta, una volta sola successe. Fu durante la guerra di Crimea quando arrivò la cugina Monette e il suo bambino Tomà bisognoso dell'aria mite di collina. Lei era la moglie di un lontano nipote della Maria, un Tenente di Vascello che doveva imbarcarsi per Sebastopoli e intendeva affidare la sua piccola, preziosa famiglia ai parenti piú prossimi essendo la moglie straniera, di un paese lontano chiamato Nuova Caledonia. Il cugino partí quasi subito e la moglie e il bambino si stabilirono in casa.

La cugina Monette aveva i capelli fini e biondi, sciolti fino alla vita, e i suoi vestiti di mussola richiedevano una grande cura nello stiro. Ideali per l'estate lasciavano libero il collo e le sue tonde braccia dorate. Lei arrivò in casa come un vento di natura sconosciuta, forse di banani e di alberi di cocco, di palme alte nel cielo o forse invece di vulcani di lava nera, incandescenti nella notte: nessuno conosceva la Nuova Caledonia e perfino Luìs faticava a situarla sulla carta del mondo.

Parlava un italiano stentato che l'obbligava spesso a ricorrere al francese e il suo bambino Tomà cavalcava le capre, saliva sul noce arrampicandosi lungo i rami fino alla cima e la notte girava per la casa in camiciola sbucando dai luoghi piú impensati, malato di un male misterioso che gli rendeva impossibile il sonno. Possedeva, Tomà, una voce modulata, acuta, assordante, che ripeteva tutti i versi degli animali e le grida che comandavano alle bestie; ma quando si arrabbiava parlava una lingua sconosciuta, a scatti. Poi pentito si inginocchiava ai piedi della madre e le baciava l'orlo della gonna.

Pietro Giuseppe e i suoi fratelli abituati al calmo ordine della casa, lo guardavano esterrefatti, accecati dalla meraviglia. Tomà era un bambino bellissimo ma il suo corpo sottile e in apparenza privo di giunture faceva paura per quanto sembrava ogni momento sul punto di piegarsi e appassire. Spinto nel gioco anche da uno dei piú piccoli precipitava a terra, metri lontano, senza farsi nulla tanto era leggero. Cosí leggero che il giorno che cadde dal noce mentre tutti si aspettavano sangue e urla, Tomà si rialzò di colpo: – *Pardon*, – disse, per il ramo che aveva spezzato.

La cugina Monette ricamava il tulle usando come filo i suoi lunghi capelli e sedeva alla spinetta muta da tanto tempo. Suonava antiche canzoni francesi che i colonizzatori avevano importato dalla patria lontana, e forse in Francia non si cantavano piú. Ogni tanto, al canto, mescolava suoni diversi, lamentosi, ossessivi, che toglievano ogni piacere all'ascolto. Solo Tomà se ne rallegrava e batteva le mani felice unendo qualche volta la sua voce a quella della madre.

Ma la grande passione della cugina Monette erano i tarocchi. Ne portava sempre con sé un vecchio mazzo che diceva appartenuto alla sua bisavola, una pasticcera condannata a morte per aver attentato con dei bigné avvelenati alla vita del Gran Condè. Quei tarocchi li mescolava facendo frullare le carte unte e scolorite fra le mani paffute, cosí corte che sulla spinetta per arrivare dal do al sol dovevano saltare. Faceva le carte alla Maria, ma anche alla Limasa e alla Marlatteira. Alla Limasa predisse un marito zoppo e ricco, con due denti d'oro. Alla Marlatteira un figlio generale. A Luìs un *fuocco*.

– Che fuoco? – Luìs ride nell'ombra del noce, il profumo della cugina Monette è un miscuglio che si adatta cosí bene al biondo fino dei capelli, alla sua pelle dorata. Forse questo è l'odore dei cocchi e dei manghi, dei fiori che si aprono nella foresta tropicale.

– *Peut-être ici*, – dice mettendosi una mano sul cuore, il seno rotondo raccolto nel palmo sotto la mussola chiara. L'Antonia passa nel suo andirivieni tra i bambini e la casa, sorride alla nuova cugina che ha il marito su un brigantino con le vele spiegate verso il Mar Nero. Lei sa poco di guerra, di Crimea e di Turchi, ma conosce bene il francese e afferra al volo quella corrente di profumi e di sguardi sotto l'ombra del noce.

Non sarà gelosa l'Antonia, o se lo sarà non lo darà a vedere; e quando l'evidenza sarà anche troppo palese guarderà oltre. Anche il giorno della vendemmia quando saliranno tutti insieme alla cascina della Gru e la cugina della Nuova Caledonia sembrerà svanita nel nulla, sparito anche Luìs con il suo cappelletto di paglia e il bastone del Gran Masten, lei da sola con Gavriel a badare a tutti quei bambini che saltano tra i filari, fanno danno, cadono, piangono.

Quando finirà questa benedetta guerra? Navi che fanno naufragio, russi, francesi, colera. Quando, Gavriel? Gavriel le sorride, presto, dice, presto, e le stringe a conforto la mano improvvisamente sfiduciata, ruvida di tanti bambini. Un piccolo cade, l'Antonia si alza a soccorrerlo, lo prende in braccio, gli pulisce la bocca imbrattata di terra, il sole tramonta grigiastro nei vapori rosati della giornata, i filari spogli hanno qualche foglia già rossa, i buoi si avviano lungo la strada traballando, l'uva colma i carri. È cosí bella la terra in questa stagione con i verdi chiari delle canne lungo i fossi, i peschi e i ciliegi disseminati ai margini dei filari, il granturco già paglia e l'erba medica che luccica nella giornata che se ne va. Laggiú, tra le canne, qualcosa si muove; può essere una lepre, un gatto selvatico. *Peut-être ici*, ha detto la cugina Monette indicando il cuore. Ma è tardi, bisogna pensare a tornare, a mettere a letto i bambini, la Limasa è peggio di loro e gioca a nascondersi senza darsi pensiero del buio, la Marlatteira è già pronta che aspetta con una cesta carica di uva sulla testa. Tomà ha le labbra che non hanno piú sangue, salta come un fantasma tra un solco e un altro.

La sera è venuto lo Zanzìa che ha perso tutti i denti in gioventú e suona uno strumento di sua invenzione: violino, organetto e grancassa. La musica che ne nasce mette una voglia irrefrenabile di scatenarsi e i bambini scappano fuori dai letti, Pietro Giuseppe è già in mezzo al cortile a ballare, e gira, gira con i capelli che grondano sudore, i piedi scalzi neri di polvere, nessuno riesce a fermarlo e i fratelli intorno battono le mani, cercano di afferrarlo per la camicia. Balla il figlio del Gerumin con una gamba cionca, balla la Marlatteira e le donne venute per la vendemmia. La Limasa ha preso Pietro Giuseppe per la vita e mentre balla, scalza anche lei, sembra una strega scappata fuori dal tronco del noce. L'uva fermenta sotto l'ultima luna di settembre, mai vista una sera cosí, il caldo e la polvere annebbiano l'aria, lo Zanzìa ride con tutte le gengive vuote e suona sempre piú frenetico dimenando la testa impazzita dal suo stesso suono. La Fantina e la Maria siedono immobili sulle sedie simili a due Totem nei vapori della notte, per quello che hanno da comunicarsi basta qualche monosillabo e anche ora stanno in silenzio come se sedessero a teatro mentre i bambini scappano da ogni parte inseguiti dalla Marlatteira con la scopa in mano.

Gavriel è partito a cavallo e tornerà con il sole già alto, quando Luìs si sarà rassegnato a fare a meno di lui. L'Antonia è andata a Braida dove la Cavaliera l'ha mandata a chiamare perché si sente morire. Non ha neanche visto l'inizio della festa, non lo Zanzìa e lo strumento di sua invenzione, e ora in ginocchio ai piedi della *dormeuse* appoggia la testa nel grembo dove sono racchiusi tutti gli odori di un universo che va fuggendo. Appoggia la guancia a quello che fu un famoso mantello di martora nelle slitte silenziose sulla neve, tra le fiaccole dei valletti, nei foyer dei teatri, e scruta il viso della madre largo e bianco nella penombra: una torta sfatta che ha perso ogni ricordo degli squisiti ingredienti di un tempo. Un viso amato che lei vorrebbe ricomporre e restituire alla dignità perduta. Piange l'Antonia la sua impotenza, e le dita della Cavaliera infilate fra i suoi capelli scivolano giú. Una carezza, una ancora. L'ultima.

E Luìs, e la cugina Monette? Le candele sono accese ai lati della spinetta ma la sala è vuota, l'aria di fine settembre spazia calda, lunare, le zanzare si aggrappano filiformi alle tende. Pochi hanno sentito l'antica canzone francese interrotta a metà, soffocata dalla musica dello Zanzìa, dal chiasso del ballo. La Limasa si affaccia dalla finestra sul giardino, Pietro Giuseppe la tira per un braccio, vuole ballare ancora. Lei lo strattona via, lasciami, dice, lasciami, e guarda curiosa, incerta se entrare o meno a soffiare sulle candele. E

mentre guarda le sembra di udire un grido soffocato, un ge-
mito provenire dall'ombra, subito le tornano in mente le
storie sul Giai che dopo morto veniva a suonare il violino e
afferrato Pietro Giuseppe scappa via, inciampa, cade lunga
sul prato. Vergine santissima, che paura! Paura di lupi man-
nari che girano nelle notti di luna, dei morti che non hanno
mai pace. Abbraccia stretto Pietro Giuseppe e lo sente caldo, sudato. Insieme guardano sdraiati la luna con le sue figure che sembrano disegnate nel ghiaccio. Lo Zanzìa mi
vuole sposare, lei dice, se lo sposo mi compra un vestito e un
paio di scarpe come quelle della cugina Monette. A te piace?, chiede Pietro Giuseppe stringendola ancora piú forte.
No, lei risponde, io voglio un bel ragazzo. Allora aspetta
me, quando sono grande ti sposo io. La Limasa ride, lui
l'abbraccia piú sotto dove immagina che un uomo abbracci
una donna, lei lo spinge via facendolo rotolare sull'erba poi
si alza e immobile, con le dita incrociate, fissa la luna. Chissà cosa chiede, cosa promette mentre le labbra farfugliano
parole incomprensibili.

Pietro Giuseppe rimase sul prato e si addormentò con un
braccio sotto la testa. Non si sa chi, passando, gli lasciò cadere un fazzoletto sul viso perché dormire sotto la luna porta mali incurabili e epilessia. A lui sembrò che fosse la cugina Monette con la veste leggera che sfiorava l'erba e cercò
di chiamarla ma lei camminava come in sogno e mordeva
una mela, altre le reggeva con un braccio contro il petto e
non si voltò. – Cugina Monette! – gridò piú forte toglien-
do via il fazzoletto. Le mele rotolarono in terra e lei si chinò
a raccoglierle mentre il vestito lasciava intravedere il suo
corpo nudo.

Allora Pietro Giuseppe si ricordò di quello che il padre
aveva detto sugli abitanti della Nuova Caledonia, che giravano senza vesti e si dipingevano il corpo. Ancora aveva
raccontato che per cacciare usavano, quegli uomini e quelle
donne, un legno ricurvo che una volta lanciato sul bersaglio
tornava indietro. Uno di questi legni il bambino Tomà lo te-

neva in camera, inciso di strani segni. – Cugina Monette! – chiamò di nuovo, ma già lei se ne andava con le mele raccolte nella gonna. – Cugina, cugina... – ma a un tratto gli sembrò di sentire l'odore del cimitero di quando andava con la Magna Munja e il cuore gli diede un balzo. Per l'eccitazione, ma ancora piú per il desiderio che accanto a lui, quella notte, a mettergli il fazzoletto sul viso, fosse passata la sua mamma. La Teresina dei Maturlin.

La Maria e la Fantina rimasero alzate fino all'ultimo con le mani incrociate in grembo e un ombrello nero sulla testa a proteggerle dall'umido della notte. Non si mossero neanche quando la Magna Munja spalancò la finestra e si mise a strillare che la finissero con tutto quel chiasso e quei peccati: Dio li aveva riconosciuti uno per uno e li avrebbe puniti tutti, Gavriel e Luìs, la cugina Monette, la Limasa e lo Zanzìa, gli schiavandari che rubavano il vino. Gridava cosí forte che anche allo Zanzìa vennero i sudori freddi e gli ci volle un grande coraggio per continuare a suonare. I bambini già a letto nascosero la testa sotto le coperte tappandosi le orecchie per non sentire. Solo la Maria e la Fantina non si mossero da sotto l'ombrello: di una festa come quella non volevano perdere nulla, Dio solo sapeva se ne avrebbero vista un'altra.

Luìs e la cugina Monette furono gli unici a non udire le grida della Magna Munja. Le candele ai lati della spinetta erano bruciate fino in fondo e l'ultima cera era gocciolata sul candeliere. Quando tutti andarono a dormire senza piú cervello per il vino e la musica, Luìs passò a chiudere le finestre e i suoi passi si staccarono sonori nel silenzio devastato della casa. Era ormai l'alba e non valeva piú la pena di andare a letto; si affacciò al giardino e nella prima luce incolore che disegnava i meli vide Pietro Giuseppe raggomitolato sul prato con il fazzoletto sul viso. Provò a scrollarlo ma lui dormiva cosí profondamente che si limitò a girarsi dall'altra parte, rabbrividendo. Allora Luìs lo prese in braccio anche se era già lungo e pesante, non lo aveva mai fatto e mentre faticava a salire le scale provava tenerezza e dolore insieme.

Gli sembrava Pietro Giuseppe piú figlio degli altri, piú suo, ma nello stesso tempo sentiva di amarlo di meno.

La cugina Monette partí con le prime nebbie, dalla Crimea arrivavano notizie sempre piú incerte e a Tomà erano tornate le febbri intermittenti. Il colera che aveva girato intorno per un anno era arrivato in paese con un forestiero venuto a comprare del bestiame. Tutti erano stati presi da una grande paura e le porte venivano richiuse in fretta, i polli che scappavano sulla strada erano richiamati dentro a gran voce. Alla cugina Monette era venuta la malinconia e quando arrivò la Rosetta del Fracin in visita di condoglianza per la morte della Cavaliera e propose di portarla con sé, accettò con gioia. Da casa del Camurà, disse la Rosetta, avrebbe poi potuto proseguire per Genova dove Tomà avrebbe avuto aria di mare e lei notizie fresche dalla Crimea.

Da ragazza, quando il padre andava a Braida per qualche lavoro, la Rosetta del Fracin aveva giocato con l'Antonia bambina. Si erano divertite a nascondersi nel labirinto dei corridoi, fra le alte scansie dei libri, e spesso l'Antonia le era montata in groppa felice di scarrozzare aggrappata ai rossi capelli dell'unica figlia femmina del Fracin. Ora la bella moglie del Camurà siede nella sala e vestita di pizzi e taffetas fa la conoscenza uno per uno dei figli di Luìs; e piú di tutti le piace la Sofia che ha gli occhi scuri della madre e la pelle chiara di Luìs. La prende sulle ginocchia e le canta la canzone del *Pursè Soppin*.

Gavriel in piedi con le braccia incrociate la guarda e l'amore è cosí palese nei suoi occhi che a lei tremano le parole sulle labbra, e quando è sulla porta a salutare scoppia a piangere. Tutti pensano che sia per la Cavaliera che quando andava al castello ragazza le regalava dei nastri di seta. Ma Gavriel sa qual è la vera ragione e da felice che era per quella visita diventa aspro con la cognata per quello che lei e Luìs hanno e loro non avranno mai. È stato a quel punto che la Rosetta del Fracin si è fatta coraggio, si è asciugata le lacrime e guardando l'Antonia nel profondo degli occhi si è offerta di portare via con sé la cugina Monette.

La cugina Monette arrivò a Genova a dicembre e là venne a sapere che il marito era stato ferito da un colpo di cannone sparato da una goletta turca: ma i tarocchi le dicevano che era già morto. Lo scrisse in una lettera indirizzata a tutta la famiglia, la lettera era in bella calligrafia ma composta di tante lingue diverse che era difficile decifrarla. Ringraziava tutti e rimpiangeva; scrisse *regrette* e solo l'Antonia comprese quello che voleva dire. Gli altri pensarono alla vendemmia, alla festa e alle belle giornate in cui la cugina Monette all'ombra del noce aveva ricamato il tulle con i suoi lunghi capelli.

Luìs lesse la lettera a voce alta piú volte, soffermandosi su ogni parola, i bambini giocavano con il gatto seduti in terra e la Sofia cullava la bambola che le aveva mandato la Rosetta del Fracin, cucita dalle sue mani. Pietro Giuseppe studiava nella stanza sul cortile con il Beneficiato e si sentiva la voce stentorea del prete che andava su e giú con le mani incrociate dietro la schiena. L'Antonia in lutto rammendava un paio di braghette. Dalle finestre si vedeva solo la nebbia e i vetri si rigavano d'acqua: la vendemmia, la festa e la grancassa dello Zanzìa si perdevano in lontananza, li chiudevano quell'ultima immagine delle due donne che partivano, una bionda e una rossa. Cosí diverse eppure in qualche modo anche simili con le larghe gonne e le mantelle che sfioravano i mattoni del viottolo. Fra loro, leggero come una farfalla, il bambino Tomà.

Il marito della cugina Monette era morto a settembre in un ospedale di Balaklava. Aveva sofferto la sete e il caldo, era stato tormentato dalle mosche e le pulci gli si erano infilate sotto le bende, lui aveva sempre pensato alla moglie che era andato a prendersi in quel paese in capo al mondo. Con lei era stato felice pochi anni, troppo pochi. Dettò alcune lettere al suo vicino di letto e chiamava la moglie con i nomi piú teneri, le diceva che la sognava ogni notte e appena fosse tornato avrebbero preso una casa in collina e lí avrebbero vissuto con il bambino Tomà, senza lasciarsi piú. L'ultima lettera la dettò con la febbre alta. Farneticava, e il suo vicino di letto faceva fatica a trascrivere. Forse dimenticò qualche parola, altre ne confuse insieme.

Al paese la cugina Monette non la rividero piú. Lei si risposò con un portoghese che commerciava in diamanti e fece il giro del mondo su un brigantino a ruota. Morí di vaiolo a Atene e al figlio Tomà, rimasto a Genova, tornò via mare il suo baule con i vestiti di mussola chiara e il mazzo dei tarocchi. E attraverso una persona segreta di grande fiducia un sacchetto di zaffiri blu di Ceylon che dovevano servire per il suo mantenimento agli studi.

Il grande avvenimento degli anni che seguirono fu la guerra del '59, quando Vittorio Emanuele II stabilí il suo quartier generale prima a San Salvatore e poi, per alcuni giorni, a Occimiano, che distava neanche quattro chilometri.

La guerra cominciò in primavera; la neve se ne era andata da poco e al mattino la nebbia confondeva ancora gli alberi, la Limasa doveva passare ad accendere le stufe perché i bambini alzandosi non prendessero freddo.

Non aveva sposato nessuno la Limasa, non un bel ragazzo e neanche un marito ricco e zoppo con due denti d'oro. I suoi amori cominciavano nel cortile davanti alle stalle e finivano nei pagliai con il ragazzo che portava a vendere le carpe e i lucci pescati a Pomaro o con il Catagrata che passava con il suo carretto di formaggi. Alle prediche della Fantina sulla virtú della purezza lei opponeva una resistenza ostile, lo sguardo si oscurava e il naso, nel viso largo e appiattito dal silenzio, si levava ancora piú puntuto. La verginità della Fantina non la interessava, e in quanto alla prudenza la sapeva piú lunga di tutte loro. La Ciapa Rusa le aveva insegnato ogni cosa quando ancora bambina, per una scodella di miglio, le andava a lavare i panni che lei sporcava con gli uomini.

Ma quell'anno le andò male. Tutto cominciò con il primo Dragone francese che apparve sul suo cavallo in cima allo stradone. L'elmo luccicava di pioggia e lui si guardava attorno roteando il pennacchio; alla fine decise di scendere caracollando lentamente fra le pozzanghere. Altri lo seguivano e i bambini corsero fuori a vederli e dietro ai bambini le donne, i ragazzi, i cani che abbaiavano senza turbare un attimo il passo solenne e cadenzato degli stalloni. La Limasa arrivò quando già stavano sfilando per la piazza, reggeva in braccio il Duardin e con l'altra mano teneva la Sofia mentre Pietro Giuseppe la seguiva con un cappelletto floscio di pioggia e le mani in tasca.

I Dragoni risalirono la strada dalla parte della Costa sparendo a due a due con il deretano dei cavalli liscio e pasciuto, i fianchi possenti. L'ultimo Dragone fermò il cavallo e scese davanti alla bottega del fornaio. La bottega era piccola e sembrava che non riuscisse a contenerlo, dalla porta rimasta aperta la Limasa vedeva scintillare gli alamari. Per un Dragone cosí avrebbe dato tutto, il Duardin, Pietro Giuseppe e gli anni futuri.

Aveva ventotto anni la Limasa e un'anima di bambina anche se era passata per piú mani, sempre e solo per amore. Adesso le sembrava di essere pronta per dare via il cuore e quando uscendo dalla bottega con un cartoccio di biscotti, il Dragone le chiese dove poteva trovare *le phlebothome*, si sentí svenire. Il Duardin le scivolò giú dalle braccia: – Chi? – chiese con un filo di voce, abbacinata dal fulgore della divisa. Fu Pietro Giuseppe a spiegarle che il flebotomo era il Bigiot che tirava via il sangue. Con lo sguardo fisso alle briciole che andavano spargendosi sui baffi del Dragone, la Limasa faceva fatica a capire. – *Phlebothome*, – ripeté paziente il Dragone, si sfilò l'elmetto e una testa fulva di leone rifulse sopra gli alamari.

Un lampo traversò la mente della Limasa, affidò i bambi-

ni a Pietro Giuseppe e additando se stessa fece segno al
Dragone di seguirla. Pallida, tremante, traversò la piazza al
suo fianco. Inciampava nei sassi e ogni volta che stava per
cadere il Dragone la reggeva con la sua mano nodosa coperta di peli rossicci. Il cavallo seguiva dietro senza bisogno di
essere condotto per le briglie e lei ne sentiva gli schizzi sulla
veste.

Sfilarono per tutto il paese e la Limasa camminava guardando dritto davanti a sé mentre i piedi affondavano nelle
pozzanghere e ogni volta che stava per scivolare le sembrava
che quella mano pronta a sorreggerla la contenesse tutta,
anima e corpo. Il Bigiot non era in casa e si misero seduti
fuori su una panca ad aspettarlo finché venne buio, il Dragone le raccontava del suo paese e della sua vita, lei non conosceva il francese ma lo stesso capiva ogni cosa e rideva o
lacrimava a seconda che il racconto era allegro o triste.
Quando piangeva il Dragone le asciugava le lacrime con le
sue grosse dita. Di piú non fece, era un Dragone che non
amava le donne e veniva da un paese dell'Alvernia che si
chiamava Le Puy, un paese con sette rocce e sette castelli,
uno in cima a ogni roccia.

Quando arrivò il Bigiot aveva smesso di piovere, il Dragone se lo caricò sul cavallo e sparirono nel buio. La Limasa
tornò a casa senza nessuna paura a camminare da sola nella
notte e appena arrivata si fece scrivere da Pietro Giuseppe
il nome del Dragone e del suo paese. Cucí in fretta un sac-
chettino e ci mise dentro la strisciolina di carta dove con
l'inchiostro di china c'era scritto: Junot Julien, Le Puy. Lo
appese al collo e fece voto di non toglierselo piú.

Il Dragone Junot passò altre tre volte per il paese e ogni
volta la Limasa era sul ciglio della strada dritta e composta
che agitava la mano. La pioggia scivolava sull'elmetto del
Dragone, gocciolava dalle spalline e inzuppava il panno della divisa, la sella di montone nero, il cavallo nitriva trattenu-
to per le briglie e lui le passava cosí vicino che la Limasa
avrebbe potuto toccare il suo bello stivale lucido.

Quando il reggimento venne trasferito, la Limasa si uní alle donne e ai bambini che ogni giorno salivano a San Salvatore nella speranza di vedere il Re. Erano quasi sette chilometri, la maggior parte in salita attraverso i campi, e la Limasa per non scivolare si toglieva gli zoccoli. I piedi si ferivano, i talloni si spaccavano e sanguinavano ma niente la fermava e la felicità di quel mese di maggio le sembrava diversa da ogni altra provata mai. Una felicità che si accompagnava cosí bene a quella pioggia leggera che si fermava in goccioline sui capelli, entrava fresca fra le labbra. Per lei il Padreterno la mandava ogni giorno: rugiadosa, sottile, verde di prati.

Un maggio che se ne va tutto in acqua, il grano che spunta subito si affloscia sul terreno acquitrinoso e le donne che salgono a vedere il Re alla Cascina dei Pona si coprono la testa coi sacchi e al ritorno le vesti sono cosí bagnate che si attaccano alle gambe. Pietro Giuseppe segue la Limasa in ogni sua uscita e le cammina dietro fino in cima a San Salvatore e al ritorno è tutto contento perché lei non ha visto il Dragone Junot. Si lascia scivolare in discesa, canta con la bella voce che era della madre, le donne si fermavano a sentirlo, lui diventa rosso dalla vergogna ma nel crepuscolo nessuno se ne accorge. Solo lei, la Limasa, rimane indifferente, neanche lo sente; non ha visto il Dragone Junot ma è felice lo stesso perché certamente domani lo vedrà. E se non domani, dopodomani sicuro sí.

Ma il giorno che arriva la notizia che i francesi sono a Valenza per fermare gli austriaci, alla Limasa non basta arrivare fino a San Salvatore. Vuole salire sulla carretta dello Zanzìa che porta a vendere il vino ai soldati. C'è un cupo rimbombo sotto le nuvole basse, non si capisce se sono i tuoni o il cannone che spara lontano, la Limasa si raccoglie le gonne e si issa aggrappata alle sponde fino a trovarsi sulla carrette in mezzo alle botti scure del vino. Dietro di lei Pietro Giuseppe sale con un balzo e si mettono al riparo sotto il tendone steso a proteggere il carico. La carretta parte con un sobbalzo, la pioggia ha ripreso a cadere piú forte, picchia sul tendone e lo Zanzìa impreca perché vorrebbe essere al posto di Pietro Giuseppe, al caldo vicino alla Limasa. Vanno e vanno, molto piú lontano della cascina dei Poma, cosa hai promesso allo Zanzìa per farti portare, le chiede Pietro Giuseppe, niente, niente, risponde la Limasa tirandosi piú sotto al tendone, lo giuro. La carretta traballa e rallenta, la strada sembra sapone e i colpi ora non sono di sicuro piú tuoni, è il cannone. La Limasa si abbraccia le gambe in silenzio, gli occhi pieni di luce e di attesa.

È venuto buio e della Limasa e di Pietro Giuseppe non si hanno notizie. Luìs ha mandato a vedere sullo stradone di San Salvatore ma gli ultimi che sono tornati hanno detto che su non è rimasto nessuno, i soldati hanno cacciato via tutti perché servono le strade sgombre per le truppe. Gli austriaci hanno passato il Po e i soldati arrivano da ogni parte per fermarli. I bambini piangono in cucina dove i panni sono stesi a asciugare vicino al fuoco, la Marlatteira li consola stringendoli al petto, loro smettono un minuto e poi subito ricominciano.

La carretta dello Zanzìa è ferma nel fango, lui non sa piú se andare avanti o tentare di tornare indietro, la pioggia cade cosí fitta che toglie la vista. Passano gli Esploratori a Cavallo e dicono che gli austriaci avanzano, hanno attraversato il Po a Frassineto. E improvvisamente si mettono a urlare contro i civili che ostacolano le operazioni, cosa ci fanno quella donna e quel ragazzo, via, via, a casa, gli zoccoli dei cavalli schizzano il fango, la Limasa piange, ha paura, Pietro Giuseppe stringe rabbioso i denti, lui no, dice, non ha paura, e adesso che sono arrivati fino lí vuole andare avanti, vedere i francesi, i cannoni, gli austriaci. Ha quasi quindici anni, è alto, robusto, i capelli gli sfuggono dal berretto; e lo Zanzìa lo guarda incerto se dargli retta, la Limasa non osa dire piú nulla.

Gavriel ha fatto sellare il cavallo, la Maria si è svegliata dal torpore che la coglie verso l'imbrunire e lo implora di aspettare, sono ragazzi dice, la Limasa è senza testa anche lei da quando l'ha perduta appresso al Dragone, forse stanno già tornando, forse si sono riparati in qualche cascina, andarli a cercare nel buio è tempo perduto. Aspetta, aspetta, vedrai che tornano... lo trattiene per la manica, le dita stringono con forza, lei rivede l'inverno che passò con Gavriel nella casa del Mandrognin, le sembra di risentire l'odore del cuoio delle selle, i rumori di quelle mattine terse e splendenti. Aspetta, ancora un poco... a Gavriel, alla sua tristezza, lei è legata nel segreto del cuore.

È venuta la notte e il Po ha invaso i campi, ha sollevato la carretta dello Zanzìa trascinandola a galleggiare lontano, gli Esploratori a Cavallo hanno dimenticato la Limasa e Pietro Giuseppe e sono scomparsi alla luce delle torce che fumano sotto la pioggia, l'acqua sommerge le munizioni, porta via la paglia per i cavalli, trascina arbusti e animali. All'alba Luìs è montato dietro Gavriel sul cavallo e sono saliti a fatica fino a San Salvatore. Alla cascina Poma la luce filtra giallastra dalle finestre ma i soldati non fanno avvicinare i civili. Della Limasa e del ragazzo nessuno sa nulla, si sa poco anche di quello che è successo laggiú, al Po, dei soldati sono morti, altri sono stati feriti. Altri ancora non si trovano piú e forse sono annegati. I cani ululano sugli acquitrini e le bestie tirate via dalle stalle allagate intralciano il passaggio dei francesi venuti a cacciare gli austriaci.

Luìs sta male e Gavriel lo lascia alla locanda per salire in cima alla torre costruita da Napoleone al tempo della battaglia di Marengo. È ormai giorno e da lassú può vedere la piana fino a Alessandria, la curva lenta del Tanaro, argentata fra le sponde dei pioppi. Ma non vede nessuna carretta, nessuno che possa assomigliare alla Limasa e al ragazzo.

Luìs si è buttato su una panca, ha la barba in disordine e i capelli scomposti. Trema dal freddo. Un soldato lo ha coperto con una mantella e ha ordinato all'oste di portargli da bere. Ma Luìs ha la febbre alta e non riesce a disserrare i denti, il vino gli cola sulla mantella. Delira e invece del soldato è come se avesse davanti una donna, sei tutta bagnata le dice, adesso come farai a entrare nel letto, i tuoi piedi, le tue mani sono di ghiaccio. I suoi occhi si perdono in quelli del soldato chino su di lui; e il soldato corre fuori a chiamare a gran voce Gavriel perché suo fratello sta morendo.

È possibile dormire tutta una notte e il giorno seguente senza svegliarsi mai in una zona battuta da Volteggiatori, Guastatori, Zuavi, Turcos, Trombettieri e Lancieri? Nel pomeriggio passò una vivandiera e lasciò accanto alla Lima-sa un quarto di pagnotta, loro la mangiarono nel sonno distinguendo appena i calzoni che le spuntavano dalla gonna e masticarono senza aprire gli occhi. Pietro Giuseppe sognò a lungo, alcuni erano sogni terrificanti altri al contrario indimenticabili per la loro felicità.

Quando li raccontò alla Marlatteira lei fece molte congetture sul suo futuro, ma ormai molti di quei sogni si erano confusi nella mente e l'unico che Pietro Giuseppe ricordava con chiarezza era un ago di fuoco che gli apriva dei buchi roventi nella carne; ma poi una lingua passava sulla sua pelle, fresca e leggera gli percorreva tutto il corpo e quel fuoco diventava un tepore simile all'erba di giugno, e dal piacere la sua pelle si copriva di piume. A quel punto la Marlatteira lo fissò in viso, ne vide la barba ancor molle, i larghi occhi grigi e le occhiaie, un pomo d'Adamo che stava nascendo simile a un osso di pollo nel collo; e un sorriso che non era un sorriso ma un incresparsi dubbioso del viso passò come un'ombra fra lei e il ragazzo. Poi si girò verso i fornelli borbottando qualcosa su chi dorme a cielo aperto. Le querce, disse poi, sono luogo di ritrovo delle streghe, mai fermarsi la notte sotto le querce. Con le streghe spesso c'è il diavolo sotto forma di gatto, asino o anche cavallo.

Era successo che quando la carretta dello Zanzìa era stata trascinata via dall'acqua Pietro Giuseppe e la Limasa avevano fatto a tempo a saltare giú e l'avevano vista ondulare, sbattere, e alla fine capovolgersi con lo Zanzìa che si salvava aggrappandosi a un ramo. La Limasa sembrava diventata di pietra mentre l'acqua le vorticava intorno alle gambe e lei giurava che se mai si fosse salvata avrebbe fatto come voleva la Fantina. Piú nulla, con nessun uomo. In quel momento Pietro Giuseppe era riuscito a afferrarla trascinandola su una collinetta ai lati della strada, e da lí, prendendo fiato, aveva corso tenendola stretta. Un soldato di Occimiano che era passato di là li aveva riconosciuti e aveva urlato di fermarsi che li avrebbe caricati sul suo mulo. Ma ormai nessuno avrebbe fermato Pietro Giuseppe; e quando la Limasa non era stata piú in grado di correre tanto i piedi si erano massacrati, se la caricò sulle spalle. La Limasa era soda, inerte, ma lui aveva continuato a salire pensando a tutti i racconti sull'alluvione del '39. Quando la lasciò cadere esausto ai piedi della quercia non pioveva piú e qualche stella compariva qua e là fra le nuvole. La quercia aveva foglie cosí fitte che la terra sotto sembrava asciutta e loro si erano addormentati uno abbracciato all'altra come quando Pietro Giuseppe bambino entrava nel letto di lei per scaldarsi.

La Limasa, a differenza di Pietro Giuseppe, non sognò nulla. Non ricordava neanche di aver mangiato il pane e quando uno Zuavo cominciò a schiaffeggiarla su tutte e due le guance per farla rinvenire, si tirò su a sedere spaventata. Aveva le vesti scomposte e lo Zuavo si mise a tastarle le gambe.

Ma Gavriel non credette alla storia della quercia e delle streghe, Luìs era ancora a letto malato e si prese lui il compito di punire Pietro Giuseppe. Andò a cercare la frusta e il prediletto fra i nipoti fu frustato per là prima e unica volta in vita sua.

Neanche il Sacarlott ai suoi tempi aveva mai osato tanto e la Maria e la Fantina si chinarono sconvolte sul primogenito di Luìs e al di sopra del suo corpo si abbracciarono e si parlarono come una volta. Pietro Giuseppe si scrollò dalle loro carezze e uscí fuori sul prato dove erano i fratelli piú piccoli e si mise a giocare con un corvo addomesticato, calmo come se niente fosse successo. Ogni tanto guardava la Limasa che faceva correre sulla groppa l'Evasio. Quel viso

gli era caro: piatto, rovinato dal vaiolo, con il naso simile a
quello di certe bambole di pane che si vendono nelle fiere,
ne vedeva tutta la bruttezza senza per questo amarlo di meno. Non era pentito di nulla e se lei si fosse fermata un momento le avrebbe sorriso. Ma la Limasa sembrava aver dimenticato il cannone che sparava a Valenza, la carretta dello
Zanzìa e l'acqua come un torrente sulla strada, la lunga notte passata abbracciati sotto la quercia. Strillava perché gli altri bambini le si attaccavano alla gonna per prendere il posto
dell'Evasio, e li scalciava via.

La Limasa non rinunciò al Dragone Junot e Pietro Giuseppe continuò a seguirla in ogni sua uscita. Gli Austriaci
arrivarono fino a Casale e come dieci anni prima venne pre-
disposta ogni cosa se mai Usseri e Ulani fossero comparsi in
paese. Ma gli Austriaci anche questa volta non arrivarono e
nessuno vide i temuti Granatieri Ungheresi: di loro si raccontava che nel possedere le donne gli strappavano le orecchie a morsi.
Passò invece in calesse scoperto Napoleone III e a vederlo andarono tutti comprese la Maria e la Fantina protette
dall'ombrello nero; ma non videro quasi nulla tenute lontane da un gran scalpitare di cavalli, polvere, schizzare di sassi. A galoppare dietro l'Imperatore c'era anche il Dragone
Junot in alta uniforme e la Limasa cercò di distinguerlo in
mezzo agli altri. Non era facile, ma a un certo punto il Dragone si staccò dai compagni e passandole accanto lasciò cadere un mazzetto ancora verde di spighe ai suoi piedi. Fu un
attimo; poi il calesse dell'Imperatore sparí sullo stradone di
Occimiano e dei Dragoni non rimase che un rimescolio indistinto di uomini e cavalli, un orizzonte baluginante simile
a un miraggio.
Per tutto il tempo che il Quartier Generale del Re rimase nella villa dei marchesi di Passano, la Limasa e i bambini
andarono a Occimiano ogni pomeriggio. Erano poco piú di
tre chilometri, tutti in pianura, e veniva anche la Marlatteira che conosceva un gran numero di canzoni. La terra odo-

rava ancora di pioggia e le scarpe si infangavano, l'ortica pungeva le gambe, loro camminavano sui margini erbosi e la Limasa cantava anche lei, i bambini ascoltavano attenti. Pietro Giuseppe che non voleva mescolarsi a loro camminava indietro con le mani in tasca. Ma quando passava qualche soldato e i fratelli si giravano, lui diceva: – Zuavo – oppure – Lanciere, Artigliere.

A Occimiano la Marlatteira tirava fuori dal paniere la polenta e facevano merenda seduti sulle panche in piazza mentre i soldati andavano e venivano, le ruote delle carrozze risuonavano sui ciottoli e passavano in un gran fragore di cavalli Luogotenenti e Generali. I bambini guardavano a bocca aperta con le gambe a penzoloni dalla panca, una volta videro il Re e lo trovarono bellissimo anche se non lo era. Aveva il viso butterato dal vaiolo e questo fece felice la Limasa. Io come il Re, diceva toccandosi le guance. I soldati scherzavano con lei che aveva dimenticato il giuramento fatto solo qualche giorno prima. Scherzavano perfino con la Marlatteira e insistevano per posare le mani a sentire i suoi due cuori. Pietro Giuseppe mordeva la sua fetta di polenta da una parte, in piedi, e provava vergogna per loro. E insieme alla vergogna, rabbia e disprezzo.

Prima di buio tornavano a casa e lungo la strada l'Evasio si addormentava in collo alla Limasa, la Marlatteira teneva per mano gli altri due che si lasciavano trascinare con gli occhi pesanti di sonno. Nessuno cantava piú e le rondini volavano basse a ingoiare gli insetti del crepuscolo. La primavera si sentiva improvvisa, umida, intensa.

Montebello, Palestro, Magenta, Melegnano. Troppi soldati, troppi cavalli, troppi francesi che mangiano e bevono gratis. Anche se le battaglie vengono vinte e delle città che sembravano tanto lontane diventano improvvisamente a portata di mano, nei campi trascurati la gramigna ha facile presa e le ruote dell'artiglieria schiacciano nei solchi il granturco appena spuntato. Gli zoccoli dei cavalli devastano le vigne. Le tasse si portano via i risparmi. I ricci di Gavriel non sono piú fitti come un tempo, a guardarlo di spalle si vede affiorare un cranio che pare scolpito nel legno di castagno, piú quadrato che tondo. Lui passa ormai tutte le sere in casa e nessuno osa chiedergli nulla.

Non sogna piú da anni Gavriel, ha finito di immaginare e i suoi pensieri, come la catena di un pozzo, dànno sempre il medesimo cigolio. La Rosetta del Fracin ha lasciato la casa con la grande quercia e il giardino fitto di fiori, non abita piú le stanze dal soffitto basso, affollate dagli oggetti-ricordo del Camurà che da fuori annunciava il suo arrivo facendo schioccare la frusta. Si è trasferita in un palazzo di Alessandria dove i soffitti sono alti e affrescati e i mobili hanno riflessi d'ambra. Il Camurà tratta alla pari con finanzieri e industriali, industriale anche lui visto che ha tanto denaro da investirlo in imprese diverse. Quando Gavriel è entrato con la mantella e il cappello in mano, la Rosetta del Fracin gli è venuta incontro nello splendore intatto della sua maturità, i capelli dai riflessi di fuoco sciolti sul candore del collo. Lei giura di amarlo come un tempo ma in casa non è piú possibile incontrarsi, due cameriere alte e vestite di scuro attraversano le grandi stanze per accendere i lumi e la chiamano *Madame* alla francese abbassando le teste con le crestine. Guardano ostili gli stivali sporchi di Gavriel, la sua mantella bagnata di pioggia. Il Camurà ha finito di girare il mondo e siede in un ufficio di fronte alla stazione dove sei impiegati aspettano i suoi ordini. Certe mattine, colto dalla nostalgia per la moglie che si è goduta tanto poco, torna a casa ancora prima di mezzogiorno.

Non si può in casa né fuori, i due cavalli pomellati della carrozza del Camurà sono conosciuti da tutti. Perché ha fatto le cose in grande l'ex ambulante di stoffe, vuole che nell'intera provincia, fino a Torino, si parli del suo denaro. Allora, dove? Lei scuote pensierosa la testa, si concentra reggendo la fronte con la mano, come è bella la sua bocca carnosa, belle le sue spalle e lo slancio della schiena cosí fatta per l'amore. Dove?... Ha lasciato ricadere la mano in grembo, lo guarda adesso con tanta dolcezza e dice ricordi quella volta giú al fiume e poi quell'altra ancora, e la prima, ricordi la prima. Un brivido la scuote; ma non dice dove, non esiste piú quel *dove*. È impossibile, vedi?

È un giugno di pena anche per la Limasa. Il Re e Napoleone III se ne sono andati e il loro ingresso a Milano è stato un trionfo, le luminarie hanno rischiarato la notte e la gente ha ballato in piazza alla sconfitta delle truppe dell'odiato Radetzky. Anche Alessandria ha vissuto il suo momento di gloria quando al Teatro Regio è comparso l'Imperatore dei Francesi con tutte le sue decorazioni, chi lo applaudiva piú forte era il Camurà che da ragazzo tirava la carretta nei mercati e adesso ha un palco tutto suo dove siede accanto a quella che un tempo era la figlia del fabbro anarchico.

La Limasa ha cercato il Dragone Junot negli accampamenti, ha chiesto a ogni soldato che incontrava. Nessuno sapeva dirle nulla finché un giorno non ha incontrato uno Zuavo della Cabilia che alla domanda si è messo a ridere, lo aveva visto sí, il Dragone Junot, eccome se lo aveva visto, non capita a tutti di vedere un Dragone correre a gambe levate senza pantaloni, inseguito da un Granatiere che vuole tirargli una schioppettata... Lo Zuavo della Cabilia è basso, tarchiato, ha due baffi spioventi che gli arrivano al collo e un naso che pare di legno tanto è duro e scarno, grande, ricurvo, e fa ombra alle guance, ora a destra ora a sinistra. Allunga una mano a toccare la Limasa, a vedere se è vera cosí compatta e tornita nel corpo. Lei scappa e lo Zuavo l'acchiappa per il grembiule, la Limasa dà uno strappo e il grembiule resta in mano allo Zuavo. È un grembiule nuovo lei dice, ridammelo. Piange. Lo Zuavo glielo butta in terra, gli fa pena con quei segni del vaiolo, diversamente forse sarebbe anche un bel viso. Il tuo Dragone, le dice, è... Quella parola la Limasa non la conosce e crede sia un luogo, una città. Afferra il grembiule e chiede dove è mai questo..., è tardi, lei deve rientrare a casa. Perché non torni domani, le dice lo Zuavo, cosí te lo spiego, io non sono un Dragone ma per certe cose, ti giuro, io sono piú adatto. Prova e vedrai.

Lo Zuavo della Cabilia beveva: birra, vino, sidro, qualunque cosa purché sapesse d'alcool. Fu colpa di una bottiglia di grappa di mele stappata per festeggiare la vittoria. Una grappa che aveva reso la testa della Limasa trasparente, lei vedeva passare tutti i suoi sogni come se si avverassero uno a uno, e il suo corpo non la finiva mai di volere. Era vero che lo Zuavo per certe cose era bravo, certamente piú del Dragone a cui non piacevano le donne ma anche piú del Catagrata o del ragazzo che pescava le carpe e i lucci a Pomaro, e il suo fiato sapeva di fuoco. La Limasa dimenticò quello che le aveva insegnato la Ciapa Rusa quando andava a lavarle i panni per una scodella di miglio; e quando se lo ricordò era troppo tardi. Neanche la Madonna della Neve poteva fare il miracolo.

Lo Zuavo la voleva sposare ma non aveva casa e nemmeno terra, non aveva altro oltre le sue virtú nel fare l'amore. E per quello era sempre disposto. Ma era brutto e poco conosceva il sapone, la sua puzza neanche la grappa di mele riusciva a mandarla via. La Limasa passava la notte sveglia a tastarsi il seno e la pancia e un pomeriggio decise di andare dalla Ciapa Rusa.

Quando spinse l'uscio non vide nessuno, c'era nella stanza molto buio e una capra era legata al camino, con gli zoccoli raspava in terra. Poi dal letto le arrivò la voce della Ciapa Rusa. Era diventata tanto piccola che sembrava una bambola di stracci, i capelli radi e grigi arruffati come una cresta. Dal letto le disse quello che doveva fare. Poco si capiva perché le mancavano i denti e il tanfo nella stanza era tale che la Limasa invece di farsi almeno ripetere quello che la Ciapa Rusa aveva appena finito di dire, scappò via posando due soldi sul letto. E mai il cielo, i campi, il sole che tramontava in una polvere d'oro, le sembrarono tanto belli.

La notte sognò di essere al centro di una stanza e che dalle pareti si allungavano delle mani per afferrarla; lei si divincolava e vedeva con orrore da quelle mani gocciolare il sangue. E quando con un grande sforzo aprí gli occhi si ritrovò raggomitolata in un angolo con il viso bagnato di lacrime.

La mattina dopo raccontò il sogno alla Marlatteira mentre seduta in cucina aveva una gran voglia di vomitare nel piatto. Era una bella mattina di piena estate e la luce batteva limpida sulle pentole di rame appese alla parete, la Marlatteira le aveva preso le mani e le teneva strette nelle sue, aveva chiuso gli occhi e faceva a ritroso il sogno della Limasa. La Limasa le guardava la fronte dove i capelli nati per ultimi, grigi, crespi, filtravano i raggi del sole e tra quei capelli vedeva brillare delle goccioline di sudore che si facevano sempre piú fitte. Poi la Marlatteira le lasciò andare le mani e lentamente aprí gli occhi, rotondi, con le iridi chiuse in un cerchio piú scuro: aveva capito ogni cosa, la Limasa era incinta e non era stato il Dragone. Ricordarono insieme la cugina Monette che aveva predetto alla Limasa un marito zoppo e ricco, con due denti d'oro, e alla Marlatteira un figlio generale. Probabilmente, disse la Marlatteira, la cugina Monette si era sbagliata, il marito zoppo e ricco l'avrebbe sposato lei e la Limasa avrebbe invece avuto il figlio generale. Quel bambino doveva tenerlo e lo Zuavo mandarlo all'inferno.

La Limasa piangeva e non vedeva piú nulla, non la fronte sudata della Marlatteira, non le pentole di rame che riflettevano il sole. Piangeva cieca sul Dragone Junot che aveva perduto per sempre, perché ora anche se lo avesse rincontrato si sarebbe voltata dall'altra parte per la vergogna. Meglio sposare lo Zanzìa, diceva la Marlatteira, che uno Zuavo che chissà in quale posto selvaggio l'avrebbe portata a morire di stenti insieme al bambino.

Ma la Limasa non voleva sposare lo Zanzìa né nessun altro, voleva restare fedele al Dragone Junot che chissà per colpa di quale disgrazia era stato costretto a scappare senza piú i pantaloni.

L'Antonia di storie come quella della Limasa ne aveva sentite altre nel cortile di Braida, e quando lei gli raccontò di essere incinta del Dragone e che lui era morto annegato nel Tanaro, finse di crederle e le passò un fazzoletto sul viso inondato di lacrime.

Alla Maria e alla Fantina fu detto che la Limasa partiva per andare sposa a un soldato francese. In tutta fretta perché le truppe dell'Imperatore stavano tornando a casa. Gavriel la caricò sul carretto che ogni martedí portava a vendere lo stoccafisso a Lu e ancora una volta fu il Mandrognin a tornare utile.

La Limasa sedeva sotto il fico dove un tempo era stata seduta la Maria e intrecciava la paglia per fare canestri. La pace era stata firmata a Villafranca e Napoleone III si era imbarcato a Genova in una girandola di fuochi d'artificio. Lo Zuavo era tornato a casa e di Dragoni francesi non ne era rimasto nessuno, con i loro cavalli erano tornati a due a due al di là delle Alpi. Dall'alto la Limasa poteva vedere i contadini sarchiare, zappare e falciare come ogni anno, scuri e lontani sotto i larghi cappelli di paglia. Le ultime carrozze passavano in una nube di polvere e il Catagrata arrancava con il suo carretto sulla strada tonda come un nastro intorno alla collina. Il Mandrognin non parlava mai, solo a volte, mentre impastava il pane, cantava. Era sempre la stessa canzone: *La pôvra Olanda | L'è na fumna d'in tamburín | La va girée taverna pir taverna | A sirchée lo soi marí...* Le larghe mani sollevavano e sbattevano la pasta e la Limasa lo guardava ostile perché le sembrava che la canzone contenesse un'allusione maligna; ma ad altro pensava il Mandrognin e i pidocchi gli saltavano fra i capelli. Alla Limasa lui non parlava mai perché la sua grande debolezza era sempre stata quella di amare le donne belle e la Limasa non voleva neanche guardarla.

Chi la prese peggio di tutti fu Pietro Giuseppe che alla storia del matrimonio con il soldato francese non credette neanche un istante. Non gli rimase difficile farsi dire la verità dalla Marlatteira; ma una volta saputo avrebbe voluto cancellare ogni parola di quella storia tanto cambiava il mondo sapere che la Limasa aveva fatto un bastardo con uno Zuavo mentre amava il Dragone Junot. La Limasa lo aveva ingannato, stupida, bugiarda, infedele. Lui aveva potuto tollerare l'amore per il Dragone perché in qualche modo lo riteneva legittimo, ma questa mostruosità lo annientava.

Andava nei campi nel primo umido dell'autunno pestando con violenza le zolle, inciampando, storcendosi i piedi, la gola secca dal troppo camminare. Sedeva con la schiena appoggiata a un gelso e guardando verso le colline di Lu imprecava contro di lei e i bambini che nascono dal ventre delle donne. Prendeva ad alta voce le difese del Dragone offeso dalla nullità dei sentimenti. Batteva la testa contro il tronco del gelso con gli occhi serrati per trattenere le lacrime, compiangendo, per la prima volta, la sua condizione di orfano.

Un pomeriggio, al ritorno, trovò Gavriel che lo aspettava sul viale e come fu a portata di voce Gavriel cominciò a rimproverarlo, doveva finirla, gli disse, con tutto quel bighellonare mentre loro si rompevano le ossa dalla fatica. Luìs, suo padre, dopo le febbri che si era preso a maggio per colpa sua, aveva ricominciato a soffrire con la gamba e lo stesso ogni mattina all'alba era già fuori. Senza rispondergli Pietro Giuseppe continuò a salire su per il viale e quando gli passò accanto Gavriel cercò di afferrarlo per un braccio, lui diede uno strattone fermandosi piú lontano a guardarlo fisso con i suoi larghi occhi grigi. Gavriel sentí la voce salirgli in gola e morire, bestemmiò in dialetto e gli sembrò, quel ragazzotto sciatto e robusto, di odiarlo. Vattene, gli disse, tu non appartieni a noi, sei della razza dei Maturlin.

Pietro Giuseppe corrugò appena le sopracciglia, l'offesa lo colpiva in un punto imprecisato di cui non aveva mai calcolato la vulnerabilità. Gli girò le spalle e entrò in casa dove i fratelli gli corsero incontro e la Sofia volle essere presa in braccio. Lui si sdraiò in terra fra loro e alla luce del fuoco nel camino, colorito dall'aria, sembrava tornato bambino mentre con le gambe lunghe in terra lasciava che la Sofia ci andasse su e giú, che l'Evasio giocasse con i bottoni della sua giubba.

Da quando è stato frustato l'adolescenza di Pietro Giuseppe è finita, finito il tempo della tenerezza e dell'abbandono è arrivato quello dei giudizi e i suoi nascono già privi di pietà. Neanche per te, Barba Gavriel, che hai perso una dopo l'altra le occasioni della vita. Lo guarda seduto al tavolo a fare i conti insieme all'Antonia e le sue dita lisciano i capelli della Sofia, il fuoco illumina le calze rattoppate ai suoi piedi, rattoppate dalla Limasa che la sera veniva al suo letto a spegnere il lume. Che ne sanno loro cosa era per lui la Limasa, lui che non ha avuto madre e cosí poco padre, che ne sanno del suo odore di grano e di latte che da sempre lo consolava del buio. Della sua risata simile al guizzo della candela quando scivolava via facendogli palpitare la gola.

– Pietro... – Gavriel lo chiama, è pentito per quello che ha detto. Pietro Giuseppe alza la testa, la alzano anche la Sofia, il Duardin, il piccolo Evasio. – Pietro! – la voce di Gavriel si è fatta piú forte, è una voce brusca ma in qualche modo anche implorante e la Sofia scivola giú dalle gambe del fratello, l'Antonia sospende di contare. Pietro Giuseppe seduto in terra con i capelli ritti sembra adesso un grande pupazzo dalle guance dipinte. Tutti aspettano cosa Gavriel voglia dire, e improvvisamente il senso del comico travalica la pena, la rabbia, perfino l'orgoglio, e Gavriel ride. Ride come quando era ragazzo, come prima che partisse la Elisabetta e il padre lo cacciasse di casa, prima che Gioacchino volasse giú nelle ali della sua giacchetta marrone.

Ridono l'Antonia, i bambini. Ride anche Pietro Giuseppe di una risata leggera appena alterata dall'imbarazzo, la mano gratta tra i capelli sporchi di terra e di corteccia d'albero. Ma quel perdono che Gavriel aspetta, gli occhi di Pietro Giuseppe, come distratti, lo negano.

La bambina della Limasa nacque all'inizio della primavera. La levatrice appena vide il fazzoletto rosso che il Mandrognin aveva attaccato al fico come segnale, salí lungo il sentiero pieno di buche. C'era là in alto un gran vento e il Mandrognin aveva già fatto bollire l'acqua e i panni erano stesi vicino al fuoco, ma come la levatrice vide la Limasa si spaventò: aveva la pelle viola e si contorceva e digrignava i denti e appena le andò vicino lei l'agguantò ficcandole le unghie nella carne. Il Mandrognin immobile aspettava sulla porta che gli dicessero cosa doveva fare, indifferente a quella scena come se l'avesse vista già molte volte. La levatrice lo mandò fuori perché alla sua vista la Limasa si agitava ancora di piú e il Mandrognin uscí sbattendo la porta senza darsi pensiero del tremito che aveva colto la donna e dai vetri appannati lei ne vide passare la grossa testa bianca. Se era vero che lí il diavolo era di casa, stava certamente chiuso nella pancia della Limasa; e invece di aiutarla la levatrice cominciò a recitare le giaculatorie. Poi un colpo di vento spalancò la finestra e si udí la voce del Mandrognin che cantava *La pòvra Olanda | L'è na fumna d'in tamburín...* La Limasa lanciò un urlo e la levatrice non fece in tempo ad allungare le mani che la bambina era già fuori con tutta la testa.

Era una bambina lunga e magra con i capelli biondi attraverso cui si vedevano battere le vene del cranio, ma il viso era tondo e colorito e la levatrice non ricordava una neonata cosí graziosa. Si mise subito a lavarla e a fasciarla con grande cura dimenticando la Limasa che era tornata pallida con i buchi del vaiolo che spiccavano nel viso tirato dalla sofferenza, il corpo scosso dai brividi. Il Mandrognin si affacciò alla finestra e chiese cosa era, la levatrice gli mostrò la bambina sul davanzale. Il Mandrognin aveva appena sfornato il pane e la invitò a mangiarlo con lui sotto il fico. Veniva buio e il freddo della sera pungeva la pelle, il Mandrognin andò a prendere il vino ma dopo il secondo bicchiere la levatrice si ricordò della Limasa e spaventata corse dentro. La Limasa non si era mossa, non aveva neanche toccato la bambina posata accanto a lei nel letto; e se la levatrice non fosse tornata si sarebbe lasciata morire dissanguata con gli occhi chiusi, fredda come se l'avessero adagiata nella neve.

Quella bambina la Limasa volle chiamarla Olanda e nessuno riuscí a farle cambiare idea. Al fonte battesimale il prete le diede anche il nome di Maria ma appena uscita dalla

chiesa quel Maria fu subito dimenticato. La Limasa si rieb-
be presto e due giorni dopo il parto era già alla fontana a lavare i panni, all'alba perché nessuno la vedesse. Per un mese
tenne la bambina con sé e quando piangeva la notte era il
Mandrognin a cullarla e a darle da bere perché una volta che
le aveva dato il latte la Limasa non la toccava piú. La contadina dove metterla a balia, fu ancora il Mandrognin a sce-
glierla, doveva essere giovane e robusta e abitare in collina,
non troppo lontano. Quando finalmente la trovò, le promise che se avesse tenuto bene la bambina avrebbe lavorato
per lei senza compenso una giornata la settimana. Non importa quale genere di lavoro.

La Limasa tornò vestita a lutto: suo marito, il soldato, era
morto, disse, e lei riprendeva servizio. I bambini le fecero
grande festa e non finivano piú di abbracciarla e baciarla, di
tirarla per la gonna. Qualche tempo dopo lei chiese al Prevosto se poteva togliere il lutto che rattristava la casa. Il
Prevosto le fece capire che si vestisse pure come voleva tanto non cambiava nulla, purché facesse penitenza dei peccati.
E tutto tornò come prima.

Non per Pietro Giuseppe. Quando la Limasa era scesa
dalla carretta che la riportava a casa e i bambini le erano
corsi incontro, lui aveva finto di non vederla e mentre lei
aveva raccontato con ricchezza di particolari la morte del
soldato suo sposo e la sua breve, meravigliosa felicità, lui si
era messo a leggere e poco dopo era uscito dalla stanza infastidito dal chiasso. La sera, quando la Limasa aprí la porta
della camera per spegnergli il lume, la stanza era già al buio
e da quel buio una voce che non riconosceva le chiese cosa
volesse, lei restò un momento incerta finché quella stessa
voce non la pregò di richiudere la porta che lui voleva dormire.

Come Luìs e Gavriel, ora anche Pietro Giuseppe era entrato nel numero delle persone che intimidivano la Limasa.
Solo a volte gli occhi del ragazzo si posavano sul suo viso e
grigi e assorti sembravano chiedersi cosa mai fosse successo

per capovolgere in questo modo il significato degli eventi. Quale forza negativa l'aveva portata a sconfiggere i desideri del cuore per sacrificarli agli impulsi. A tradire quando vogliamo essere fedeli. A dimenticare quello che vorremmo ricordare fino alla morte. Allora, diceva quello sguardo, la mia infanzia nelle tue braccia, la mia mano cresciuta su di te, la nostra vita, Limasa, non c'è nulla per cui valga la pena di soffrire.

Nell'autunno capitò in visita la maggiore delle sorelle Maturlin, quella che si era portata via la pelliccia di rat musqué con il manicotto e il colbacco. Si era sposata e sedeva sotto il noce elegante come tutte le Maturlin, ancora bella, bellissimi i grandi occhi azzurri e il sorriso. Ma il fascino, quella specie di sfida del viso delicato e nello stesso tempo brutale, quel misto di volgarità e grazia che tanto colpiva nei suoi modi, si era perduto nella placida soddisfazione delle guance piene, dei tratti distesi. Era una matura signora che rideva volentieri e carezzava i bambini, cosí contenta della vita che trovava meravigliosa ogni cosa: il noce, la casa, i dolci della Marlatteira. Si faceva vento coi guanti e le api ronzavano intorno al suo cappello ricco di fiori, frutta, uccelli e se qualche bambino le posava la mano sporca sulla seta del vestito lei non mostrava nessun fastidio. Aveva molto viaggiato, era stata a Le Havre, a Marsiglia, a Vichy. Diceva Vichy strascicando a lungo le lettere, quasi succhiandole fra le labbra. Ma fra tutte, la città che piú le era piaciuta, era stata Bordeaux. A Bordeaux aveva conosciuto suo marito, un avvocato, un grande avvocato. Quest'ultima frase la pronunciò in un soffio quasi fosse appartenuta a un segreto destino.

Fu invitata a fermarsi per la notte e la carrozza a noleggio rimandata indietro. I bambini eccitati dalla visita non volevano andare a dormire e la Marlatteira faceva su e giú dalla cucina per ascoltare anche lei i racconti su Bordeaux e Vichy. Ma lo sguardo della maggiore delle Maturlin, anche se nella conversazione si rivolgeva a tutti tornava ogni volta con insistenza su Pietro Giuseppe. E fra un discorso e un al-

tro gli chiedeva dei suoi studi e delle sue preferenze. Prima
che venisse buio domandò alla Limasa se poteva accompagnarla al cimitero.

Lungo la strada fra i campi, fra le stoppie che bruciavano
con colonne di fumo bianco, lei e la Limasa si parlarono a
lungo. A un certo punto la maggiore delle Maturlin chiese
alla Limasa di raccoglierle della mentuccia che le ricordava
la sua giovinezza e le mostrò in lontananza le colline che
avevano fatto parte delle loro terre. Era tardi e il custode
del cimitero stava per chiudere, lei gli diede una moneta
d'argento e disse alla Limasa di aspettarla che avrebbe fatto
in fretta. Invece tornò che ci si vedeva appena, la ghiaia
brillava bianca e la Limasa vide che piangeva appoggiata al
muro dove le campanule azzurre si erano già chiuse.

Ma la sera a tavola era difficile immaginare il suo viso
con le lacrime, lei chiacchierava instancabile e dimostrava
una grande simpatia per il vino. Parlava ora di Genova dove
abitava e ne magnificava i portici, piazza de Ferraris e la
collina di Albaro dove andava a prendere aria pura, le navi
di ogni tipo che attraccavano al porto.

La mattina dopo, mentre già la carrozza l'aspettava per
portarla via, propose a Luìs di far venire a Genova Pietro
Giuseppe. Se si fosse trovato bene avrebbe potuto finire gli
studi e poi andare all'Università. Loro non avevano figli aggiunse, e a Pietro Giuseppe avrebbe dato una bella stanza
tutta per sé, affacciata sulla piazza. Guardava Luìs e mentre
aspettava una risposta sorrideva tranquilla ma la vena del
collo le pulsava per la paura di un rifiuto.

La richiesta sorprese Luìs. Voleva tempo per pensarci. La
maggiore delle Maturlin salí sulla carrozza, lo sportello chiudeva male e fu necessario sbatterlo piú volte, lei affacciata
al finestrino strinse a lungo la mano del nipote; poi la carrozza scese lungo il viale e i bambini ripresero i loro giochi
con il carrettino, l'Antonia entrò in casa e Luìs la seguì. Pietro Giuseppe si inginocchiò a terra a ammaestrare il corvo
con briciole di pane bagnate nel vino.

Quella sera parlò al padre. Il suo piú grande desiderio,

disse, era andare dalla zia a Genova. Aveva detto desiderio ma negli occhi sollevati su Luìs si leggeva una determinazione incrollabile. La voce bassa, disarmonica, ancora roca dell'età di transizione, tradiva lo sforzo che gli costava parlare al padre. Nulla e nessuno lo avrebbe mai distolto da questa idea.

L'inverno nacque all'Antonia l'ultima bambina, Pia in onore di Pio IX. Luìs anche se non condivideva la devozione della moglie per il Papa fu ancora una volta d'accordo con lei e Pia, detta la Piulott, divenne nel giro di una settimana il nuovo grande amore della Limasa.

Era lei la figlia mai nata del Dragone e quando l'Antonia l'attaccava al seno restava estatica a guardarla, incapace di staccarsi dalla stanza. Raccoglieva un panno, faceva su una fascia, solo per sentire il gorgoglio del latte nella gola della bambina, godere di ogni suo istante. La notte la cullava anche quando non ce n'era bisogno e quello che le era costata tanta fatica con gli altri diventava con la Piulott la felicità. Lo schiocco dei suoi baci potevano sentirlo da una stanza all'altra e la sua voce che cantava il *Cavalier Franseis* faceva diventare matta la Marlatteira per quante volte al giorno era costretta a sentirla.

La Piulott cominciò a sorridere quasi subito e a un anno parlava con grande meraviglia della casa. Era una bambina piccolissima, quasi senza capelli, e non assomigliava a nessuno. Seduta ritta sul seggiolone girava intorno gli occhi più intensamente curiosi che si fossero mai visti e strepitava e si dimenava finché non la facevano scendere. La Limasa le aveva cucito una corta veste rossa e con quella la Piulott girava tutta la casa rischiando di essere travolta se non addirittura pestata tanto era piccola e veloce e uno se la ritrovava all'improvviso fra i piedi. La Limasa le insegnò molto presto a cantare e il Vice Prevosto venuto un giorno in visita all'Antonia disse che in paese circolavano strane voci. Voleva sapere se era vero che la bambina che portava il nome di Sua Santità Pio IX andava in giro cantando il *Cavalier Franseis*.

Fu fatta venire la Piulott che invece di cantare appena vide la tonaca nera del prete cominciò a piangere con dei sin-
gulti che assomigliavano a degli ululati. Il Vice Prevosto si
spaventò, la benedisse, e consigliò di portarla al Santuario
di Crea. E poi cos'era quella veste rossa? Il rosso era il colore del Demonio.

La Limasa bruciò la veste rossa nel fuoco e gliene fece
un'altra celeste che era il colore della Madonna e degli Angeli. Insegnò alla Piulott la canzone di *Santa Maria Maddalena in dal mar an burrasca*; ma sulla testa della bambina i capelli rimasero una peluria simile alla lanugine di un uccello
e con tutta la veste celeste lei scappava con la velocità di un
topo appresso ai pulcini, ai conigli, alle galline che starnaz-
zavano con le ali aperte. E l'Antonia decise di portarla a
Crea. Era incinta di nuovo e a scanso di equivoci avrebbe
consacrato anche il bambino a nascere.

Ma non fece in tempo, la Piulott si ammalò di morbillo e
per un mese la Limasa non si allontanò dal suo letto. La notte nella luce del lume a olio guardava la testa della Piulott
farsi sempre piú piccola con la peluria appicciata al cuscino
dal sudore e le sembrava, cosí scura, quella di un cagnolino.
Un silenzio senza fondo, cupo, opprimente, si addensava
negli angoli, lei per paura di addormentarsi si mordeva a
sangue le unghie e intanto andava ripensando a tutta la sua
vita, dal momento che Gavriel l'aveva portata in casa al suo
incontro con il Dragone, quando seduti sulla panca di Bigiot
lui le aveva raccontato dell'Alvernia e del suo paese Le Puy.
Carezzava la mano della Piulott senza piú forza sul lenzuolo
e le dita piccole e brune sembravano impastate di terra,
pronte a sbriciolarsi. Quella non era la figlia del Dragone e
neanche quella di Luìs e la Madama, era la bambina nata dal
suo fiato e dal suo fiato tenuta in vita.

L'Antonia andò a Crea portando con sé gli altri figli a
chiedere la grazia. Fu un viaggio massacrante con la pancia
che la ingombrava nella carrozza e i bambini non abituati a
stare fermi che si contorcevano sui sedili. Un caldo polvero-

so, immobile, senza respiro, le faceva battere le tempie e nessun ventaglio riusciva a renderlo piú sopportabile. Delle nuvole nere si erano addensate all'orizzonte e lí restavano percorse da lampi sulla campagna gialla. Davanti alla Vergine di Crea l'Antonia si inginocchiò sul pavimento e rimase in quella posizione quasi un'ora, le viscere dure come fossero diventate di pietra. I bambini si erano sparpagliati per la chiesa attratti dalle candele e dal via vai dei pellegrini; e mentre l'Antonia diventava sempre piú fredda loro sudavano a rincorrersi fra i confessionali, inseguiti dal sacrestano che non trovava di chi fossero tutti quei *masnà*.

Cosa disse per tutto quel tempo l'Antonia alla Vergine nera di Crea, cosa promise in quel giorno di grande calura, nessuno lo seppe mai; lei divenne tutta gelata e per scioglierle le mani incrociate nella preghiera fu necessario immergerle nell'acqua. Quando Luìs alla sera la vide tornare, grigia come la polvere che le copriva il vestito, fu colto da un grande spavento. Neanche si accorse dei bambini ciondolanti dal sonno che venivano portati a letto di peso. Abbracciò stretta la moglie: la pancia gli premeva contro mentre lei sembrava assottigliarsi, non essere piú niente oltre quel ventre enorme, la pelle bagnata di lacrime di stanchezza. La stringeva Luìs e gli sembrava che se avesse allentato le braccia anche solo per un istante lei gli sarebbe scivolata via e l'avrebbe persa per sempre. Sta meglio, le sussurrò all'orecchio, la Piulott sta meglio, la febbre è scesa, dorme... ma sentiva il corpo dell'Antonia abbandonarsi sempre di piú mentre un tremito interno la scuoteva, quasi un'ultima molla che ancora vibrasse prima di cedere del tutto.

La Maria e la Fantina guardavano il suo abbraccio ammutolite. Luìs baciava alla moglie la fronte, le palpebre che non avevano piú forza di sollevarsi, le inumidiva con la saliva le labbra secche: la vita senza di lei, come gli era apparsa in un lampo nel momento che l'aveva vista trascinarsi verso la casa, gli sembrava intollerabile. Ogni piú piccola parte di lui si ribellava a questo pensiero. Andate, andate pure, disse alla madre e alla Fantina, e presa l'Antonia in braccio, gra-

dino dopo gradino, salí lentamente le scale, la portò in camera, la spogliò e la mise a letto impiegando un tempo infi-
nito tanta fu la cura di comporre ogni gesto quasi lei dovesse
dissolversi al primo tocco disattento.

La Piulott guarí, la Vergine di Crea aveva fatto il miracolo. La Magna Munja, anche se trovava la Piulott poco san-
tificata, accettò di dipingere il quadro che sarebbe andato a
Crea a ringraziare in perpetuo la Vergine.

Dipinse una bambina cosí scura che sembrava nata nel-
l'Africa piú nera mentre l'Antonia era un mucchietto di
stracci sul pavimento. In un angolo, in alto, rifulgeva la Madonna di Crea in una ovatta di nuvole mentre la Limasa, ritta ai piedi del letto, aveva le trecce arrotolate tante volte intorno al capo da formare una corona. E la vera miracolata
sembrava lei, la serva bastarda madre di una bastarda, con
gli occhi pietosi volti in alto e due lacrime simili a perle lungo le guance.

La Limasa baciò la tela, baciò le mani della Magna Munja
e implorò di mandare lei a portare il quadro a Crea. L'Antonia stava ancora a letto per quel bambino nato di sette mesi
e vissuto solo un giorno: per me vai pure, disse. Lo sguardo
fisso alle foglie del noce che andavano facendosi scure. Quel
tremito, quella molla interna che Luìs aveva avvertito ab-
bracciandola il giorno che era tornata da Crea, si era fermato, lei ora era calma. Ma dopo la nascita di quell'ultimo
bambino le sembrava di essere entrata in un altro spazio, in
un luogo dove i desideri e gli impulsi cadevano prima ancora
di prendere forma. Sono contenta che vada tu, aggiunse, e
lo sguardo si spostò dalle foglie del noce al viso della Limasa: una nostalgia terribile di quando era ragazza e correva a
piedi scalzi nel cortile di Braida.

Lo Zanzìa si offrí di portare tutti sulla sua carretta rifatta
nuova dopo quella galleggiata via nelle acque del Po, e la
Marlatteira cucinò e riempí un cesto di cibo. Le ultime stelle luccicavano ancora quando la Limasa salí sulla carretta

con i bambini ancora insonnoliti e la Piulott che cercava di
arrampicarsi da sola nel timore di essere lasciata a terra.
   Fu un viaggio indimenticabile. Lo Zanzìa scherzava con
la Limasa e faceva continui sospiri e allusioni, la bocca sden-
tata che sembrava nuda. La Limasa gli rispondeva a tono e
tirava fuori di continuo dal cesto dolci, fichi, fette ancora
tiepide di polenta. Il cavallo frustato dallo Zanzìa ogni tanto partiva al galoppo tra il giubilo dei bambini e gli strilli
della Limasa che tratteneva per il vestito ora questo ora
quello nella paura che venissero sbalzati fuori, reggendosi a
sua volta alle sponde per non finire in terra. Era ottobre e in
cima alle Alpi, lontana, si vedeva splendere la prima neve,
le stoppie bruciavano nei campi e riempivano l'aria dell'o-
dore dell'autunno. Piú la Limasa gridava piú lo Zanzìa si divertiva a frustare il cavallo, e quando imboccarono tra i fag-
gi la salita del Santuario, i devoti della Madonna che salivano a piedi, lenti nel coro delle preghiere, si fermarono sgo-
menti al fracasso di quella carretta con lo Zanzìa ai piedi
che dimenava il culo e la frusta quasi fosse andato alla
guerra.
   Appena arrivati davanti al Santuario il sacrestano riconobbe i bambini e gli proibí di entrare, diede il permesso solo alla Piulott perché era la miracolata e gli altri corsero giú
per il bosco insieme allo Zanzìa che suonava l'armonica. La
Limasa posò il quadro ai piedi della Vergine e in chiesa si fece un grande silenzio, tutti la riconobbero nella donna raf-
figurata con le trecce a corona e anche la Piulott per la prima volta sembrava una bambina come tutte le altre, la testa
coperta dal velo bianco, assorta e silenziosa per mano alla
Limasa.
   Tornarono che era notte e la luna splendeva alta, lo Zanzìa aveva bevuto e era diventato malinconico, la polvere
della strada si sollevava appena sotto gli zoccoli del cavallo.
I bambini dormivano sulla paglia stesa sul fondo e la Limasa
li teneva riparati con una vecchia coperta. Solo la Piulott
era sveglia e attaccata alla sponda guardava la luna, gli olmi
altissimi che lasciavano cadere sui campi un'ombra nera. Le

case sparse, chiare nella campagna dove si levava il latrato dei cani al passaggio della carretta. Era la prima volta che la Piulott assisteva allo spettacolo della notte e i suoi occhi si dilatavano nel viso lungo e implume. La Limasa l'aveva avvolta nel suo scialle e a ogni sobbalzo della carretta lo scialle le scivolava più in basso, lei adesso non era più simile a un cagnolino o a un topo, era un piccolo avvoltoio con gli artigli aggrappati al legno. Muta, attenta, quasi lei sola avesse compreso il grande significato di quello spettacolo si teneva pronta a raggiungere i suoi fratelli alati. Immobili, fra i disegni delle costellazioni.

In febbraio morí il Mandrognin. Lo trovarono alcuni giorni dopo ancora seduto sulla sedia; il vento che aveva accumulato la neve contro la porta lo aveva conservato intatto, tutto bianco, con le mani chiuse a pugno. Nessuno fu capace di aprirgliele e in molti fantasticarono di chissà quali monete d'oro, forse marenghi di quando era passato Napoleone.

Che età avesse neanche la Maria o la Fantina erano in grado di dirlo, loro lo avevano conosciuto già adulto, ancora con il codino come si usava allora. Novanta, forse cento; era rimasto sempre diritto, la mente matta ma lucida, e ancora dopo l'ultima nevicata lo avevano visto spalare il sentiero, la capra che viveva con lui a zampettargli dietro.

Se fosse stata in vita la Luison avrebbe potuto raccontare della sua vita di giovanotto, parlare di quel soprannome che poteva venire dal paese dove era nato (ma neanche questo si sapeva) o invece dal ricco mantello della canzone *Bel Galant u s'è spartí*. Nella madia, cucite in un sacchetto di seta, furono trovate trecento lire d'argento. Sopra ricamato con il filo rosso il Mandrognin aveva scritto: dote di Olanda detta la Suava.

Cosí infatti il Mandrognin aveva chiamato la figlia della Limasa quando era andato a trovarla una volta alla settimana dalla donna che la teneva a balia. Lui lavorava e la bambina gli si accucciava accanto, *suava* come lui diceva. Non osava toccarla e mai fu visto fargli una carezza o prenderla in braccio. Ma stava attento che avesse i calzetti l'inverno e la veste fosse sempre rattoppata.

La Limasa nascose le trecento lire dove nessuno avrebbe potuto trovarle e andò a riprendersi la bambina. La Suava non aveva panni, non aveva fagotto, nulla, e la Limasa se la portò via per mano. L'ultimo tratto di strada se la caricò sulle spalle. La bambina non l'aveva mai vista e durante tutto il tragitto rimase in silenzio, la Limasa tentò di raccontarle una storia ma la voce le moriva in gola; e quando tentò con una canzone mentre la teneva a cavalcioni le mani che si reggevano al suo collo rimasero com'erano, appena appoggiate quel tanto per non cadere. Da grande avrai una dote, una vera dote le andava ripetendo, e questa parola le riempiva i polmoni, le rendeva leggera la strada; ma la bambina non capiva nulla di quello che la madre le andava dicendo e quando varcarono il cancello cominciò a tremare. Stava venendo buio e c'era un grande silenzio rotto solo dal muggire di una mucca e la Limasa la prese in braccio. La sentí rigida, estranea, e sul viso, nel fiato, riavvertí a un tratto l'odore dello Zuavo.

Il giorno che suonavano la Messa di Trigesima per il Mandrognin, la Maria fu trovata morta nel letto, il capo reclinato sul lenzuolo. I suoi capelli ancora scuri e folti sembravano uno scalpo abbandonato tanto il viso si era ridotto. Sotto al cuscino trovarono la tabacchiera che le aveva regalato Monsieur La Ville a Casale. Dentro c'era solo polvere, forse quello che restava dello zufolo che il Gioacchino si era fatto con la cima di una canna. Ma chi poteva dirlo; come nessuno avrebbe mai saputo quale dei tre uomini della sua vita era stato il piú importante, se il Giai, il Pidren poi diventato il Sacarlott, oppure il Mandrognin. Negli ultimi tempi non parlava quasi mai e aveva smesso di fare i solitari, passava lunghe ore alla finestra senza smettere di guardare fuori anche quando la nebbia cancellava ogni forma. Fu sepolta sotto al Gioacchino come aveva sempre desiderato e

188 CAPITOLO SESTO

Gavriel andò a Alessandria a comprare una croce di pietra scolpita con dei tralci di edera. Qualcuno, al ritorno, gli sparò alle spalle forse per derubarlo; ma ci fu chi parlò di una vendetta del Camurà. Gavriel riuscí a salvarsi appiattendosi sul collo del cavallo e la bestia ferita lasciò una lunga scia di sangue sulla neve.

Quell'estate per la prima volta la Magna Munja non tornò in vacanza e la sua stanza rimase vuota. Non c'era piú la madre e Pietro Giuseppe le era ormai diventato estraneo, prossimo a diventare quell'uomo che lei aveva paventato il giorno del matrimonio di Luìs e l'Antonia.

Preciso, ubbidiente, Pietro Giuseppe si alzava ogni mattina prima che facesse giorno e seguiva il padre affondando con gli stivali fra le zolle, fradiciandosi se pioveva, sudando se era caldo. Senza mai lamentarsi. Ma se Luìs o Gavriel si giravano a guardarlo mentre gli camminava dietro, bastava poco per capire che fosse granturco o vigna, erba medica o avena, lui osservava ogni cosa con il medesimo distacco. La medesima, irresistibile noia. Passava fra i canneti o lungo i filari in una campagna che cambiava continuamente di luce, di colore, di odori, senza che nulla, né un animale o un albero attirassero la sua attenzione. Senza parlare, senza sorridere. Salivano alla cascina della Gru e lui sostava sull'aia, le mani conserte. Solo gli piaceva il ciliegio che simile a un grande ombrello si copriva di fiori bianchi in primavera e poi di frutti di un viola quasi nero. Le mangiava, quelle ciliegie, assorto, sputando i noccioli lontano.

Fu l'Antonia a perorare per lui. Pietro Giuseppe baciò i fratelli uno per uno e rimase a lungo con la testa sulla spalla della matrigna; poi salí sulla carretta che portava a Novi i mobili di un trasloco. Da lí avrebbe proseguito per Genova. In un ultimo impulso di risentimento Luìs aveva giudicato troppo cara la ferrovia per il figlio.

La Limasa quella notte rimase sveglia e sentí tutti i rumori della casa, dai passetti della Piulott che si infilava nel letto della Suava al russare della Marlatteira. Fino a quello stridio sottile che emetteva la Fantina nel sonno, simile al rodere di un tarlo. La partenza di Pietro Giuseppe la separava senza ritorno dalla sua giovinezza. Era come se la ragazza che era stata fosse ritta sulla piattaforma posteriore di un treno che si perdeva nella campagna: la sua giovinezza era là, nello scuotimento dell'ultimo vagone e si faceva sempre piú indistinta. Su quella piattaforma se ne andavano la cugina Monette, il ragazzo che aveva pescato i lucci e le carpe a Pomaro, lo Zuavo e il Dragone Junot, Pietro Giuseppe che la teneva abbracciata sotto la quercia. Il vento scuoteva i rami del noce e li sbatteva contro le imposte, la Suava si lamentava perché non riusciva a dormire con la Piulott che le scalciava nel letto, lei faceva finta di non sentire con gli occhi della mente fissi a quel treno che se ne andava sempre piú veloce e si portava via insieme al Dragone e alla cugina Monette anche tutti gli uomini con cui aveva fatto l'amore. Forse non ne aveva amato nessuno e da quel treno, per sé, avrebbe voluto strappare solo Pietro Giuseppe.

Lo Zanzìa fu ammazzato la notte del 7 febbraio del 1863. Morí soffocato nel fango giú alla Pontisella e nessuno nelle case lí intorno dichiarò di aver visto o sentito nulla. Eppure di fracasso dovevano averne fatto tanto perché il parapetto del ponte si era schiantato e dappertutto c'erano sangue e indumenti strappati.

Non era la prima volta che avveniva un delitto in paese ma la morte dello Zanzìa mise il gelo nelle ossa. Non gli era stato rubato nulla e nell'acqua furono ritrovati il suo portafoglio pieno insieme all'orologio che gli aveva regalato Re Vittorio Emanuele quando era stato a suonare a Occimiano. Ma adesso da anni lo Zanzìa non andava piú in giro con il suo strumento, era diventato ricco e si era comprato una casa sulla via Barbecana e dava scandalo tenendosi in casa una ragazza dell'alta Val Malenco.

La ragazza fu mandata a chiamare e portata a Alessandria, non parlava quasi italiano e quando le chiesero come faceva a intendersi con lo Zanzìa si mise a ridere. Ma era maggiorenne e con la morte dello Zanzìa aveva tutto da perdere e fu rimandata indietro in attesa di essere rispedita là da dove era venuta. I gendarmi misero a soqquadro la casa nuova sulla via Barbecana, frugarono da cima a fondo alla ricerca di qualche prova del contrabbando del sale che tutti sapevano aveva reso lo Zanzìa ricco. Ma trovarono solo dei sacchi vuoti e quello strumento, armonica, grancassa e violino che lui si era inventato e suonava ancora qualche volta per suo piacere.

La notte della sua morte la Marlatteira aveva fatto un sogno. Né bello né brutto, ma la strada su cui lei camminava tra i fiori rossi del trifoglio portava dritta alla vecchia casa del Fracin dove un tempo il fabbro aveva battuto sul ferro incandescente, alto e grosso con i baffi spioventi. E lí finiva. E mentre i gendarmi frugavano nelle stanze della casa della via Barbecana alla ricerca di chissà quali ricchezze, lei seduta in cucina cercava nella memoria una donna perché era sicura che la morte dello Zanzìa fosse la vendetta di un uomo geloso. O ingannato, perché sempre lo Zanzìa aveva infastidito le donne.

La Limasa piange, con lei lo Zanzìa non è mai stato cattivo e insieme avevano riso e scherzato, lui la voleva sposare. Adesso pensa che se gli avesse detto sí anni prima lo Zanzìa non avrebbe fatto quella fine orribile, non ci sarebbe stato tutto quel sangue. Le cornacchie scendono gracchiando su quello che è rimasto della neve mentre attraverso i vetri appannati entra il suono della Tribundina e quella campana che festeggia in cielo l'arrivo di un'anima innocente, poveri lattanti portati via dall'infantioli senza piú voce per piangere, mai le ha dato tanta pena. I bambini sono cresciuti e studiano nella stanza accanto, la voce del Beneficiato è sempre la stessa, loro hanno le teste rasate e i pantaloni sotto al ginocchio; litigano per un pennino, un foglio di carta. La Sofia è in collegio dalla Magna Munja e la Suava, anche se ha una dote, va a imparare a cucire che è ancora buio con mez-

za mela e una fetta di polenta per pranzo. A volte qualche
castagna secca su cui esercitare i denti.

E lo Zanzìa... Le lacrime riempiono gli occhi della Limasa. – *Smettla*, – dice la Marlatteira, – *al'era in porc*.

La Limasa andò a trovare la ragazza che aveva vissuto
con lo Zanzìa prima che la rispedissero non si sapeva dove,
perché casa non l'aveva. Le faceva pena perché nessuno voleva toccarla o parlarle. La ragazza era bella e sporca e mangiava le nocciole schiacciandole fra i denti. La Limasa le
aveva portato due salsicce insieme a un pezzo di focaccia e
lei aveva preso ogni cosa anche se in casa le provviste non
mancavano e lo Zanzìa aveva riempito la dispensa di ogni
sorta di cibo. Non disse neanche grazie; ma quando la Limasa arrivò alla porta per andare via le mise fra le mani un
candeliere di stagno a forma di zampa di gallina. Alla Limasa quel candeliere faceva paura, quella zampa le sembrava il
piede del diavolo. Ma la ragazza insisteva, aveva occhi tondi
e sciocchi, il suo paese sperduto fra le montagne non aveva
neanche una strada, forse non aveva neanche un nome.
– *Te quí, te quí*, – insisteva nascondendole il candeliere sotto la veste perché non la vedessero i parenti dello Zanzìa arrivati come mosche a dividersi la roba.

Ma l'assassino non si è trovato. È arrivata l'estate e la
Sofia è tornata dal collegio, ha riabbracciato i fratelli e le loro voci riempiono la casa. In cucina le larghe chiazze di umido lasciate dallo straccio non si sono ancora asciugate che
già bisogna ricominciare a sporcare per la cena. La Marlatteira sbuffa e le ragazze venute a aiutarla, bambine di undi-
ci, dodici anni a cui non sembra vero mangiare qualche volta pollo o coniglio, ci dànno dentro a lustrare il rame e intanto ascoltano incantate le sue storie sulla Fantina che ricamava la testa del Giai sulla pianeta del Prevosto o sulla
Gonda morta in chiesa e andata dritta in Paradiso. La sua
anima l'hanno vista in molti a Messa Prima mentre saliva
verso l'alto, dice la Marlatteira, leggera come una fiammella
di candela. Mentre lo Zanzìa è andato certamente all'infer-

no perché se l'assassino i gendarmi non l'hanno trovato, in paese sanno che a soffocare lo Zanzìa con la testa nel fango è stato il figlio secondo del Fracin insieme al fratello.

A quelle bambine lei non può dire di piú. Può solo parlare del suo sogno che portava alla casa giú in fondo alla Pontisella dove l'aria è malata e le zanzare l'estate non dànno tregua. Nessuno parla volentieri di quello che è successo allo Zanzìa che ha messo incinta una ragazza di sedici anni, storpia e con la gola di lupo, ma con due seni duri come mele cotogne. Cosa doveva fare un padre se non schiacciarlo come un verme; e con i gendarmi nessuno ha fiatato, quelli cercano ancora fra gli spalloni e tengono dentro il Navot, il socio in affari dello Zanzìa.

Eppure in quelle case verdastre di umido con finestre simili a buchi piú di uno si è svegliato di soprassalto quella notte. Piú di uno ha sentito le urla dello Zanzìa, lo schianto del parapetto che andava giú e poi piú nulla mentre dai vetri ripuliti in fretta hanno visto le sue gambe dibattersi sempre piú debolmente. – *Mi sag nènta, mi sag nènta!* – dicono ai gendarmi socchiudendo appena la porta, tutti ciechi e sordi a dormire.

Da quelle stesse finestre dove l'hanno guardato morire l'avevano visto altre volte lo Zanzìa, quando calava verso il mezzogiorno e chiamava piano la ragazza che venisse a vedere i regali che le portava, collanine di vetro, boccette di essenza che lui le passava sotto il naso strusciandosi al suo corpo, il ventre contro il ventre. Vecchio porco di uno Zanzìa.

E adesso il nuovo Prevosto, un giovane bellicoso che viene dai monti del Biellese, tuona dall'alto del pulpito contro i sepolcri imbiancati, contro la gente che vede e non parla, non avverte un padre dei pericoli che corre la figlia. Guardano e si divertono, e poi la domenica vengono a Messa a battersi il petto. La ragazza ha bevuto quasi un litro di infuso di prezzemolo e per poco non muore, ma che razza di mondo è questo?

La Limasa si chiude il viso fra le mani, lei non può credere a questa storia. Sarà stata la ragazza a provocarlo... mormora alla Marlatteira. Stai zitta, stupida! Lei sa che da quelle finestre simili a buchi hanno seguito tutta la storia, hanno visto quando lo Zanzìa si infilava in casa appena la madre usciva per andare nei campi. La ragazza una volta era comparsa alla finestra, era nuda e sembrava matta, subito lo Zanzìa l'aveva tirata dentro e dopo li avevano sentiti mugolare e sospirare. Una ragazza di sedici anni... La Marlatteira guarda la Suava che gironzola lí attorno con i ricci lunghi alle spalle; e se qualcuno lo facesse a lei, dice alla Limasa. La Limasa ha un sussulto, la Suava è un essere prezioso, raro, lei ne ha quasi soggezione e se la bambina non fosse per indole buona e tranquilla non sarebbe mai in grado di sgridarla come sgrida la Piulott.

Negli incroci di sangue che hanno portato alla Suava ci doveva essere un gran signore o forse una sfortunata Madama dai tratti sottili e la pelle di cera. Neanche se la Limasa l'avesse fatta con il Dragone quella bambina poteva venire piú bella. Tante volte lei sarebbe tentata di attingere alle monete della dote e comprarle una veste nuova, un nastro per legarle i capelli folti e scuri: ma non si può, non si deve.

La notte, nel buio, rivede lo Zanzìa, lo rivede che entra nella casa che era del Fracin giú alla Pontisella e vede la ragazza con la gola di lupo. Un brivido la raggela nel letto e comincia a recitare le preghiere delle indulgenze perché forse qualche via di scampo lo Zanzìa l'ha avuta, Dio ne ha provato pietà cosí senza denti da quando era ragazzo; e forse dopo mille, duemila anni di Purgatorio, lo lascerà alla fine entrare in Paradiso.

Capitolo settimo

Il violino del Giai

L'estate Pietro Giuseppe tornava per le vacanze e i fratelli non lo lasciavano mai, lo seguivano ancora fuori il cancello litigandosi per stargli vicino finché lui, stufo, non alzava la voce per rimandarli a casa. Loro ubbidivano a malincuore seguendolo con lo sguardo mentre andava giú per la strada polverosa, le mani in tasca e il cappello di paglia indietro sui capelli. Affascinati e intimiditi da quel fratello che al prestigio dell'età maggiore univa adesso quell'altro, piú oscuro e esaltante, di una città che affacciava sul mare e aveva palazzi, teatri, navi alla fonda.

A loro la vita di Pietro Giuseppe appare come le luci tremolanti che a distanza segnalano nella loro intermittenza una vita che il buio rende ancora piú fantastica. Perché Pietro Giuseppe non racconta mai nulla di sé e quando parla dell'arrivo di una nave o di una rappresentazione a teatro, sfugge a ogni domanda che lo riguarda. Mancano le sue emozioni. Dove è, lui, nella sua redingote di studente o nella ampia mantella di panno nero indispensabile per le fredde sere ventose, quando il maestrale soffia dal porto e fa oscillare gli alberi delle navi?

Invece è prodigo di particolari su Tante Marianne, cosí lui chiama la zia, sulla sua casa pesante di tende dove i passi non fanno rumore e ogni pomeriggio portano su dalla pasticceria le brioches calde che Tante Marianne inzuppa nella cioccolata. Al suo servizio Tante Marianne ha un *boy* che l'accompagna quando esce e siede impettito dietro la carrozza su un apposito seggiolino.

– Un... che? – chiede il Duardin. – *Boy*, – ripete Pietro
Giuseppe laconico. La Sofia si gratta attonita un orecchio,
la Piulott, la magra, scura Piulott se ne va invece da un'altra
parte perché non capisce. Pietro Giuseppe la richiama, la
prende sulle ginocchia, un servo, le spiega, piccolo e moro
che Tante Marianne veste di seta sgargiante. I fratelli spa-
lancano la bocca dallo stupore mentre la Piulott gli si appoggia al petto come se a lei niente la stupisse; e da quella posizione di privilegio guarda provocatoria il Duardin, la Sofia,
l'Evasio.

Possiede anche un violino a tastiera Tante Marianne,
uno strumento moderno e raro, per lei demoiselle Ginette
suona le arie dell'*Italiana in Algeri*, un'opera che Tante Marianne ama appassionatamente e ascolta con il viso raccolto
nella mano, i grandi occhi che brillano nella semioscurità
rossastra dei tendaggi. Demoiselle Ginette è una «profuga», da cosa e da chi sia fuggita non si sa, è una ragazza con
i capelli crespi alti alla fronte e gli occhi piccoli, chiarissimi,
capaci di fissare l'interlocutore con una intensità sconcertante. Non bella, dirà Tante Marianne, ma di grande tem-
peramento.

Tante Marianne che spalanca la finestra e il sole avvam-
pante del crepuscolo invernale irrompe sui divani capitonné, i tavoli di finto marmo, gli scialli abbandonati sulle poltrone. Dalla finestra lei fa cenno a qualcuno giú nella piazza
mentre quella luce precoce di tramonto sfolgora nei suoi occhi azzurri e languidi. E quando si gira e vede il nipote ha
un sussulto, il viso le diventa di porpora. Il viso di una ragazza: là in basso ci sono gli ex amanti della maggiore delle
Maturlin. Vengono a trovarla da ogni parte del mondo, da
Vichy e da Bordeaux, da Aversa; e il primo mai dimenticato
da Bosco Marengo. Lei li avverte dalla finestra quando la
via è libera perché al marito non piace incontrarli e loro siedono fra l'oro e il rosso delle poltrone e le parlano dei comu-
ni ricordi, bevono la cioccolata, incantati dal suo sorriso che
rimescola ancora il sangue. Le portano dolci rari, essenze

dai nomi esotici che lei manda il *boy* a buttare non appena loro sono andati via; tanto è l'amore di Tante Marianne per il marito e la paura che un nulla possa turbarlo. Dei fiori insoliti come le aquilegie, un profumo diverso da quel *Jasmine de Corse* di quando lui la conobbe a Bordeaux e in una settimana la portò via perché diventasse sua moglie.

La sera siede accanto al fuoco preparato sugli alari e con il marito parla del conto del pasticciere, degli avvenimenti della giornata, il viso roseo di cipria e le mani allungate verso la fiamma, il lungo filo di perle che le scivola nel solco fra i seni. Il nipote da un angolo la guarda in silenzio soggiogato dalle sue metamorfosi. Tante Marianne gli sorride ma è come se non lo vedesse, come se fosse già uscito dal suo campo visivo e quel sorriso lo pensasse là fuori, sulle scale illuminate da una lampada a gas. Demoiselle Ginette ha richiuso il violino a tastiera, un sorriso congeda anche lei, i piedi della ragazza sono senza rumore sul tappeto e per un attimo, mentre si avvia alla porta, il fuoco sembra crepitare nei capelli alti alla fronte, accendere le sue guance pallide. Tante Marianne raccoglie un tizzone sfuggito e nel farlo scivola lentamente dalla poltrona, in ginocchio davanti alla fiamma in un largo dispiegarsi di scialli.

Cosa potevano fare una giovane profuga e il figlio primo di Luìs a poco piú di vent'anni, spinti, incoraggiati a uscire dalla stanza, dalla casa, dal bel portone di noce massiccio? Andavano. La sera con gli odori che arrivavano dal mare piaceva ad entrambi, erano giovani e non sentivano il freddo, il vento pungeva le guance e demoiselle Ginette infilava le mani nel manicotto. Se Pietro Giuseppe le aveva gelate poteva infilarle anche lui. Andavano e parlavano, scendevano giú verso i vicoli del porto e se incontravano qualche ubriaco lui la proteggeva sotto la sua ampia mantella nera. Seguivano il lungomare e a volte gli spruzzi bagnavano la mantella, loro guardavano le luci tremolare nell'acqua e gli alberi delle navi confondersi fra il nero delle nuvole. Dalle bettole intorno alla darsena si sentivano le grida rauche dei giocatori di dadi, demoiselle Ginette mascherava la paura con delle piccole risate che sembravano sprigionarsi dalla profondità dei suoi occhi.

Quando venne la primavera cominciarono a spingersi oltre, verso la periferia dove demoiselle Ginette aveva alcuni amici. Là la sera non c'era illuminazione e bisognava stare attenti a dove mettere i piedi, la gente si chiamava da una casa all'altra e le finestre erano rattoppate con la carta, si sentivano piangere i bambini. Il porto era lontano e i pescatori stendevano le reti lungo il canale, l'odore della primavera si mescolava all'odore dell'acqua dove imputridivano i rifiuti. Loro entravano in quelli che demoiselle Ginette chiamava i *Milieux*, lí erano altri profughi come lei e le lampade a petrolio puzzavano, facevano nere le narici. Nel fervore della discussione demoiselle Ginette si dimenticava di Pietro Giuseppe e in piedi su una sedia gridava in quel suo rauco francese del sud.

Dopo, se non era troppo tardi, facevano l'amore in una barca ormeggiata sul canale, al riparo di una tela cerata. E lo stesso fervore che aveva messo nella discussione, demoiselle Ginette lo metteva in quei lunghi abbracci nell'oscillare della barca.

L'estate del '64 i fratelli trovarono Pietro Giuseppe cambiato. Aveva perso ogni smania di andare in giro e se qualche amico veniva a chiamarlo rifiutava con una scusa. Preferiva restare in casa, magari solo per giocare a moscacieca, un gioco che aveva detestato fin da quando era bambino.

Spesso la mattina radunava i suoi libri in un cesto e saliva alla cascina della Gru dove sedeva a leggere e a prendere appunti sotto l'ombra del ciliegio, una botte rovesciata per tavolo. Della Gru elogiava l'aria e perfino l'afa di certe giornate quando tutto stagnava immobile e intorno a lui regnava il silenzio, solo il verso delle oche che scendevano a bere. Le prime volte erano saliti con lui anche la Limasa e i fratelli, fermandosi a distanza per non disturbarlo, ma poi avevano smesso perché i piccoli facevano fatica a salire con quel caldo e i contadini dai campi lo potevano vedere solo lassú sotto il ciliegio con i gomiti appoggiati alla botte rovesciata, i libri che andava sfogliando con ritmo costante. Un grande quaderno aperto davanti su cui ogni tanto chinava la testa a scrivere, la penna che andava e veniva dal calamaio appoggiato sulla botte.

Quei libri, una volta tornato, li chiude in camera e di rado li apre mentre il quaderno ogni tanto lo tira fuori per scriverci qualcosa. Cosa non si sa e a ogni domanda dà risposte evasive. Con i suoi esami c'entra sí e no. Forse non proprio con gli esami, per quelli ha tempo. Ma con i suoi studi sí, per quelli è molto importante. Corruga le sopracciglia, si gratta la testa sudata. Sorride con i suoi occhi grigi.

Demoiselle Ginette l'ha nominata solo di sfuggita e nessuno sospetta che le lettere in arrivo due volte la settimana siano sue. Sono buste azzurre vergate da una calligrafia ferma, lunga, maschile. Pietro Giuseppe se le infila in tasca senza aprirle come se già sapesse quello che contengono e alle domande del padre o dell'Antonia solleva lo sguardo distratto, curioso lui stesso della curiosità degli altri.

Spesso verso l'imbrunire si ferma a parlare con gli schiavandari e siede con loro nella stalla chino a guardarli mungere. Ma non è certo per imparare: lui conta i giorni che lo separano dal ritorno a Genova e si è costruito un piccolo calendario di legno dove va cancellandoli uno dopo l'altro. Un'ansia di ripartire che non appare mai; e la sera si mette alla spinetta e con la straordinaria disposizione ereditata dalla madre ritrova le note dell'*Italiana in Algeri*. I fratelli si mettono a ballare, lui batte allegro sui tasti; la Suava arriva anche lei con le braccia aperte, pronta a spiccare il volo.

Dalle finestre entra l'odore dell'erba e della sera e i bambini eccitati dalla musica si incrociano, si urtano, gridano. I grandi, piú goffi, ballano anche loro. L'Antonia si affaccia alla porta e le sembrano, quei ragazzi e quei bambini, appartenere alla natura allo stesso modo delle mele là fuori sugli alberi, dei conigli selvatici nei campi. Pietro Giuseppe è nel pieno dello splendore, in quell'età in cui i colori sono piú vivi e i movimenti impetuosi e il corpo ha una forza che sembra di poter toccare nell'aria.

Lei lo guarda ammirata senza osare di entrare. Una felicità, la loro e la sua, che in quel momento vanifica quanto esiste di minaccioso fuori da quell'angolo di giardino su cui cade la luce della sera.

Pietro Giuseppe la vede ferma sulla porta e girato verso di lei, senza smettere di suonare, le ricambia il sorriso.

La notizia del suo arresto, a febbraio, arrivò come una palla di cannone. A Genova fu deciso che sarebbe andato Gavriel, c'era neve ovunque e lui impiegò tre giorni e quando vide per la prima volta il mare non provò nessuna emozione. Quella lontana luminescenza increspata di azzurro gli parve insignificante. Era stanco; e quella bellezza troppo vasta.

Pietro Giuseppe non glielo fecero neanche vedere, era stato arrestato insieme ad altri sei internazionalisti e nessuno poteva avvicinarli senza il permesso del giudice. In casa di Tante Marianne regnava un grande silenzio e la maggiore delle Maturlin non faceva che portarsi le mani al viso dallo sgomento. Il violino a tastiera era chiuso: demoiselle Ginette era in carcere, arrestata anche lei. Nessuno salí dalla pasticceria a portare le brioches calde e fu servito il caffè, l'unica bevanda in grado di sostenere il cuore in un momento simile. Il *boy* negro sedeva in anticamera, offeso, depresso, simile a una palla di stracci. Gavriel lo trovò orribile.

Quella notte dormí senza spogliarsi su una poltrona accanto al fuoco e quando si svegliò in mezzo alla notte con le ossa gelate sfilò una coperta dal letto e si rincantucciò dentro. Da sotto la porta filtrava una lama di luce e si sentiva la voce di Tante Marianne che parlava al marito, una voce di bambina fatta di bisbigli e paroline. Ogni tanto, a intervalli, come suonata su uno strumento diverso, arrivava quella del marito. Un ribollire sordo, risentito.

Quando finalmente Gavriel fu di ritorno a casa, ci fu un gran parlare a porte chiuse. L'Antonia pianse e la Limasa sa-

lí piú volte le scale per cercare di cogliere qualche parola che
la rassicurasse. Ha rubato? chiese, ha ferito qualcuno? Una
rissa? Un duello?

Un duello sarebbe stato quello che Tante Marianne
avrebbe perdonato piú volentieri. Anche una rissa, se ci fosse stato di mezzo l'amore. Ma quello che era successo era al
di là della sua comprensione. Quando finalmente riuscí ad
andare a trovare il nipote e dopo aver effuso nei corridoi del
carcere il suo *Jasmin de Corse* lo vide al di là delle sbarre, la
barba lunga e l'ira che ancora si sprigionava dal pallore delle
mascelle, fu necessario darle i sali. Le era bastato guardarlo
e l'intera verità si era fatta strada illuminando ogni angolo
rimasto in ombra: demoiselle Ginette, gli esami mai dati, i
libri, le uscite serali.

Tante Marianne arrivò un pomeriggio di fine marzo. La
neve non si era ancora sciolta del tutto e lei aveva percorso
un lungo giro per evitare ogni disagio. Era grassa e salí a fatica il viale spoglio delle settembrine. Luìs la ricevette nel
suo studio e parlarono a lungo, la Limasa bussò con una
cioccolata calda guardando ansiosa il bel viso della maggiore
delle Maturlin. Ma la vendemmia era andata male e la con-
correnza dei vini francesi aveva peggiorato la situazione:
Luìs non era disposto a tirare fuori una lira e il naso lungo e
sottile puntava Tante Marianne indicando in lei la colpevole. Tante Marianne si concentrò come nei momenti peggiori
della sua vita per non perdere il controllo. Non lo perse, ma
Luìs non cedette. Non riusciva neanche a capire, disse, i
motivi di tanta demenza. Cosa voleva Pietro Giuseppe, la
rivoluzione, i Re al patibolo, gli schiavandari a comandare
sulle sue terre? Tante Marianne lo guardava annuendo con
la testa: l'aria grigia, l'impossibilità di crinare quel rifiuto
asciutto, sordo, crudele, la opprimevano.

Come la volta precedente fu invitata a fermarsi. A cena
l'Antonia era l'unica a conversare con lei, poi a poco a poco
i bambini le si fecero intorno e Tante Marianne dimenticò
le sue pene. Cominciò a raccontare delle storie di quando lo-

ro sorelle erano ragazze e i bambini ridevano, comparivano i vuoti nelle bocche dei piú piccoli là dove avevano perso i denti. La Limasa si era rinfrancata e andava su e giú dalla cucina per offrire a Tante Marianne un nuovo assaggio: cotognate, mostarde, marmellate che si andavano accumulando sulla tavola e Tante Marianne distribuiva ai bambini girando bocca per bocca con il cucchiaino. L'Antonia le stava seduta di fronte: di Tante Marianne le piaceva tutto, perfino la sua grassezza.

Aveva ricominciato a piovere e quando la mattina dopo Tante Marianne ripartí l'accompagnarono in corteo fino in piazza, i bambini che si coprivano la testa con il grembiule. Solo Luìs la salutò appena e come vide l'Antonia di ritorno e le lesse sul viso il desiderio di perorare la causa del figlio, cominciò a salire zoppicando le scale. Non voglio discuterne piú, disse alla moglie. L'Antonia si fermò sgomenta con la mano sulla ringhiera. Nella sua mente si era fatto buio, quell'uomo che faticosamente avanzava gradino dopo gradino, l'uomo che aveva amato con sofferenza e gioia, le sembrava un estraneo. Estraneo nel senso che era lui a rifiutare ogni appartenenza là dove non si riconosceva; sarebbe bastato poco, pensò con un brivido, e anche lei sarebbe potuta scivolare via, fuori per sempre dalla sua vita.

Per pagare l'avvocato Tante Marianne vendette le posate di vermeilles che erano appartenute al Kedivé d'Egitto. Salí molte scale e trovò ovunque comprensione per un ragazzo che non era schedato in nessuna polizia del Regno, orfano di madre fin dalla nascita. Le sue lettere commossero piú di un amico che contava fra i potenti. Qualche preoccupazione la destò Pietro Giuseppe con il suo atteggiamento ostinato; ma prima che arrivasse l'estate, in una città percorsa dalle luci chiare e profonde del primo caldo, Pietro Giuseppe si ritrovò libero, ancora vestito dei suoi panni invernali. Tante Marianne lo aspettava all'angolo chiusa in una carrozza di piazza.

Cosa si dissero là dentro protetti dalle tendine abbassate

nessuno lo raccontò mai. Forse lei chiese al nipote una capitolazione totale. Forse fu Pietro Giuseppe che di fronte a quella zia cosí amante della legalità si chiuse in un rifiuto caparbio, senza pentimenti. Doveva essere l'ultima volta che si vedevano; quando Pietro Giuseppe poco dopo scese dalla carrozza Tante Marianne lo guardò andare via sperando che si voltasse un'ultima volta. Il nipote aveva imboccato la strada in discesa tra i ciuffi verdi che traboccavano dai giardini, teneva la mantella sotto il braccio e era senza cappello. In fondo c'era il mare e dei ragazzini facevano i primi tuffi nell'acqua ibrida del porto, lui camminò spedito senza voltarsi mai, neanche quando sentí il rumore della carrozza che girava.

Nella bella casa in Piazza De Ferrari non tornò neanche per riprendersi i vestiti, questi gli furono mandati insieme ai libri in Via Pietro Micca dove aveva trovato una stanza presso una rammendatrice di tappeti. A pagargli vitto e alloggio ci pensava Gavriel.

L'Antonia gli mandò piú di una lettera a cui non rispose mai e l'Antonia smise di scrivergli in quella strana lingua che era stata la loro, a metà fra il dialetto e il francese. Quando venne Natale arrivarono alla Piulott le conchiglie che era andato raccogliendo durante le lunghe passeggiate sul bordo del mare, quando inerpicandosi fra gli scogli ogni tanto sedeva in piccole radure di sabbia che si aprivano a ventaglio. Altre gliene mandò per Pasqua.

Nell'estate del 66, quando colò a picco la *Re d'Italia*, si ricercarono i genitori di un volontario imbarcato a Genova e rimasto ferito alla testa la mattina del 26 luglio nelle acque di Lissa.

La ricerca durò diverse settimane e quando finalmente si risalí a Luìs, Pietro Giuseppe stava iniziando la convalescenza e da Ancona era stato riportato via mare a Genova. Lí lo trovarono Luìs e l'Antonia, già in piedi e con la testa rapata, i piedi nudi negli zoccoli. Era una giornata calda e sedettero tutti e tre su una panca all'ombra di una acacia. Parlarono della terra, del Duardin che voleva fare la carriera militare, della Sofia che aveva messo le vesti lunghe. Altri feriti giravano per il cortile, chi con le stampelle e chi ancora con le fasce. Qualcuno aveva avuto parte del viso asportata e ad altri mancava una mano, un braccio, o una benda nera copriva degli occhi che non c'erano piú. Alle domande del padre Pietro Giuseppe raccontò i vari momenti della battaglia e quale era stata la strategia dell'Ammiraglio Tegetthoff fin dall'inizio, quando con la sua flotta era comparso all'orizzonte di Ancona per poi sparire prima che qualcuno pensasse a inseguirlo. Usava dei termini tecnici e l'Antonia non capiva, con la punta dell'ombrellino disegnava nella polvere del cortile. Aveva preso freddo durante il viaggio e si spostò al sole.

Pietro Giuseppe descrisse il mare in burrasca e le difficoltà ad armare le vele in mezzo alla pioggia e al vento. Descrisse anche l'incendio che era divampato in seguito a una granata; ma di sé, come sempre, non disse nulla; e quando l'Antonia gli chiese della ferita si portò le mani alla testa come se l'avesse dimenticata. Non ricordava, disse, cosa l'aveva colpito.

Prima di ripartire Luìs gli chiese quando sarebbe tornato a casa. Era il perdono. Pietro Giuseppe con il viso ancora pallido e la testa rotonda senza capelli, sorrise: il padre giudicava che avesse scontato abbastanza. Non so quando mi dimetteranno, rispose, per adesso sono ancora un militare. Si abbracciarono e la testa di Pietro Giuseppe, come il suo corpo e i suoi panni, puzzava. L'Antonia uscí dall'ospedale convinta che il figliastro li avrebbe raggiunti di lí a pochi giorni. Era agosto e la guerra era finita; chiese a Luìs di portarla a vedere il porto. Si strinse nello scialle giú per i vicoli in ombra, aveva le mani gelate e il viso grigio, quasi bluastro ai lati del naso.

Quella visita l'aveva confortata, a entrambi Pietro Giuseppe era sembrato piú loquace e disponibile di un tempo e per essere ancora convalescente, in buona salute. Forse la ferita non era stata cosí grave come in un primo momento avevano temuto. Per quanto riguardava i motivi che lo avevano spinto a partire volontario, lui, un internazionalista che voleva schiavandari e padroni uguali sulla terra, Luìs si diceva sicuro che andavano ricercati nel suo pentimento. Aveva capito l'errore commesso e aveva voluto riabilitarsi. L'Antonia pensava piuttosto a una donna, ma non lo disse. Arrivarono al porto e le urla, il via vai lungo le passerelle e il molo, li risucchiarono nel barbaglio di una luce anche troppo intensa. L'Antonia dovette sedersi su un fascio di cordami. Stava male. Luìs eccitato dal salmastro che gli riempiva i polmoni non si sarebbe staccato mai dalla banchina. Tutti e due avevano dimenticato Pietro Giuseppe; neanche l'Antonia aveva capito che la battaglia di Lissa aveva rappresentato per il figlio di Luìs l'inferno.

Pietro Giuseppe era tornato fra i compagni, aveva delle briciole di pane nelle tasche e cominciò a distribuirle fra i passeri che saltellavano sotto l'acacia. Come suo nonno, quel Sacarlott che fino alla morte non aveva mai nominato i cosacchi incontrati nelle pianure della Russia, anche lui aveva taciuto. Non aveva parlato di quando la *Re d'Italia* era salpata la prima volta da Ancona sotto un cielo pieno di stelle e lui aveva creduto che navigassero verso Venezia, neanche si era accorto che avevano cambiato rotta e aveva ammirato in silenzio la notte di luglio, senza paura. Quella era venuta dopo, era cresciuta col passare dei giorni come un seme che avesse messo radici nel suo petto. E al mattino, quando l'isola di Lissa era apparsa all'orizzonte con le bocche dei cannoni puntate verso il mare, il vento aveva alzato le onde e le nuvole volavano veloci. Il tempo era andato sempre piú peggiorando e all'alba del giorno dopo le navi austriache erano emerse dalla pioggia mentre la tempesta storceva gli alberi e rovesciava sulla tolda torrenti d'acqua dal mare e dal cielo.

Quattro erano state le corazzate che si erano chiuse a morsa intorno alla *Re d'Italia* e una, la *Erzherzog Ferdinand*

Max, era piombata all'improvviso con la chiglia contro la fiancata, la pirofregata si era allora aperta come un guscio tra il volare dei legni e i brandelli delle vele. Il ricordo di quel colpo sordo, quasi un fragore in grado di spezzare in due il mondo, sarebbe tornato negli anni. Non le onde tempestate di pioggia, non il fuoco, non i corpi dei compagni sballottati e le loro urla. Ma quel colpo: al cuore, al cervello, alla vita.

Pietro Giuseppe non tornò. Chi aveva pensato a una donna per la sua partenza di volontario non si era sbagliato. Per sottrarsi a una situazione che gli stava diventando intollerabile, non aveva trovato di meglio. Il nome di quella donna Gavriel non riuscí a saperlo e immaginò che fosse demoiselle Ginette con le guance pallide e i capelli crespi alti alla fronte. Forse invece era la rammendatrice di Via Pietro Micca: il nipote gli mandava il suo nuovo indirizzo. Una bella stanza, scriveva, con la finestra che affacciava sul porto.

In poco tempo Pietro Giuseppe finí gli studi e superato il concorso per entrare in Magistratura, andò a ricoprire il suo primo incarico a Livorno. Aveva ventisei anni e si scriveva solo con Gavriel. Per Natale e Pasqua aveva ripreso a mandare alla Piulott le conchiglie che raccoglieva durante le sue passeggiate domenicali sulla spiaggia spingendosi a volte fino a Viareggio e al Cinquale. Con lui veniva quel cugino Tomà che a Livorno aveva aperto un ufficio per l'importazione di datteri e uva sultanina dall'oriente.

Pietro Giuseppe era stato il primo. Dopo fu la volta del Duardin che ottenne di entrare nel collegio militare. Altro non aveva desiderato fin da quando in lunga processione a Occimiano andavano a vedere Luogotenenti e Generali passare tra lo strepitio delle sciabole e i colpi di sperone. L'Evasio, anche se ancora non si capiva cosa avesse nella testa lunga e sottile, dalle tempie strette, mostrava un grande interesse per gli animali e sedeva ore su una seggiolina a osservare oche e galline, tacchini che facevano la ruota con gli occhi tondi e gialli. Era mingherlino, e fu mandato in collegio anche lui.

Poi fu la volta della Sofia che a diciotto anni andò sposa al proprietario di una filanda nel Biellese venuto a comprare la seta dei bachi. Fu un amore a prima vista e il ritratto che il marito le fece eseguire in viaggio di nozze dal fotografo Bossi di Milano mostra una ragazza dai lunghi e copiosi capelli e l'ovale tondo, forte nella mascella. Lei si appoggia a una poltrona dallo schienale capitonné e una mantiglia le copre le spalle fino al gomito. È bella e gli occhi grandi, castani, fissano il vuoto un po' stupefatti.

Il marito non volle farsi ritrarre, gli mancava l'occhio sinistro e lo teneva coperto da una benda. Aveva avuto una vita avventurosa anche se si chiamava di nome Tranquillo: a sedici anni era scappato di casa per raggiungere Garibaldi e si era perso nelle paludi di Comacchio. La Sofia era la sua seconda moglie.

In casa erano rimaste la Piulott e la sua inseparabile compagna, la Suava. La Limasa aveva smesso di pensare agli uomini e anche se non era più allegra come una volta, cantava. Il repertorio era molto vasto e a lei sembrava che in ogni canzone ci fosse raccontata qualcosa della sua vita. L'amore, il tradimento, la morte o la guerra. E da quando era stato ammazzato lo Zanzìa, anche il delitto.

Per la campagna erano gli ultimi anni buoni e Luìs aveva comperato un aratro Sack per le nuove colture del riso e della barbabietola da zucchero. Ma di soldi ne circolavano pochi, le tasse erano alte per via dei debiti contratti con tutte quelle guerre e i collegi costavano cari; così la Marlatteira fu rimandata nella sua casa giù alla Pontisella dove l'umido guastava i polmoni e le zanzare si alzavano a nuvole dall'acqua stagnante. La Marlatteira aveva ripreso a cucire in bianco ma il lavoro era poco e quasi ogni giorno saliva su per il viale delle settembrine a sedere in cucina con la Limasa.

Raccontava i suoi sogni; e la Piulott e la Suava la ascoltavano sedute sugli sgabellini, le mani sulle ginocchia a fermare
la veste.

Dopo il viaggio a Genova l'Antonia era stata a lungo malata ai bronchi e da allora, a ogni cambio di stagione, le tornava la tosse. Quando la notte si faceva piú insistente lei si
alzava per non svegliare Luìs e restava a lungo a guardare
dalla finestrella in fondo al cortile il campanile con il qua-
drante bianco nella notte. Attraverso la grata intessuta di
ragnatele lo fissava come se avesse avuto davanti la torre di
Braida.

Altre sono state le sue mura, spesse e imponenti con quel
senso grandioso di rovina che esalta la mente. Non queste
che assorbono l'umido e si sgretolano con facilità, segnate di
tracce labili e sconosciute. Le sembra in questa casa di essere stata un'ospite e che solo tutti quei bambini l'hanno distratta dall'accorgersene; e ora la casa lentamente la respin-
ge, la espelle come un corpo estraneo, le stanze non la rico-
noscono piú dei loro e lei sente di non appartenergli. Anche
nella miseria piú nera c'era sempre stato a Braida un grande
accadere, nascite, morti, matrimoni, a cui tutti avevano par-
tecipato all'ombra di quella onnipossente e dolorosa presenza che era stata la madre stesa sulla *dormeuse*. Qui invece la
circonda il silenzio: di Luìs, di Gavriel, della Fantina. Un silenzio che cresce a ogni stagione.

A volte l'estate arriva fino a Braida e si ferma fuori l'arco
del cortile. Il nuovo padrone ha sistemato la strada e i carri
che entrano e escono non rischiano piú di rovesciarsi come
un tempo, gli schiavandari sono altri e le passano davanti
togliendosi il cappello senza sospettare in lei la figlia ultima
di quella Cavaliera di cui ancora si racconta la passata ricchezza e la passione rovinosa per il soldato di Santo Domingo.

Porta con sé la Piulott e la Suava e da fuori descrive il castello con tutte le sue stanze e le mura dove si aprono le fe-
ritoie per gli archibugi. Ma entrare no, non lo farebbe mai,
l'orgoglio glielo impedisce. Sotto a un albero dà alle due

bambine assetate un grappolo d'uva e mentre loro mangiano chiude gli occhi per la vergogna di aver ceduto a quella
debolezza. Durante la strada del ritorno non si volta e quando a una curva compare il campanile tozzo con la cupola di
rame opaca nel sole, tira un sospiro di sollievo quasi si fosse
liberata da un peso. Le bambine corrono avanti, lei rallenta
il passo, piccola, eretta sotto l'ombrellino di panno. Stremata dal caldo e da tutto quel camminare.

L'inverno che la Fantina morí venne sul «Gazzettino»
come la piú grande ricamatrice di tutto il Monferrato. L'ar-
ticolo, firmato Giov. Batt. Saletta, elencava alcuni dei suoi
lavori piú belli quali la pianeta con la testa del Bambino Gesú e il corredo della nipote della signora Bocca andata sposa
a un Luogotenente di Carlo Felice. Il giornale riportava anche il ritratto che le aveva eseguito a penna il Giai quando
ancora suonava il violino sotto il noce. Lei compare vicino
al tombolo giovane e snella. Ma quando era morta pesava
quasi cento chili e il letto aveva ceduto. Non si alzava da
mesi e di lei si occupava l'Antonia e le pettinava i radi capelli rimasti di un colore simile alla lanugine che si raccoglie negli angoli. Un colore di cui la Fantina andava molto fiera; e
mentre l'Antonia le passava il pettine sulla testa si guardava
nello specchio perché di quei capelli non ne andasse perduto
nemmeno uno.

Della sua vita non ricordava piú nulla, non il Giai e neanche la Bastianina diventata poi Suor Geltrude Rosalia, parlava sempre invece di Moncalvo e chiamava l'Antonia *Mama* come da piccola aveva chiamato la Luison. Ogni notte,
quando il campanile batteva le ore piccole, cominciava a
parlare: – *Mama*, – diceva, – *auanda at'a mandà me surela?
Auanda at'a mandà?* – Era ogni notte la stessa domanda ripetuta piú e piú volte sempre sulla stessa nota finché la Limasa non si alzava e andava a rimboccarle le coperte.

La Piulott la sentiva dal suo letto e quella voce invece di

spaventarla la confortava. Era una nenia che divideva le ombre e sembrava precedere il canto del gallo, ancora nelle tenebre. Lei allungava una mano a toccare la Suava addormentata accanto ma sentiva di essere sola a capire quello che la Fantina voleva, quasi il richiamo di un uccello che invitava a raccolta i compagni perduti. Era un suono che riportava le vibrazioni della primissima infanzia, quando il verde degli alberi e il vagare delle nuvole sono ancora simili a liquidi che si riversano gli uni negli altri e le parole e le cose, non divise dalle percezioni dei sensi, assumono forme in continue metamorfosi. E da lontano, da dove quella cantilena arrivava, si trascinava appresso come il pifferaio magico i personaggi informi dei sogni. Cosí simili, o forse gli stessi, dei primi anni di vita.

L'assenza di Pietro Giuseppe durò dodici anni. Anche l'Antonia aveva finito di aspettarlo; il figliastro e Luìs le sembravano avere, nella loro contrapposizione, una somiglianza che la spaventava. E come per Luìs quella prima moglie morta a diciott'anni era diventata nel tempo il simbolo della giovinezza e della felicità perdute, per lei Pietro Giuseppe aveva finito per risucchiare la stessa immagine dolorosa. Se nei primi mesi ne aveva tanto desiderato il ritorno, piú gli anni erano passati e piú, senza neanche rendersene conto, ne aveva cancellato le tracce, buttati via i libri dimenticati, i quaderni di quando era bambino.

La lettera che le annunciava la sua nomina a Consigliere di Corte d'Appello a Torino, la trovò impreparata. Nella lettera Pietro Giuseppe le parlava del suo trasferimento nella nuova sede e dell'intenzione di venire a passare un periodo di vacanza con loro. Cosí si sarebbero rifatti del tempo perduto, scriveva; e in fondo, quasi un paragrafo a piede di pagina, aveva aggiunto che il cugino Tomà partito nel novembre del '55 fra la madre e la Rosetta del Fracin, non aveva desiderato per tutti quegli anni che tornare ancora una volta. Se loro non avevano nulla in contrario, lo avrebbe portato con sé.

Arrivarono una domenica di giugno e Pietro Giuseppe lasciò il cugino da solo a radunare i bagagli: di colpo l'impazienza era stata piú forte e un ragazzino corse su ad avvertire il padre. Luìs gli scese incontro lungo il viale insieme alla moglie e al fratello mentre la Piulott e la Suava, assalite da una improvvisa vergogna, erano salite in granaio dove fra la frutta stesa sulle stuoie erano allineate le conchiglie che Pietro Giuseppe aveva mandato per tanti anni. E quando dalle finestre schiacciate a filo del pavimento lo videro arrivare, si tirarono indietro, spaventate da quello che sarebbe successo.

Invece non accadde nulla, Pietro Giuseppe si pulí le scarpe impolverate sullo stuoino e dalla tromba delle scale sentirono la sua voce, quella di Luìs, di Gavriel, dell'Antonia. Era la fine di giugno e Pietro Giuseppe aveva caldo, il viaggio era stato lungo e chiese alla Limasa se era possibile avere un bagno.

La Piulott uscí sul pianerottolo e istintivamente tirò il cordone della campanella che aveva collegato un tempo la stanza del Giai con il resto della casa. Pietro Giuseppe alzò la testa e la intravide mentre si ritraeva indietro. – Piulott! – chiamò, – scendi, ti ho riconosciuta –. Lei si lasciò scivolare lungo i gradini facendo leva sulla ringhiera e quando si trovò di fronte al fratello rimase muta: quello che aveva davanti era un signore con un inizio di pancia e dei grossi baffi castani. Gli occhi che la guardavano, di un grigio uniforme, sembravano leggerle in viso la delusione. Lei gli prese la mano e la baciò. – Non sono mica un vescovo, – Pietro Giuseppe aveva ritirato la mano e in quel momento il suo sguardo incrociò quello della Suava ancora sulle scale, alta, bellissima. Per un istante rimase a guardarla, poi si chinò e preso fra le mani il viso della Piulott, la baciò sulla fronte. Sentí su di lei l'odore del granaio, un odore di frutta e di polvere. La Piulott rise, di gola, e la risata finí subito. Aveva diciassette anni e Pietro Giuseppe trentaquattro.

Fu portato subito a vedere le conchiglie. Nel granaio la luce radente colpiva gli orli delle gonne lasciando i visi nell'ombra e qualche vespa attirata dalla frutta stesa sulle stuoie traversava quei fasci di sole caldi del pomeriggio. La Piulott prendeva le conchiglie una per una leggendo a voce alta i nomi che aveva scritto con l'aiuto del Beneficiato. La nomenclatura era assurda e Pietro Giuseppe rideva, fra i baffi comparivano i suoi denti radi, rovinati dal tabacco. Loro si parlavano come fratelli che si conoscono da sempre ma quando gli sguardi si incrociavano era come se si vedessero per la prima volta. La Suava in silenzio andava su e giú a rimettere a posto le conchiglie, la treccia scura che le batteva tra le scapole.

Pietro Giuseppe era stanco e si era seduto su una vecchia poltroncina abbandonata fra le stuoie, vicino a lui la Suava contava le conchiglie, il collo esile e bianco chinato.

Ma la Piulott gli si era parata davanti e lui le prese le mani, forse per spostarla e non perdere di vista la Suava. L'emozione del ritorno lo stordiva, le mani della Piulott nelle sue erano ruvide, forti. Con uno scatto lei gliele sfilò per sedergli in grembo come quando era bambina. Un gesto impulsivo, d'istinto.

– Adesso sei grande, non si può, – Pietro Giuseppe l'aveva spinta via, lei si era allontanata alzando le spalle, che sciocchezza, aveva detto, non è lo stesso? Aveva preso in mano una conchiglia e la lucidava con la saliva, la Suava si era girata e guardava stupefatta. Ma la Limasa chiamava dal basso che il bagno era pronto e Pietro Giuseppe si era alzato; quando aveva chinato la testa per passare dalla porta, loro avevano visto la cicatrice là dove i capelli andavano diradandosi.

Piú tardi, verso sera, quando Pietro Giuseppe si mise alla spinetta per vedere se ricordava i motivi di una volta, la Piulott non si avvicinò piú e rimase in piedi vicino alla porta. La Suava si fece coraggio e appoggiata una mano sul legno della spinetta gli chiese se conosceva la canzone *Dona Lumbarda*.

Era una sera umida, quasi nebbiosa per il gran caldo della giornata, e dopo la prima euforia si avvertiva in casa un senso di disagio come dopo un'occasione tanto attesa ma di cui non si sono valutate le conseguenze. In cucina l'Antonia disegnava la torta con la crema e si chiedeva come doveva chiamare il figliastro quando parlava con la Limasa. Lo stesso imbarazzo lo provava la Limasa e cosí non lo nominavano. L'unica felice era la Suava che con il mento appoggiato nel palmo della mano ascoltava Pietro Giuseppe cantare: *Sa ve digo dona lumbarda, spusème mí, spusème mí...*

La sua voce aveva conservato il timbro limpido che era già stato della madre e quella voce, inspiegabilmente, diede un brivido all'Antonia, la crema sbandò sulla torta.

Quella sera fecero festa, si era sparsa la voce del ritorno di Pietro Giuseppe e a poco a poco erano arrivati gli amici di una volta, ragazzi che un tempo avevano scorrazzato con lui nei campi strappandosi le brache tra i filari e ora adulti, impacciati nel vestito buono, lo guardavano intimiditi e curiosi. Pietro Giuseppe beveva e faceva bere e in poco tempo la timidezza era stata vinta, il linguaggio si era fatto piú libero, Pietro Giuseppe rideva e nell'allegria i suoi occhi sembravano cambiare colore. Piú tardi arrivò il figlio del Bigiot con un organino e si misero a ballare andando a chiamare le mogli e le sorelle sedute nei cortili a prendere il fresco.

Il piú bravo era il cugino Tomà e nel ballo i suoi capelli si sollevavano leggeri, lui non era mai stanco e le donne le faceva ballare tutte, giovani e meno giovani, e avrebbe fatto ballare anche l'Antonia se solo lei avesse voluto. La Suava la tenne alta da terra e tutti si chiedevano dove trovasse la forza, cosí spolpato com'era. Quando la rimise giú alla Suava girava la testa e dove l'avevano stretta le mani del cugino Tomà provava dolore.

La Piulott ballò con Pietro Giuseppe e lui faticava a tenerla lontana: a lei piaceva il suo odore di vino, i baffi, il sudore che gli colava nel collo. Le piacevano anche i suoi denti rovinati dal tabacco, stretti nella foga del ballo.

Basta, aveva detto l'Antonia alle due ragazze, andate a letto. E mentre la Suava era stata pronta a ubbidire, la Piulott era andata a perorare dal padre rimasto nella sala con il sindaco e il Bigiot. Non poteva finire cosí una sera come quella, aveva detto, mai piú ne avrebbero avuta una simile e si storceva le mani dall'eccitazione, il viso splendente nel cono di luce della lampada.

Aveva la Piulott una bocca che anche nei momenti piú felici conservava un'ombra di tristezza, indecifrabile, immotivata. Perfino quando rideva e l'allegria le trasformava per un attimo il viso, la bocca conservava, di quella tristezza, una traccia. Grande, morbida, si disegnava nel viso magro come ritagliata dal profondo dell'anima. Luìs aveva per lei un affetto particolare misto a volte a un senso di pena come se la tensione interna che trapelava da quel viso scuro, stretto, quasi selvatico nella sua purezza, potesse scardinare il suo esile corpo. Ora gli occhi bruno verdastri, leggermente scesi agli angoli, umidi come forse un tempo quelli del soldato di Santo Domingo, lo fissavano ansiosi. Va bene, aveva detto, ma non fate troppo tardi. Il sorriso della Piulott aveva sfolgorato un attimo prima di sparire di nuovo dal cono di luce della lampada. E alla fine con la Suava si erano addormentate sulle sedie e la Limasa aveva dovuto portarle a letto quasi di peso mentre all'organetto del figlio del Bigiot si era aggiunto, simile allo zufolo di un uccello, il flauto del cugino Tomà.

Quella notte la Suava si mise a piangere. Le lacrime avevano bagnato il cuscino e i capelli sparsi intorno al viso. La Piulott si era alzata: dalle imposte filtrava un inizio di giorno e lei aveva spalancato la finestra sul prato percorso da quella luce grigia che precede l'alba. Era cosí bello che si era appoggiata con i gomiti sul davanzale. Piulott... tra lo scuro dei capelli il viso della Suava affiorava ancora piú bianco, devastato dalle lacrime, vieni, lei diceva, vieni nel mio letto, un momento solo. La Piulott aveva abbandonato a malincuore la finestra e come si era infilata sotto il lenzuolo aveva sentito il corpo della Suava tremare, le sue mani le si erano aggrappate come chiodi. Nel pianto la Suava continuava a parlare, non mi lasciare mai diceva, mai, giurami che mai. Allora l'aveva accarezzata asciugandole le lacrime con i capelli, quanto sei sciocca le diceva, che idee ti vengono in mente... Ma per la prima volta provava fastidio a sentire le gambe della Suava avvinghiarsi alle sue e si teneva rigida, i piedi puntati contro il materasso.

Ai primi di luglio arrivò anche l'Evasio; e una settimana dopo a salire su per il viale fu la carretta con i bagagli della Sofia in visita insieme ai due bambini.

La Sofia aveva portato da Biella delle stoffe in regalo per tutti e la Piulott si fece cucire dalla Marlatteira il suo primo vestito di pannina. Il cugino Tomà ogni giorno organizzava qualcosa, una gita o una merenda alla cascina della Gru dove sedevano sotto il ciliegio. Oppure andavano nel tardo pomeriggio lungo la strada della Madonna della Neve e i contadini che tornavano dai campi li vedevano in gruppo ridere e scherzare, i bambini della Sofia che correvano avanti e indietro. I contadini si toglievano rispettosi il cappello e un poco si stupivano che il Signor Consigliere andasse cosí disinvolto insieme a quel lungo, smilzo cugino, pronto a gesticolare e a far ridere.

Nelle ore piú calde, fra le imposte socchiuse della sala, giocavano a carte e la voce della Sofia squillava alta. Suo marito era un uomo molto severo e gli piaceva vederla sempre con un lavoro in mano, cucito o ricamo, e lei non ricordava di essersi mai divertita tanto come in queste partite con il cugino Tomà. A vedere la passione vera o finta che lui metteva nell'acchiappare le carte con le sue mani smisurate. Delle partite che non finivano mai e continuavano spesso anche la sera quando la cena era stata sparecchiata e dalle finestre aperte entrava il canto dei grilli e il gracidare di qualche rana poco lontana. E se non era per le carte, restavano alzati a giocare a moscacieca e nessuno parlava piú di mandare a letto i bambini. Dalla sua camera l'Antonia li sentiva ancora ridere e fare chiasso, la voce di Tomà che sovrastava

tutte le altre. Di Tomà acchiappato dalla Sofia per la giacchetta a quadri; e non si capiva se era lei che guardava da
sotto il fazzoletto o lui che si faceva prendere e lasciava che
le mani della Sofia gli si impigliassero fra i capelli biondi. I
bambini strillavano eccitati e si facevano sotto perché la madre prendesse anche loro.

Il flauto il cugino Tomà non lo aveva piú suonato in pubblico. Forse era successo la sera della festa perché aveva bevuto. Lo suonava da solo, chiuso nella sua camera, e dalla finestra aperta le note arrivavano in giardino dove la Sofia sedeva sotto il noce a far fare i compiti ai bambini. Lei alzava
gli occhi alle tende che si gonfiavano nel sole: era una musica lenta, con lunghe pause di melodia, e la Sofia si distrae-
va, dava ai bambini risposte sbagliate o si metteva il dito
sulla bocca perché facessero silenzio invece di tormentarla
con tante domande mentre lo sguardo seguiva i giri delle
api: un breve spostarsi e poi il corpo che vibrava appena sul
fiore, infine il volo lungo per andare lontano.

Anche la Suava si fermava ai piedi delle scale ad ascoltare
il suono del flauto, e la musica del cugino Tomà, cosí diversa da quella a cui era abituata, la turbava. L'Evasio compariva nell'ingresso e lei lo vedeva riflesso nello specchio del-
l'attaccapanni, gli occhi che cercavano i suoi come se lo
sguardo indiretto potesse esprimere quello che direttamente
gli era vietato. La Suava lo fissava un istante, poi girava la
testa e velocemente saliva le scale, il suono di quel flauto
che la seguiva nel corridoio.

Perché la grande passione della Suava è la musica e ogni
volta che Pietro Giuseppe siede alla spinetta gli si avvicina
alta e dritta, i lunghi occhi scuri nel viso dagli zigomi forti,
le labbra pronte a secondare le note. Per lei Pietro Giuseppe
suona *Dona Lumbarda* e qualche volta anche la canzone di
cui la Suava porta il nome: *La povra Olanda | l'è na fumna
d'un tamburín...*

A volte, se richiesto, il cugino Tomà parla in quello strano idioma che aveva usato con la madre e la Piulott e la So-

fia ridono fino alle lacrime; l'Antonia invece deve volgere il
viso da un'altra parte tanto quei suoni le fanno male con il
ricordo di una estate ormai lontana. E quando siedono a tavola e la Piulott e l'Evasio si alzano, giocavano con le for-
chette, i bambini si dondolavano sulle sedie, quella grande
confusione lei la addebita alla presenza di Tomà, al suo
prendere ogni cosa come un gioco mentre la Sofia seduta di
fronte si dimentica di mangiare per guardarlo.

Perché la Sofia non gli toglie gli occhi di dosso e del cugino le piacciono tante cose, neanche lei saprebbe distinguer-
le. La sua stravaganza la diverte ma forse ne preferisce l'improvvisa serietà, o i gesti di una estrema dolcezza. Come
quando lega un nastro alla bambina o toglie a lei, la Sofia,
un minuscolo insetto dal collo del vestito. E quando la sera,
una volta sparecchiato, siedono a finire la partita a carte, segue attenta le spiegazioni sul *piquet* e il *reversis*. Perché il cugino Tomà sembra mettere un grande impegno nel gioco e
invece non prendere mai sul serio quanto per gli altri è grave e importante e anche quando siede con Luìs a parlare del
Trattato del Commercio con la Francia deve fare uno sforzo
per mantenere composto il viso, la pelle chiara che si colora
alle guance. Timidezza o invincibile noia? È difficile dirlo;
e se Gavriel inizia l'argomento della lotta per le frontiere
della Turchia, argomento che dovrebbe interessarlo per le
sue importazioni di datteri e uva sultanina, ne vede la bocca
che sembra trattenersi dolorosamente dallo sbadigliare.

La verità è che il cugino Tomà detesta parlare di guerra e
di fucili, e se il Trattato di Commercio con la Francia lo trova indifferente, il problema dei Dardanelli lo trova di ghiaccio. Una sera alla Sofia, passeggiando lungo il viale delle settembrine, ha raccontato del padre morto lontano per un colpo sparato da una goletta turca. Lei lo ha ascoltato con gli
occhi compassionevoli mentre dalla casa arrivava il rumore
delle imposte che venivano chiuse, le voci dei bambini che
si rincorrevano un'ultima volta. Lui parlava di quell'angolo
sperduto di Crimea dove le pulci si infilavano sotto le bende
e la sete e la febbre consumavano il padre. Di quella lettera
dettata al compagno di tenda quando già delirava dove c'era

scritto lo strazio per la moglie lontana. Fra le bande spioventi dei capelli il suo viso era comparso bianco simile a cera
e le lunghe mani magre avevano preso quelle che la Sofia gli
offriva a conforto mentre gli occhi si erano immersi nei
suoi. Occhi di acqua, di erba, che avevano fatto tremare le
dita della Sofia nelle sue.

Un'estate certo diversa dalle altre. Il marito della Sofia
vuole sapere quando tornerà a casa con i bambini, lei gli
manda a dire che ancora non può, alla bambina è venuta la
febbre e il gran caldo di quei giorni rende inopportuno il
viaggio. Il caldo è cosí forte che nessuno propone piú alcuna
gita e perfino salire a fare merenda alla cascina della Gru è
diventato faticoso. Le more si sono seccate prima di matu-
rare e il sole batte alle imposte, asciuga ogni goccia d'acqua.
Se non piove brucerà il trifoglio e l'erba medica, il granturco avrà i grani dimezzati e per il riso sarà peggio, serrato in
un terreno pieno di crepe. Il cugino Tomà fa compagnia alla
Sofia nella stanza della bambina ammalata, prende i due cosacchi di legno un poco sbiaditi nelle loro divise dello Zar
Alessandro e li fa cavalcare fra le pieghe del copriletto: questa, dice, è la neve della Russia, mentre la sua grande mano
spaventata è il Sacarlott quando ancora si chiamava Pidrèn
e credeva di morire. La bambina ride con le labbra spaccate
di febbre, la Sofia racconta della volta che il bambino Tomà
salito sul noce cadde per lo spezzarsi di un ramo e disse
Pardon.

Ma come arriva il crepuscolo e l'ombra scivola lungo il
muro giallino della casa, loro vanno a passeggio in gruppo
lungo la strada verso Lu. Anche la Suava ottiene il permesso
e i piedi affondano nella polvere spessa, fina come cipria.
Una polvere che è sulle siepi, sull'erba stenta del ciglio, negli orli delle gonne. La Piulott cammina accanto a Pietro
Giuseppe per non perdere una parola di quello che dice e si
irrita alla voce del cugino Tomà che interrompe di continuo.
Ma non osa dire nulla, e gli occhi bruno verdastri si chiudo-
no fra le palpebre mentre un tramonto che sembra polvere
anche lui, polvere e oro, si leva dalla terra verso il cielo.

La sera quando viene buio e la Suava accende le candele
ai lati della spinetta, lei resta immobile mentre lo sguardo in
ombra fra le ciglia segue i movimenti della Suava, l'ondeggiare scuro della treccia fra le spalle; e la sua ignoranza le pe-
sa, vorrebbe ora sapere delle donne che il fratello ha incontrato. Di demoiselle Ginette con i capelli crespi alti alla
fronte e le guance pallide.

Pietro Giuseppe la vede e sorride; a lui piace la curiosità
della Piulott, le sue inerzie improvvise quando siede con gli
occhi semichiusi sotto il noce, abbandonata come se dormis-
se. Lo diverte la sua anarchia fisiologica, disarmata ma invincibile e quando vanno nei campi la guarda andare senza
curarsi del sole che le scurisce la pelle, senza darsi pensiero
se qualche rovo le lacera i suoi già magri vestiti. Ma forse
quello che la Piulott vuole è qualcosa di piú e Pietro Giuseppe solleva lo sguardo dai tasti e scruta alla luce delle candele
il suo lungo viso bruno con il mento un po' molle, abbandonato nell'ascolto. Smette di suonare e subito le palpebre di
lei si sollevano, gli occhi lo fissano inquieti. A lui viene da
ridere: *Dona lumbarda spusème mí, spusème mí...*

È arrivato il marito della Sofia a riprendersi la moglie. È
alto, robusto, e una folta barba gli gira intorno al viso, lucida, scura, percorsa da fili d'argento. Alcuni suoi «merinos»
sono andati all'Esposizione Universale a Parigi e lui succhia
soddisfatto la pipa, aspira, sbuffa il fumo verso l'alto in piccoli anelli concentrici che divertono i bambini. A cena racconta la sua fuga da casa a sedici anni, quando aveva raggiunto Garibaldi in Toscana seguendolo poi fino a Roma.
Racconta l'arrivo a San Marino e il viaggio su una tartana
fino alla costa di Magnavacca inseguiti dalle navi austriache.
L'unico occhio percorso da filamenti sanguigni brilla alla luce della lampada, lui conserva ancora, dice, la divisa con la
giubba rossa e il chepí, la camicia macchiata di sangue di
quando a Magnavacca si era perso fra le paludi e un ramo gli
aveva accecato un occhio. La Piulott lo ascolta a bocca aperta, se la storia la conosce già, molti dei particolari le sono inediti e mastica lentamente mentre la Sofia che conosce

storia e particolari mostra un'attenzione garbata. Solo il cugino Tomà irriverente continua a impastare molliche di pane per farne tante palline e con quelle minaccia i bambini che ridono. Ogni tanto sbatte le palpebre come se la luce gli desse fastidio, o forse la vista di quella banda nera simile a un buco sul bel viso del marito della Sofia.

Quella notte quando l'Antonia andò a aprire la finestra per il gran caldo, le sembrò di vedere il cugino Tomà aggirarsi lungo e sottile per il giardino. Ma ci fu anche chi lo vide salire sul noce simile a un gatto, il corpo che strisciava sul tronco e il biondo dei capelli che compariva qua e là tra le foglie. Uno dei vaccari si svegliò allo sbattere della porta della stalletta dove stavano a ingrassare i capponi e pensò a un ladro, uscí fuori con il forcone ma non vide nessuno. Poi udí il suono del violino del Giai, nitido, limpido, un suono che un momento veniva dal pozzo e un altro strusciava da sotto la pergola; e posato il forcone tornò a dormire fra la paglia.

Solo il marito della Sofia, poco incline al soprannaturale, si affacciò alla finestra, chi va là? Gridò. Una, due volte. La Sofia dal letto non gli disse del violino che la Fantina aveva conservato nell'astuccio per tanti anni e le tarme e l'umido avevano reso molle come carta; un suono che tornava in certi momenti particolari anche se quel violino nessuno sapeva piú dove fosse. – Lascia aperto, – disse al marito. Quel suono le dava un grande languore, una lievità dove affioravano i desideri dimenticati. E mentre il marito richiudeva la finestra perché l'aria della notte è maligna, lei continuava a sentire quelle note attraverso i vetri e le tende, le piume del cuscino.

Ma forse era stato il flauto del cugino Tomà arrampicato fra i rami del noce, anche se il suono del flauto è molto diverso da quello del violino e l'Antonia tornata a letto si rallegrò che il marito fosse venuto a riprendersi la Sofia anche se ogni distacco la faceva soffrire. Altrimenti chissà quanto a lungo ancora la Sofia avrebbe continuato a interessarsi alla guerra di Crimea, a farsela raccontare la sera lungo il viale

delle settembrine, sulle spalle uno scialle tanto leggero da
non accorgersi di averlo perduto. Chissà quanto ancora
quelle interminabili partite a carte con la Limasa che si addormentava in cucina su una seggiola nell'attesa di spegnere
i lumi. Le dita che si toccavano sul panno steso sul tavolo, le
carte che passavano da una mano all'altra: meraviglioso, hai
vinto un'altra volta... Non vale, non vale, protestava la Piulott, Tomà imbroglia, passa alla Sofia la carta che le occorre
per vincere!

Ora la Sofia è partita, la bambina ancora convalescente la
portava il marito in braccio e lei gli si stringeva al collo. Partito anche il cugino Tomà tornato a contare i datteri e le
partite di uva sultanina. Ha promesso di tornare l'anno
prossimo e sul postale ha voluto salire a cassetta, tutti in
piazza lo guardavano con il casco spiovente dei capelli che
brillava al sole, il cappello che agitava in segno di saluto, le
gambe a penzoloni, lunghe e disarticolate. Al ritorno su per
la strada dove le orme dei carri si dissolvono nella polvere la
Piulott e Pietro Giuseppe sono rimasti in silenzio, lei lo
guardava ogni tanto accigliata. Il viso di Pietro Giuseppe è
abbronzato, asciugato, è sparito ogni inizio di pancia e da
sotto la tesa del cappello lui risponde a quello sguardo come
assorto. Sei triste, lei chiede. No, perché dovrei? Gli occhi
la contemplano simili a polvere, impenetrabili.
   Adesso sono rimasti loro quattro, lei, la Suava, Pietro
Giuseppe e l'Evasio e la vita si è ricomposta nel silenzio di
tutti i giorni. L'Evasio deve studiare e spesso la mattina si
incanta a guardare tra le inferriate dello studio le due ragazze che raccolgono la frutta: fichi, pere cadute in terra e non
ancora mature che loro appoggiano sul davanzale. Il pomeriggio il giardino è vuoto nelle prime ombre che settembre
allunga sul prato, le due ragazze sono uscite a caccia dove
seguono Pietro Giuseppe e niente le ferma. Traversano i
fossi, si graffiano tra i cespugli, saltano là dove c'è da saltare
e chi le incontra nei campi, il cane avanti e Pietro Giuseppe
fra loro due, una sottile e scura l'altra alta con la bella testa

eretta, si fa molte domande sul giovane Consigliere di Corte d'Appello e la figlia bastarda della Limasa. A ogni colpo che va a segno il cane riporta una quaglia o un fagiano, a volte una lepre, e la Suava gira la testa dall'altra parte alla vista dell'animale che sussulta negli ultimi spasimi mentre la Piulott lo raccoglie dalla bocca del cane e lo finisce sbattendolo contro una pietra. Il sangue le macchia le mani, la veste.

La Suava torna da quelle passeggiate con il viso colorito, uno slancio insolito in lei, la Limasa brontola perché va a perdere tempo invece di imparare il *punto Venezia* e l'*ardanger*, lo svolazzetto per la biancheria fine, ma non riesce a nascondere un istintivo piacere. La bellezza della Suava è troppo forte perché lei possa soffermarsi sui pericoli di tutto quel felice vagabondare, e quando li vede avviarsi tutti e tre o la Suava passa di corsa, trafelata, disattenta a tutto quello che non è raggiungere Pietro Giuseppe fermo ad aspettarla sul viottolo, è colta da una specie di stordimento.

Erano sempre insieme. Pietro Giuseppe le portò in visita a Pomaro dove viveva la Sireina che in gioventú era stata grande amica delle sei sorelle Maturlin e ora, prima di morire, voleva conoscere il figlio della Teresina diventato Consigliere di Corte d'Appello a Torino.

La Sireina si chiamava in realtà Maria Carlotta e aveva sposato uno dei signori di Pomaro ma per raggiungere lo scopo aveva dovuto usare tali arti di seduzione che la voce popolare le aveva dato il soprannome di *Sireina*. Adesso era vecchia e grassa e quel soprannome le faceva piú piacere che non il titolo al quale avrebbe avuto diritto. Girava per i viali con una mantiglia dalle frange gialle e chiamava i pavoni che al suono della sua voce allargavano la ruota nel tremolare delle creste simili a pistilli. Le due ragazze la seguivano ammirate calpestando gli aghi neri lasciati cadere dai cedri del Libano, cosí alti che oscuravano il cielo. La Sireina ogni pochi passi si fermava e elogiava ad alta voce la bellezza della Suava, i suoi capelli, l'incarnato, gli occhi. Piú tardi seduta in disparte con Pietro Giuseppe si informò chi fosse e saputo che imparava a cucire per le spose si offerse di averla qualche tempo al castello per rinnovare la sua biancheria da letto.

Era una vecchia un po' sorda e aveva parlato a voce alta, la Suava poco lontana si era girata e rossa per l'imbarazzo aveva guardato Pietro Giuseppe per vedere cosa avrebbe risposto, le mani piccole e rovinate dall'ago che andavano storcendosi una contro l'altra. Ma a rispondere fu la Piulott: era una buonissima idea, disse, certo nessuno avrebbe avuto niente in contrario. Poi si interruppe perché le mancò il coraggio.

Lei nessuno l'aveva interrogata e la Sireina la fissava stupefatta mentre gli occhi della Suava si erano fatti vitrei, le lacrime pronte a traboccare. Pietro Giuseppe non aveva detto niente e quel silenzio aveva dato alla Piulott nuovo coraggio. Sí, aveva ripreso, la Suava ricamava molto bene e poi certo sarebbe stata felice di vivere in un posto dove c'era perfino un'altalena! Aveva detto *sbalòusia* per quella che la Sireina aveva pomposamente chiamato la *balançoire* e ora girava intorno lo sguardo a cercare altre attrattive, il viso pallido per l'emozione. Appoggiato allo schienale di ferro, le gambe incrociate all'altezza dei polpacci come gli aveva insegnato Tante Marianne, il sigaro fra l'indice e il pollice, Pietro Giuseppe la guardava senza intervenire.

La visita finí in silenzio, la Sireina ricordandosi improvvisamente di essere una marchesa carezzò con benevolenza la Suava sulla testa e offrí alla Piulott la mano da baciare. La Piulott finse di non vederla e accennando con tutto il corpo quello che presumeva fosse un inchino, si avviò avanti per andarsene. E appena fuori fu colta da una grande allegria.

Era la sera, la fine della visita, ma soprattutto quello che aveva colto nello sguardo di Pietro Giuseppe. Un perdono cieco, una indulgenza che andava al di là di ogni speranza. Abbracciò la Suava, la rassicurò che nessuno voleva mandarla via e la prese per mano perché corresse con lei giú per i campi dove una nebbia leggera inghiottiva i piedi. La Suava si lasciò trascinare, qualche nuvola si accendeva qua e là nel cielo e l'aria sembrava penetrare nei polmoni con i suoi colori profondi. La Piulott si sfilò le forcine che le tenevano i capelli e avrebbe voluto strapparsi la cinta, i lacci della gonna, tanto era grande il desiderio di libertà. La Suava la guardava sconcertata e appena le fu possibile ritirò la mano.

– *E i pavö, aieru nent bei?* – la Piulott si è fermata, da quella nebbia stagnante la Suava emerge con il busto eretto, gli occhi simili a stelle reggono la sfida: – *Ati a visti al pianti at pum?*

– *Stría!* – le grida la Suava, – *stría, stría...* – È corsa via come se navigasse in quella ovatta di nebbia, una vela leggera nel crepitare dei passi.

La Piulott ha raggiunto Pietro Giuseppe sulla strada, si sono presi per mano, le sue dita bruciavano. In cielo si era spento ogni colore e loro sono andati piano, la Suava non l'hanno mai raggiunta. Quando hanno svoltato per il viale delle settembrine le mani si sono sciolte, dalla casa arrivavano le note compitate da una mano incerta sulla spinetta: *Dona lombarda, spusème mí, spusème mí...*

Luìs era seduto sotto il noce e li ha chiamati. Ha offerto al figlio un bicchiere di vino prima di cena. Pietro Giuseppe ha raccontato la loro visita a Pomaro. Aveva il vizio di annusare il tabacco quando era giovane, dice Luìs della Sireina, e il suo naso era sempre rosso... ma mentre parla avverte nell'attenzione del figlio una forzatura come se lui volesse mostrarsi alla stregua degli altri, essere semplice quando invece tante cose dimostrano il contrario; e tace versandogli altro vino.

Ma neanche Luìs si chiede come mai Pietro Giuseppe preferisca la compagnia di due ragazze ignoranti a quella di uomini adulti, di persone piú simili a lui. E se il pensiero lo sfiora è sempre alla Suava che si riferisce, alla Suava che ora è andata a raccogliere l'uva per la cena e compare sotto la pergola simile a una macchia chiara, l'ombra densa dei capelli.

L'Evasio si è affacciato alla porta: – La mamma ti vuole in casa, – ha detto alla Piulott. Forse era lui a suonare *Do-*

na Lumbarda e Pietro Giuseppe gli guarda le mani mentre si versa da bere: mani che tremano leggermente, sempre un poco sudate. Gli occhi chiari ereditati dalla gente di Braida sono di un celeste che potrebbe essere molto bello se l'Evasio non li avesse perennemente arrossati. Forza, dice di nuovo alla Piulott, la mamma ti aspetta, lo sguardo cerca la Suava, lei è rimasta immobile sotto la pergola, neanche le forbici fanno piú rumore.

La Piulott si è alzata di malavoglia e prima di allontanarsi, da dietro la sedia su cui sta seduto, circonda con le braccia il collo di Pietro Giuseppe chinandosi rapida a dargli un bacio. È un bacio di gratitudine ma le labbra si abbandonano sulla guancia e scivolano via lente, Pietro Giuseppe le trattiene la mano poggiata sulla spalla, lei ride piano. E ogni cosa è cosí naturale, nessuno si stupisce, neanche l'Evasio. Per un istante tutto sembra perfetto: la sera, il piccolo tavolo tondo di ferro, il noce, i passi della Suava sul viottolo.

La Suava si ammalò. Lei che era la piú ignorante aveva capito che stava succedendo qualcosa di intollerabile. Venne trasferita nella stanzetta della Limasa e la madre si sistemò un giaciglio ai piedi del letto. Era una febbre estiva e noiosa, con la testa sul cuscino la Suava fissava la piccola finestra chiusa dalle sbarre e ogni lavoro che la Limasa le metteva fra le mani, anche solo orlare un fazzoletto, lo lasciava ricadere tanto era lo sfinimento. Quando sentiva passare qualcuno nel corridoio girava la testa nella speranza che fosse la Piulott.

Ma la Piulott entrava di rado e le dita che giocherellavano con il lavoro abbandonato sulla coperta avevano qualcosa di crudele nella loro impazienza, davano alla Suava il desiderio di morire. Si scambiavano poche frasi e le risposte della Piulott non dicevano nulla: a Messa Grande il Prevosto aveva fatto una predica sul diavolo. A Pomaro no, non erano piú andati... Il suo sguardo girava intorno irrequieto e dopo poco che era entrata era già sulla porta, il viso lungo e bruno appoggiato allo stipite in un ultimo ripensamento.

Avrebbe potuto finire cosí quell'estate, con la Suava che lentamente guariva e la Piulott a caccia con Pietro Giuseppe e il figlio del Bigiot. Una quaglia che si leva in volo, il colpo del fucile, il cane che corre e la Piulott che gli va incontro per strappargli di bocca l'animale. La nebbia sottile del crepuscolo. Le prime piogge, le sere che diventano piú fredde. Pietro Giuseppe che suona *Dona Lumbarda* e la Suava che lo ascolta dalla sua camera.

Il biglietto di invito lo portò il messo comunale e rimase sotto il noce ad aspettare che qualcuno gli offrisse da bere. Ma quel biglietto aveva suscitato un tale scalpore che di lui si erano dimenticati tutti: strettamente personale invitava l'Illustre Concittadino, gloriosamente ferito nella battaglia di Lissa, all'inaugurazione del Monumento ai Caduti per l'Indipendenza che avrebbe avuto luogo a Alessandria. Il Comune per alleviare il disagio del viaggio metteva a disposizione una carrozza con vetturale.

Pietro Giuseppe era fuori e quando tornò accompagnò il messo giú per il viale. In quanto se accettare o meno l'invito gli disse, lo avrebbe fatto sapere al piú presto. La sua vacanza stava per finire e gli dispiaceva perderne anche solo due giorni. Il messo annuiva come se gli avesse dovuto un'approvazione incondizionata ma quando arrivò al cancello si fermò: forse non aveva capito bene, rifiutava? Gli occhi lo guardavano increduli e ripeteva della carrozza. Una carrozza con i sedili imbottiti, l'avevano già pronta nella rimessa del Municipio.

A tavola anche Luìs si era meravigliato dell'indecisione del figlio e aveva cercato di convincerlo, quasi intimidito da tanta indifferenza. Di di sí, di che vai, la voce della Piulott aveva squillato alta, ti prego, cosí porti anche me... Gli stava cambiando il piatto e la mano appoggiata sulla tovaglia aveva tradito nella sua mollezza ancora l'adolescenza. Ti prego. L'irruenza e la lagna.

Luìs l'aveva guardata sorpreso, Gavriel aveva smesso di mangiare. Lei era diventata rossa, forse aveva osato troppo e ora la madre la rimproverava, non è cosa da chiedere, aveva detto, lei nessuno l'aveva invitata. Lo so, lo so, aveva risposto in fretta, ma in questo modo io resto sempre a casa, non vado mai da nessuna parte. Sulla tovaglia, la mano implorava.

Pietro Giuseppe non aveva detto ancora niente e guardava tranquillo il padre. – Se la Piulott ci tiene tanto... – aveva poi soggiunto, gli occhi di polvere che sembravano rimettere ogni decisione a Luìs.

– Sí, io sí! – quasi ridicola quella gioia.

Nessuno aveva protestato, anche l'Antonia aveva taciuto colpita dallo sguardo che la Piulott aveva volto in giro: in quegli occhi bruni verdastri c'era la felicità che loro non conoscevano piú da tempo. La mano si era ritirata dalla tovaglia, la Piulott era ancora ferma con il piatto in mano, Pietro Giuseppe l'avvertiva alle spalle. Perduta, pazza per quello che aveva ottenuto.

La carrozza era una berlina con delle tende logore e grigie, il Barbissa che governava i cavalli pesava almeno ottanta chili e salendo a cassetta fece scricchiolare tutti i legni. La gente uscí sulla strada a vedere la carrozza venuta a prendere il figlio di Luìs invitato dal Prefetto di Alessandria e la Piulott tirata indietro sui cuscini rideva dallo stupore, la grande bocca malinconica che tremava leggermente. Si era messa il vestito buono, di pannina a quadretti, e stringeva le dita per l'eccitazione. Come la berlina svoltò sullo stradone, loro erano già uno nelle braccia dell'altro.

Si baciarono a lungo, per ore, in silenzio. Si baciarono il viso, i capelli, le labbra di Pietro Giuseppe si chiusero nell'incavo morbido della gola. Ma oltre non andarono. E se la Piulott non aveva piú dubbi sulla natura dei suoi desideri, una specie di cecità le impediva di trasmetterli alla coscienza. La felicità era troppo grande, andava vissuta interamente, subito.

Attraverso le tendine videro il sole abbassarsi e poi morire, e quando il Barbissa fermò la carrozza e insospettito da tutto quel silenzio aprí lo sportello, loro non furono in grado di dominare l'emozione. Tutto, all'interno della carrozza, testimoniava di quanto era accaduto. Il Barbissa richiuse con un colpo: per un attimo il suo largo faccione aveva riflesso, nel suo sbigottimento, l'enormità di quanto aveva veduto. Ma per loro non era ancora abbastanza e appena i cavalli ripresero ad andare Pietro Giuseppe la strinse contro il suo corpo come quando era bambina, cosí forte quasi avesse voluto farla entrare dentro di lui.

La sera in albergo cenarono con grande allegria. Per la Piulott era tutto nuovo e fra i tanti cibi non sapeva cosa ordinare, il tavolo si riempí di piatti. I pochi uomini che cenavano con il tovagliolo infilato nel panciotto, li guardavano incuriositi. Era in verità una coppia insolita, lui lasciava indovinare sotto gli abiti di buon taglio una struttura massiccia, contadina; lei invece, giovanissima, portava un vestito dove la forbice non era andata troppo per il sottile mentre i lineamenti lunghi e affilati appartenevano a un'altra razza, a quei signori di Braida che potevano contare ascendenti fino alle Crociate. E poi di una intimità eccessiva, con quella forchetta che andava dal piatto dell'uno a quello dell'altro. Un Consigliere di Corte d'Appello e la sua giovane sorella, sussurrava il cameriere.

La notte, nella sua stanzetta sul cortile, la Piulott rimase sveglia a contare le ore battute dal campanile. Si passava le mani sul viso e sul collo, sui capelli, per sentire quello che aveva sentito Pietro Giuseppe sotto le labbra. Neanche per un istante ebbe rimorso, i soli pensieri che come lampi le attraversavano il cervello riguardavano il lunedí, quando avrebbero fatto a ritroso lo stesso percorso. Verso l'alba si affacciò alla finestra, l'aria era fredda e una serva zoppa tirava su l'acqua dal pozzo senza rumore, la catena era stata unta per non disturbare i clienti e lei la manovrava piano, attenta che il secchio non urtasse contro le sponde. Poi, improvvisamente, da uno degli archi del cortile, vide sbucare il Barbissa sbandato ancora dal sonno, i capelli grigi in disordine sulla testa; e si tirò indietro spaventata.

Fu lui certo a parlare. Cosa disse, e a chi, la Piulott non lo seppe mai: quel ritorno in carrozza rimase per sempre confinato nei remoti angoli della sua anima. Mentre Pietro Giuseppe era al pranzo in Prefettura, la Rosetta del Fracin si presentò in albergo per portarla a casa sua. Aveva il permesso del fratello, disse, di tenerla alcuni giorni per farle conoscere la città. Lei salí sul *landeau* foderato di velluto scarlatto senza capire che significava un distacco definitivo; e rise quando sulla porta di casa il Camurà le venne incontro inchinandosi nel baciamano, onorato disse, di ospitare una nipote della Cavaliera.

Per tutto il pomeriggio aspettò di essere raggiunta da Pietro Giuseppe. Era sicura che sarebbe arrivato e a ogni rumore di carrozza si affacciava sulla piazza dove i platani lasciavano cadere le prime foglie gialle. La Rosetta del Fracin le aveva dato una vasta stanza arredata con pochi mobili e quando venne buio la lampada a petrolio illuminò il cocchio dell'Aurora dipinto sul soffitto. Aspettò ancora il giorno seguente gironzolando per le stanze e a pranzo ascoltò il Camurà raccontare la sua vita di ragazzo povero, quando andava a Braida a comprare la roba vecchia e a volte, tra gli stracci, trovava una manica o un *revère* appartenuto ai vestiti della Cavaliera: stoffe cosí fini che le ragazze ne facevano nastri per legarsi i capelli. Quando venne di nuovo buio e capí che Pietro Giuseppe non sarebbe piú arrivato, si buttò sul letto e disperata dormí come un sasso. Senza sogni, senza lacrime.

La Rosetta del Fracin la portò a vedere ogni strada, ogni chiesa della città dove i lumini ardevano vicino all'Altare Maggiore. La portò a vedere la stazione e il Tanaro. Il *landeau* scese giú lungo il greto del fiume e i cavalli si fermarono al limitare dell'acqua, la Rosetta del Fracin elogiò l'abilità del cocchiere, la bellezza dei pioppi che tremolavano con foglioline d'argento mentre tutto quel brillio sembrava spegnersi nello sguardo atono della Piulott. Una sera, con il Camurà, andarono al Teatro Regio dove lei si rifugiò in fondo al palco: aveva vergogna del suo vestito e per tutto il

tempo tenne gli occhi bassi, sorda a quanto le accadeva intorno.

Il giorno dopo la Rosetta del Fracin fece fermare la carrozza in periferia dove nella campagna piatta, solcata dai
corsi d'acqua, stavano sorgendo le prime fabbriche. Alla
Rosetta del Fracin quel paesaggio piaceva, aveva piovuto e
l'aria era umida, una striscia di sole illuminava l'orizzonte.
Si era tolta il cappello e offriva il viso al vento leggero che si
levava da terra: era ancora bella e la mantella di panno chiaro simile al piumaggio di una tortora le addolciva la carnagione conservata al riparo dai dolori. Con la punta dell'ombrello indicava alla Piulott una costruzione in mattoni rossi:
la futura fabbrica del Camurà. La Piulott erano due giorni
che non mangiava quasi nulla, il vestito, sempre lo stesso,
gualcito, macchiato, aveva l'orlo inzaccherato di fango. Il
sentimento che provava per quella donna bella e elegante,
cosí indaffarata a indicarle con la punta dell'ombrello quanto possedeva, somigliava all'odio. Le nuvole basse, sfiorate
da bave di sole, incombevano fra quelle pozze d'acqua. Era
corsa via e si era rifugiata nella carrozza, il viso premuto
contro i cuscini del sedile. Quando la Rosetta del Fracin
la raggiunse la trovò che singhiozzava. Voglio tornare a casa, diceva tra un singulto e un altro, voglio tornare dalla
mamma.

Venne a prenderla Gavriel e sul treno che li riportava a
Giarole le disse che Pietro Giuseppe era tornato a Torino.
Lei sembrò non sentire e rimase a guardare fuori i pioppi
lungo i fossati, le cascine, le vigne con le foglie che cominciavano a farsi rossastre. Quando furono vicino a Villabella
chiese se dal treno si vedeva la cascina dei Maturlin e Gavriel gliela indicò, in alto, con il lungo olmo distorto davanti. Una signora che aveva conosciuto le Maturlin da giovani
cominciò a parlare della loro grande bellezza: ai balli, diceva, tutti i giovanotti erano per loro e alle altre non ne restava nessuno. Raccontò anche che l'ultima era stata la piú
sfortunata, si era sposata a diciassette anni e era morta alla
nascita del primo bambino. Né Gavriel né la Piulott dissero

dei legami che li univano alle Maturlin e un signore che sedeva di fronte aggiunse che non sempre la bellezza porta
fortuna. Alla Maturlin aveva portato soprattutto disgrazie.

La Piulott non volle piú tornare a dormire insieme alla
Suava, le era venuta per la compagna di sempre quasi un'av-
versione. Un giorno, mentre la Suava sedeva a cucire, le ta-
gliò la treccia. Un'altra volta diede fuoco al vestito che le
avevano appena mandato a regalare da Pomaro. In quell'occasione la Suava pianse molto e l'Antonia costrinse la figlia
a chiederle scusa in ginocchio. La Piulott obbedí; pallida, a
denti stretti, le ginocchia sui mattoni, scandí ogni sillaba
senza mai alzare la testa.

Qualche giorno dopo Gavriel la prese in disparte e le parlò a lungo. Era inverno e i passeri beccavano quello che riu-
scivano a trovare sotto gli alberi, la terra era dura, bruna,
gelata. Disse che un nipote del Camurà l'aveva vista a teatro e era rimasto colpito della sua grazia, aveva intenzioni
serie, era una brava persona e aiutava lo zio nei suoi affari,
un giorno sarebbe stato molto ricco perché era l'unico erede
del Camurà. La Piulott lo ascoltava in silenzio guardando
fuori la Limasa che scopava il viottolo di mattoni. Gavriel le
diceva di pensarci perché era una buona occasione, il Camurà aveva comprato per il nipote una casa subito fuori Alessandria dove stava sorgendo la sua nuova fabbrica e sarebbe
stato molto contento di imparentarsi con una nipote della
Cavaliera.

La Piulott si era girata e aveva fissato lo zio con gli occhi
che sembravano dormire sotto le palpebre: – È vecchio? –
aveva chiesto.

Gavriel era rimasto un momento interdetto: – No, –
aveva risposto, – credo che non abbia neanche trent'anni.

– È brutto? – sembrava una bambina diligente che si in-
formasse sul compito mentre dal viso rivolto verso Gavriel,
con il mento un po' cascante, emanava una tristezza quasi
palpabile.

– No, anzi... – ma improvvisamente Gavriel aveva capito, lei non si sentiva cosí irresistibile, e gli venne da ridere: – Stai tranquilla, – aveva aggiunto, – non c'è nessun *ma* –. Le era andato vicino e l'aveva accarezzata sùlla testa, lei era tornata a guardare fuori: la Limasa non c'era piú e stava venendo buio. – Non ridere, – aveva detto.

L'amore dell'Evasio per la Suava durò ancora l'autunno e parte dell'inverno. Da Torino, dove era tornato con i suoi libri di anatomia, l'Evasio scriveva a casa ogni settimana nella speranza che almeno nel portare la lettera alla madre la Suava fosse costretta a ricordarsi di lui.

Non sapeva che quelle lettere la Suava neanche le vedeva, lei non aspettava posta da nessuno e la mattina si alzava presto per scendere lungo la Via Barbecana dove le suore avevano aperto un nuovo Oratorio per le ragazze. I capelli che le stavano ricrescendo erano una foresta intorno al suo ovale bianco e le compagne glieli toccavano ammirate. Lei imparava un nuovo punto che si chiamava *punto Persia* e la suora che glielo insegnava, seduta accanto sulla panchetta, le parlava della pace del convento e delle delizie che la Madonna riservava a chi le faceva dono della sua verginità. La Suava ascoltava attenta, le piccole dita che passavano precise l'ago nella stoffa; ma cosa avesse nella testa neanche la monaca ricamatrice riusciva a capirlo.

Quando venne Natale l'Evasio tornò. Nessuno lo aspettava e lui svoltò per il viale che era notte con la luna alta nel cielo. Arrivava a piedi da Giarole e picchiò ai vetri della sala dove stavano cenando. La madre e la Piulott l'abbracciarono ma lui cercò subito gli occhi della Suava.

Un attimo; e lo sguardo di lei, calmo, scuro, scivolò via. L'Evasio non aveva ancora finito di salutare che la Suava era già sparita con la sua gonna per la porta della cucina.

Era un amore a fondo perduto, e l'Evasio lo sapeva. Cosa sperasse dalla figlia che la Limasa aveva avuto con uno Zuavo, l'Antonia temeva di capirlo. Ma forse l'Evasio non sperava nulla, era cosí e basta; e quella sera prese posto a tavola bevendo molto vino per riscaldarsi e raccontò che lungo lo

stradone di Giarole era stato seguito da dei passi che si fermavano quando lui si fermava. E ogni volta che si era girato
non aveva visto nessuno, dietro di lui la strada gli era sempre apparsa vuota, bianca sotto la luna. Alla Piulott vennero
i brividi e rattrappí le gambe sotto la sedia perché sempre
temeva che qualcuno di invisibile la tirasse per i piedi. La
Limasa invece pensò allo Zanzìa, doveva essere lui disse, faceva sempre quella strada quando portava la notte il sale di
nascosto dai gendarmi. Ma lo Zanzìa era andato con la carretta e invece quelli che l'Evasio aveva sentito erano stati
passi di uomo a piedi. A questo punto, colta da un grande
sgomento, la Piulott scoppiò a piangere.

Quel pianto è stato presto dimenticato. L'Evasio ha tirato fuori i regali che ha portato da Torino: questo è per te
Piulott, cosí ti asciughi le lacrime. Un regalo per la madre legato con un nastro azzurro. Uno per la Limasa. Un ditale
d'argento per la Suava. Un regalo anche per lo zio Gavriel e
uno per il padre. Ma Luìs soffre per lo spreco di denaro e l'i-
nutilità di quei piccoli oggetti, fuori il freddo taglia il fiato
in bocca e la mattina i bambini degli schiavandari non hanno calze per andare a scuola, i piedi lividi non riescono a
camminare, i crampi li contraggono negli zoccoli. L'infezio-
ne del brusone ha attaccato il riso e il prezzo è crollato, crollato anche quello della meliga, del miglio, del grano, e neanche le nuove vacche di razza frisona sono riuscite a risolle-
vare le sorti del bestiame. I bovari emigrano verso la città
perché nessuno ha piú soldi per riparare le loro stanze e l'acqua piove sui letti, le mura sono verdi di umido. Suo figlio
a Torino compra ditali d'argento, mezzi guanti di seta, a lui
una borsa ricamata per il tabacco.

L'Evasio sente il peso del suo sguardo e volge verso il padre i suoi occhi celesti, occhi di piume, di ali di farfalla, Luìs
non dice nulla ma il figlio capisce e ha uno scarto d'impazienza e si gira per uscire dalla stanza. La Piulott lo segue,
gli prende la mano, grazie, dice, sono dei regali bellissimi.

La prima notte dell'anno cadde molta neve e quando la
mattina si alzarono gli arbusti si piegavano sotto il suo peso,

il viottolo di mattoni non si vedeva piú e il suono delle campane arrivava ovattato, inutile, perché a Messa nessuno poteva andare. La neve gravava sui tetti e fin dalle prime ore tutti gli uomini validi erano fuori a buttarla giú perché non succedesse come quella volta che aveva sfondato la stalla. L'Evasio uscí anche lui e con quelle sue mani da nulla, percorse da vene azzurrine, impugnò una pala e quella fu per lui una giornata di memorabile felicità. Si sentiva forte e pieno di energia, la neve gli cadeva sul berretto, gli scivolava giú per la giubba, il viso era colorito e lui continuava ad andare con quella pala senza fermarsi. La Suava che era grande e robusta aiutava anche lei e portava via carriole di neve, uno scialle colorato sulla testa. Ma poi aveva avuto caldo e lo scialle se lo era tolto, la neve le cadeva sui capelli e le si scioglieva giú per il viso accaldato, lei la succhiava fra le labbra. Era come se fosse tornata bambina e con la Piulott avevano scordato ogni risentimento, insieme andavano allegre a rovesciare la carriola in fondo al giardino.

Piú tardi, quando la neve era stata tutta spalata, invece di rientrare in casa avevano tirato fuori la slitta e avevano cominciato a trascinarsi uno con l'altro. Cadevano, si rialzavano, affondavano e si inseguivano con il cane che saltava intorno abbaiando. La Suava dimenticò l'Oratorio e la suora ricamatrice che doveva insegnarle il *punto Persia* e trascinò la slitta fuori il cancello. Non nevicava piú ma il cielo era basso e grigio e certo avrebbe nevicato ancora, i corvi si appollaiavano sui rami scrollandone giú la neve, le loro zampette a triangolo segnavano il bianco intatto e rigonfio. Loro ridevano e si chiamavano, scivolavano lungo la discesa di Lu tenendosi stretti; e in salita la Suava tirava forte, senza stancarsi mai. Ci fu un momento in cui la slitta si rovesciò e l'Evasio si trovò abbracciato alla Suava, la bocca cosí vicino alla sua che avrebbe potuto baciarla: gli occhi di lei ridevano e all'Evasio mancò il coraggio. Lei gli sguscciò via e ancora rideva, correva nella neve raccogliendo la gonna con le mani.

La Limasa li andò a cercare perché veniva buio, si strin-

geva nello scialle e finalmente li vide come macchioline sulla
vasta distesa bianca, il cane che saltava qua e là e spariva
ogni volta piú a fondo; e cominciò a gridare. Che venissero,
era tardi, e poi erano matti a stare lí con tutto quel freddo.

Quando entrarono in casa erano cosí bagnati che le ragazze furono avvolte in una coperta e i loro panni stesi a
asciugare in cucina, loro sedettero di fronte al fuoco a bere
il vino caldo. All'Evasio si chiudevano gli occhi per la stanchezza e le mani pendevano giú gonfie e paonazze ma lui faceva uno sforzo per non addormentarsi e continuava a guardare la Suava, i piedi che spuntavano dalla coperta con le
calze rattoppate. La Suava mai era stata piú bella e rideva
ancora piano, quel vino forte e dolce che andava alla testa.

Il giorno dopo l'Evasio partí per Torino con un cestino
dove la Limasa aveva sistemato il suo pranzo. La madre gli
aveva dato i soldi per il postale e lui partiva contento, voleva studiare e diventare un chirurgo famoso ma il suo desiderio immediato era costruire, per l'estate a venire, una grande voliera dove mettere fringuelli, usignoli, cutrettole. Ma
anche uccelli piú rari quali il colibrí e l'uccello del Paradiso.

La Piulott andò in cerca dello zio Gavriel per dirgli che il
nipote del Camurà non voleva neanche vederlo: per ora non
si sposava. Forse, col tempo, avrebbe cambiato parere. E
scese con la Suava giú per la Via Barbecana per conoscere la
suora ricamatrice che sapeva piú di cento punti.

Prima che febbraio finisse il capostazione di Giarole
mandò a chiamare Luìs. Steso su una panca della sala d'a-
spetto c'era suo figlio, l'Evasio, arrivato da Torino con una
febbre cosí forte che non riusciva a tenersi ritto. Stava venendo buio e Luìs mandò a dire al capostazione se poteva
tenere il ragazzo fino all'indomani. In due portarono l'Evasio nella casetta rossa che affacciava sui binari, e una volta
che fu dentro non sapevano dove sistemarlo e lo adagiarono
su un piccolo divano in un angolo. La moglie del capostazione si lamentava perché la casa era piccola e il ragazzo chissà
che male aveva; ma l'Evasio rattrappito sotto la mantella

non sentiva piú nulla, le voci gli arrivavano confuse tutte insieme. La bambina piú grande del capostazione che aveva pena di lui gli andava bagnando le tempie con l'aceto.

Luìs arrivò la mattina dopo con una carretta coperta da una tela cerata. Altro sul momento non si era trovato. Era una bella giornata e tra le ultime bave di nebbia il cielo andava facendosi sempre piú azzurro, un luce rosata filtrava tra i pioppi spogli, qua e là sulla terra scura c'erano grandi chiazze di neve. La testa riversa dell'Evasio, con gli occhi semichiusi, ciondolava a ogni sobbalzo della carretta e quando Luìs cercò di farlo bere l'acqua si perse lungo il mento con la barba di piú giorni, una barba incredibilmente folta per quel viso che andava facendosi sempre piú piccolo, lungo e stretto alle tempie. Luìs gli prese la mano, le vene si disegnavano livide sul dorso dalla pelle bianca e sottile, fredda, e le dita si strinsero alle sue, altro segno l'Evasio non diede. L'aria era mite come non era piú stata da tempo e i corvi brillavano nel vapore luminoso, i comignoli delle case fumavano bianchi. Il nipote del Gerumin che guidava la cavalla cantava, un canto di chiesa che gli sembrava l'unico adatto a un malato. Cosí arrivarono a casa; ci misero quasi due ore e quando l'Antonia gli corse incontro e si affacciò alla sponda della carretta, capí che il figlio era perduto.

Tre giorni ancora durò l'Evasio. Tre giorni durante i quali Luìs non si mosse dalla stanza e gli tenne stretta la mano. Il male era sceso ai polmoni e il respiro si faceva sempre piú affannoso, Luìs guardava dalla finestra trascolorare il giorno e farsi notte e poi di nuovo la prima luce dell'alba filtrare rarefatta nella stanza; e ogni volta che tentava di sfilare la mano, le dita dell'Evasio stringevano piú forte. Nel silenzio ogni rumore ingigantiva: i passi dell'Antonia che andava e veniva, il suono del cucchiaio nella tazza, i denti contro il bicchiere. E poi fisso su una nota sola, ora piú alto ora piú basso, quello spaventoso respiro.

Tre giorni che crearono fra lui e l'Evasio un'intimità che neanche una vita passata in stretto affetto avrebbe potuto creare. Si capivano con una pressione delle dita, uno schiudersi dello sguardo, un volgere della testa. Il terzo giorno, ricordandosi di come era sempre stato avaro con il figlio, Luìs gli infilò sotto al cuscino un portafoglio gonfio di denaro. Era per lui, per l'Evasio, per tutto quello che aveva sempre desiderato. Ma era ormai troppo tardi; e l'Antonia che era lí accanto, nello spostare il cuscino, lo fece rotolare in terra. L'Evasio stava con gli occhi chiusi, non aveva visto quando il padre gli aveva messo il portafoglio sotto al cuscino e non si accorse quando la madre lo fece cadere. Le dita sí, quelle le stringeva forte alle dita del padre, di altro non aveva piú bisogno. Non piú Suava, non piú alberi, neve, uccelli. Non piú ansie, desideri. Nulla, solo quelle dita fino alla fine.

Dopo, quando il cancello del cimitero si richiuse cigolando sui cardini, quei tre giorni diventarono per Luìs molto importanti; e mentre in casa era un gran piangere e ricordare e l'odore della tintura che bolliva a fare neri i vestiti dava quasi in bocca la sensazione della morte, lui chiuso nello studio provava una grande calma. Il dolore era un blocco dai contorni precisi, non generava mostri, non orrore e neanche disperazione. Terribile a dirsi, Luìs si sentiva al di sopra degli altri. Poteva, il dolore, guardarlo in faccia. Riconoscerlo, misurarsi con lui. Nessuno osava aprire la porta, nessuno bussava, e mentre oltre quella sottile parete la tempesta sembrava deflagrare con tutti i suoi tuoni, là dentro regnava una calma immobile appena percorsa da quella luce invernale tersa e fredda. I suoi occhi, dalla profondità ossuta delle occhiaie, sfioravano le sedie, il tavolo ricoperto da un panno, i libri chiusi dietro il vetro, i ritratti: tutto avrebbe potuto continuare cosí per sempre. Eternità, una parola che a Luìs ripugnava.

La Piulott si sposò la prima domenica di settembre. Aveva piovuto da poco e lei si avviò a piedi al braccio del padre, tutto il paese era sulla porta a vederla e i colombi volavano attraverso la strada andandosi a posare sui tetti. Nell'aria c'era un gran profumo di torte e la fornaia che aveva passato la notte a impastarle era anche lei sulla porta con le braccia bianche di farina mentre i bambini correvano a piedi scalzi dietro al corteo perché si era sparsa la voce che il Camurà avrebbe distribuito le *praline* all'uso francese.

Agli anelli fuori il Municipio erano attaccati i cavalli degli amici dello sposo arrivati da Alessandria per fare festa. Il Prevosto aspettava sul sagrato con la pianeta delle grandi occasioni ricamata dalla Fantina e sulla testa lucente del Bambino Gesú le vespe si posavano come fosse stato miele. Quando la Piulott entrò in chiesa l'organo cominciò a suonare e dai banchi riservati alle ragazze dell'Oratorio si alzarono gli acuti del canto. L'altare era candido di fiori e fra le ragazze a cantare c'era anche la Suava con il velo bianco sui capelli.

Ma soffriva di capogiri e prima che lo sposo infilasse la fede al dito della Piulott, si sentí mancare. Per la folla, il caldo, l'odore delle candele. Le compagne la portarono fuori e la stesero sui gradini all'ombra dei platani. La musica arrivava fino là, lei la sentiva e sulle palpebre chiuse le foglie del platano agitavano ombre che andavano e venivano.

Al pranzo si era già ripresa e aiutava a servire tra il via vai delle donne scese dalla cascina della Gru, i polli, le salse, i salami. Ogni tanto guardava verso il viale come se sperasse di vedere qualcuno e una volta si spinse fino al cancello dove i bambini con i piedi scalzi nella polvere aspettavano una razione di dolce. Ma non vide nessuno e tornò sul prato a servire gli sposi seduti fra gli amici a un lungo tavolo apparecchiato di bianco. Un altro tavolo era stato preparato nella sala e là sedevano Luìs e l'Antonia con i parenti del Camurà e gli altri *particulari* arrivati per l'occasione anche da San Salvatore e Moncalvo. Era l'ultima figlia e Luìs aveva fatto le cose in grande, le portate non finivano mai e i bicchieri non erano mai vuoti. Barbera quasi nero e grignolino aspro, di un rosso rubino. E per finire il moscato che andava alla testa, dolce, del colore del tabacco. Il sangue pulsava alle tempie, batteva nel collo quasi l'Antonia avesse avuto là un altro piccolo cuore.

Il Duardin era venuto con la sua fidanzata, una ragazza alta con un largo cappello di paglia a difenderla dal sole della campagna. Portava in dote un alloggio a Novara e una villa con poggiolo sul Lago Maggiore e magra e gelosa sedeva accanto al Duardin in alta uniforme. Sciabola, bottoni e spalline sprizzavano lampi nel sole e lui sudava perché la divisa di panno gli si chiudeva alta al collo. Innamorato della Suava era stato anche il Duardin per una estate ma adesso la poteva guardare tranquillo senza provare piú nulla; e se non fosse stato per quella fidanzata che gli sedeva accanto avrebbe risposto volentieri agli sguardi che gli arrivavano da ogni parte. Eppure ogni volta che la Suava si avvicinava con un piatto, quella fidanzata di Novara si raddrizzava impettita e le guance le si facevano piú rosse mentre il grande cappello di paglia allargava la sua ombra fra le macchie di sole, turbata lei da tanta bellezza.

Ma la vera regina della festa era lei, la Rosetta del Fracin, con un giro di ametiste al collo e le onde larghe dei capelli raccolte sotto un cappello alto di nastri. Chiacchierava instancabile e al momento del brindisi fece il giro a baciare i suoi nuovi parenti. Offrí la guancia anche a Gavriel, gliela accostò al viso nel tremolare dei nastri. Aveva briciole di torta impigliate fra le ametiste e odorava, pensò Gavriel, come se avesse fatto l'amore poco prima, già pronta per venire. Gavriel si ritrasse e quel bacio non ci fu.

Fino all'ultimo la Piulott sperò che venisse Pietro Giuseppe. Avrebbe voluto dirgli tante cose, come la morte dell'Evasio l'avesse cambiata, le avesse fatto capire la pena e la felicità, i vuoti e i pieni sui quali aveva camminato come cieca. Ancora seduta a tavola fra una portata e l'altra guardava anche lei verso il viale dove si alzavano lunghi i getti delle settembrine.

Ma Pietro Giuseppe non arrivò; le aveva mandato in regalo una conchiglia legata in oro. Era un ciondolo, aveva scritto, si poteva attaccare alla catena oppure infilare in una spilla che le avrebbe mandato appena pronta. Altro il biglietto non diceva, nemmeno gli auguri; e prima di sera gli sposi partirono sul *landeau* messo a disposizione dal Camurà, foderato di velluto scarlatto.

Nessuno sa cosa passò per la mente della giovane sposa quando lo sportello venne richiuso e la carrozza svoltò sullo stradone. La luna sorgeva nel cielo che andava scurendosi e la prima stella, la stella dei pastori, era fissa in alto come un chiodo di luce.

Epilogo

Si racconta che Luìs e Gavriel rimasti soli non parlassero mai. Sedevano di fronte al fuoco, vecchi e asciutti, chiusi in un cerchio invalicabile di silenzio. Il tramestio dei topi sempre piú numerosi, il rumore della pioggia e dei tuoni o lo sbattere di una farfalla notturna ai vetri, annegavano al di là di quel silenzio senza superare mai il limite di guardia. Nemmeno il violino del Giai, se ancora avesse suonato, avrebbe potuto. Solo alla fine, quando la fiamma aveva bruciato l'ultimo pezzo di legno (meli che non producevano piú frutti, rami secchi del noce e poi, in seguito, anche il pero davanti alla sala), Gavriel, il maggiore, si alzava: – *Andumma a drommi*, – diceva. – *Andumma*, – rispondeva Luìs raddrizzando la sua gamba diventata pura cartilagine. E quelle parole, le uniche possibili, deflagravano nella casa e la percorrevano come un vento nell'oscurità delle stanze. Sollevavano la polvere dai mobili, e la casa intera scricchiolava come un vascello in rada.

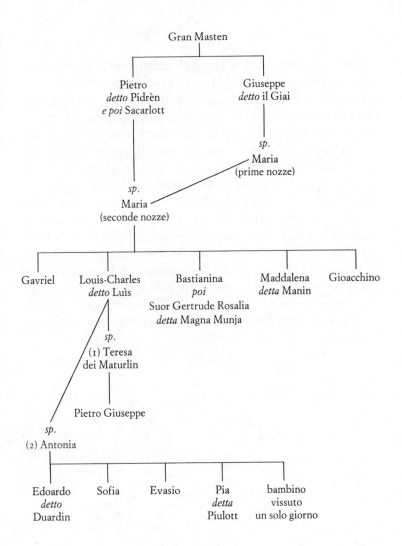

Gran Masten

Pietro
detto Pidrèn
e poi Sacarlott

Giuseppe
detto il Giai

sp.
Maria
(prime nozze)

sp.
Maria
(seconde nozze)

Gavriel

Louis-Charles
detto Luìs

Bastianina
poi
Suor Gertrude Rosalia
detta Magna Munja

Maddalena
detta Manin

Gioacchino

sp.
(1) Teresa
dei Maturlin

Pietro Giuseppe

sp.
(2) Antonia

Edoardo
detto
Duardin

Sofia

Evasio

Pia
detta
Piulott

bambino
vissuto
un solo giorno

Indice

p. 3   I. Il Pidrèn
37   II. I cosacchi
66   III. Gavriel e Luìs
96   IV. Le mele rusnent
123   V. Braida
150   VI. Il dragone Junot
194   VII. Il violino del Giai
240   Epilogo

Stampato per conto della Casa editrice Einaudi
presso le Industrie Grafiche G. Zeppegno & C. s. a. s., Torino

C.L. 59924

Ristampa					Anno					
4	5	6	7	8	88	89	90	91	92	93